黎元洪總統手札及其家書

李正中 編著

2012年11月攝於台北張大千故居庭院

著名中國古瓷與歷史學家、教育家。

李正中 簡介

祖籍山東省諸城市，民國十九年（1930）出生於吉林省長春市。
北平中國大學史學系肄業，畢業於華北大學（今中國人民大學）。

歷任：天津教師進修學院教務長兼歷史系主任（今天津師範大學）。
天津大學冶金分校教務處長兼圖書館長、教授。
天津社會科學院中國文化研究中心主任、研究員。

現任：天津理工大學經濟與文化研究所所長、特聘教授。
天津文史研究館館員。
天津市漢語言文學培訓測試中心專家學術委員會主任。
香港世界華文文學家協會顧問。
（天津理工大學經濟與文化研究所供稿）

為加強海內外學術交流，應邀赴日本、韓國、香港、臺灣進行講學，其作品入圍德國法蘭克福國際書展和美國ABA國際書展。

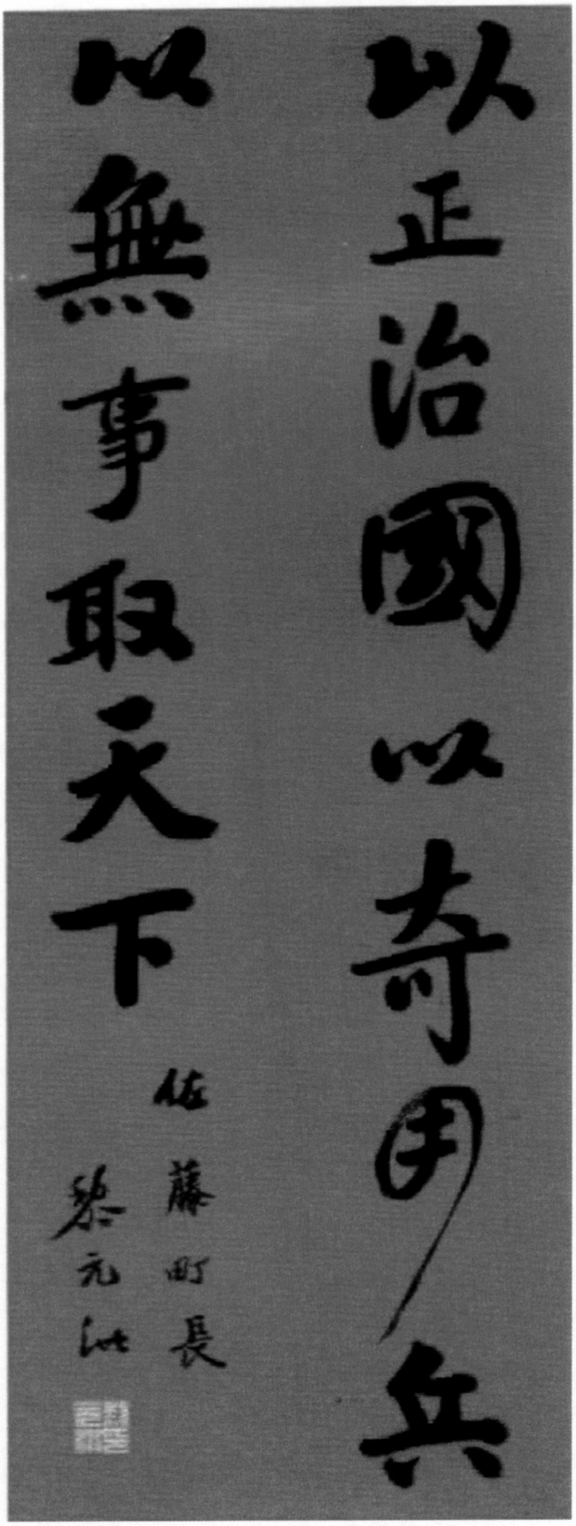
以正治國以奇用兵
以無事取天下
佐藤町長
黎元洪

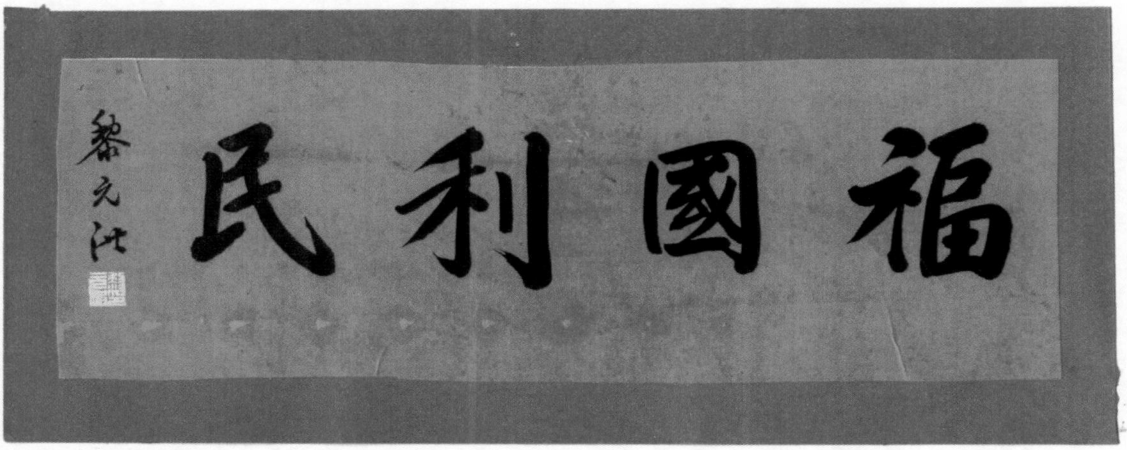
福國利民
黎元洪

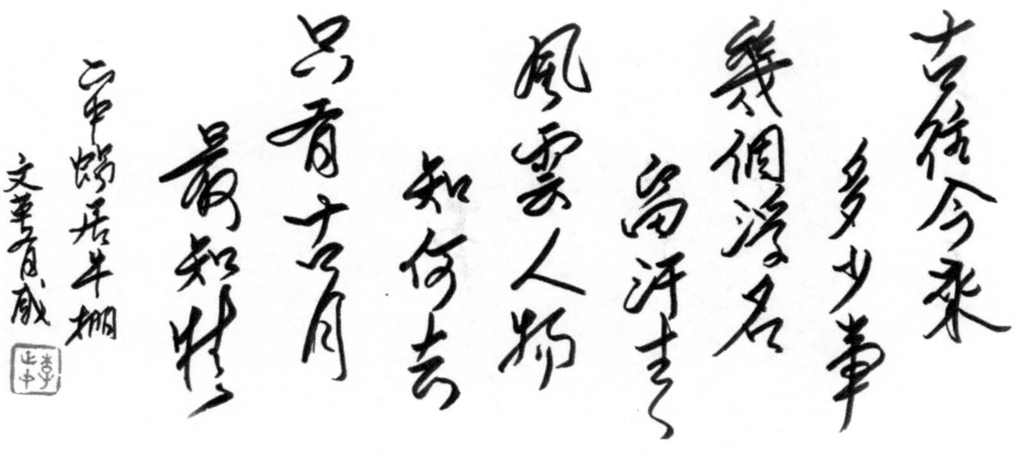
古往今來多少事
風雲人物知何去
只有古月最知情

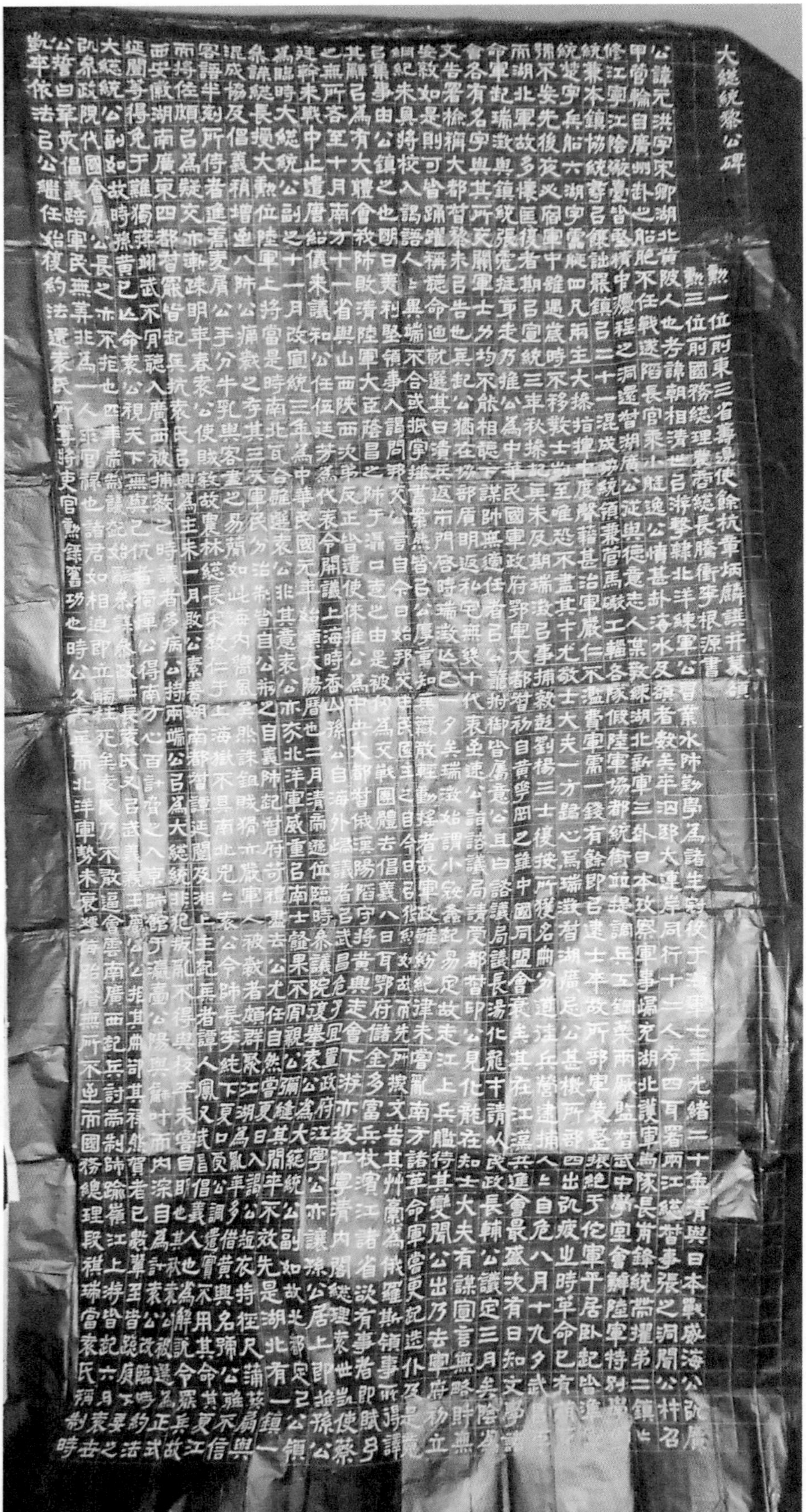

「碑文係章太炎書，石碑早已被毀，碑文拓片今存古月齋。」

黎元洪總統手札及其家書序

黎元洪總統是中國近代史上的知名人物，一九一一年辛亥武昌起義，黎氏原任新軍協統，被起義的湖北軍政府推為都督，以其平素在新軍中的威望，使武昌起義的局面得以穩定，促成了創建民國、滿清退位的歷史大事。民國成立，孫中山先生當選南京臨時大總統，黎元洪被推為副總統，可見其在武昌起義的表現，受到肯定。

一九一二年二月滿清退位，袁世凱繼任大總統，仍借助黎元洪為副總統，袁氏帝制自為其間，黎元洪閉門謝客，以行動拒絕帝制。袁世凱死後，黎元洪兩度出任中華民國總統，在中華民國史上，兩度出任總統，三度出任副總統者，僅黎氏一人而已。

一九二八年六月黎元洪逝世於天津，遺言希望和平統一、發展實業、造福民生。黎氏晚年已投資銀行、礦場數十家，創辦許多企業，如中興煤礦、中興航運，並出資興辦鄉村學堂、小學、中學，籌備創辦漢江大學，造福學子。其以實業、興學報國之行動，非徒托空言者可比。在本集所收集的一些「公務信件」及部分「家書」及「親友信件」不難窺見黎氏及其後人對發展實業所做的努力。

黎元洪和夫人　吳敬君女士一共養育了二子二女：長女黎紹芬，長子黎紹基，次女黎紹芳，次子黎紹業　。長女黎紹芬曾赴美留學，後從事教育工作，黎紹基於1920年赴日本讀貴族學院，1923年返國轉入南開大學讀政治系，尊父命不涉及政治，後來成為成功的企業家。本集所收「家書」，以黎紹芬以大姊身份致其大弟黎紹基的信件為最多，從這些家書的字裡行間，可以發現黎氏子女，和睦親愛，手足之情，洋溢於字裡行間，這也間接證明黎氏治家有方，完全表現了儒家的倫理傳統。時人讚譽黎氏道德，天下所信，這也是他在北洋政府複雜的政治環境中，能常保尊位的重要原因吧！

二十世紀中國歷史的進程，呈現波濤壯闊的發展，許多活躍的人物，雖然被推上了歷史舞台，叱吒風雲一時，但由於沒有留下直接的史料，以致於其事績多煙歿不彰，徒留後人感慨。而史料的保存，常因天災人禍而遭毀滅，收藏保存，談何容易，因此，片紙隻字也極其珍貴。

李正中教授基於史學家的責任感，以及專業的敏銳眼光，收集並保存了這些珍貴的一手史料，使我們對於北洋政府的一位重要歷史人物——黎元洪總統，可以作更多的瞭解，誠可敬也！

是為序。

王仲孚 序於臺灣台北

2015年

李正中老師和王仲孚老師合影

目錄

許以栗恭賀

大總統夏節之禧謹頌

勛祺

一、黎元洪總統政務信

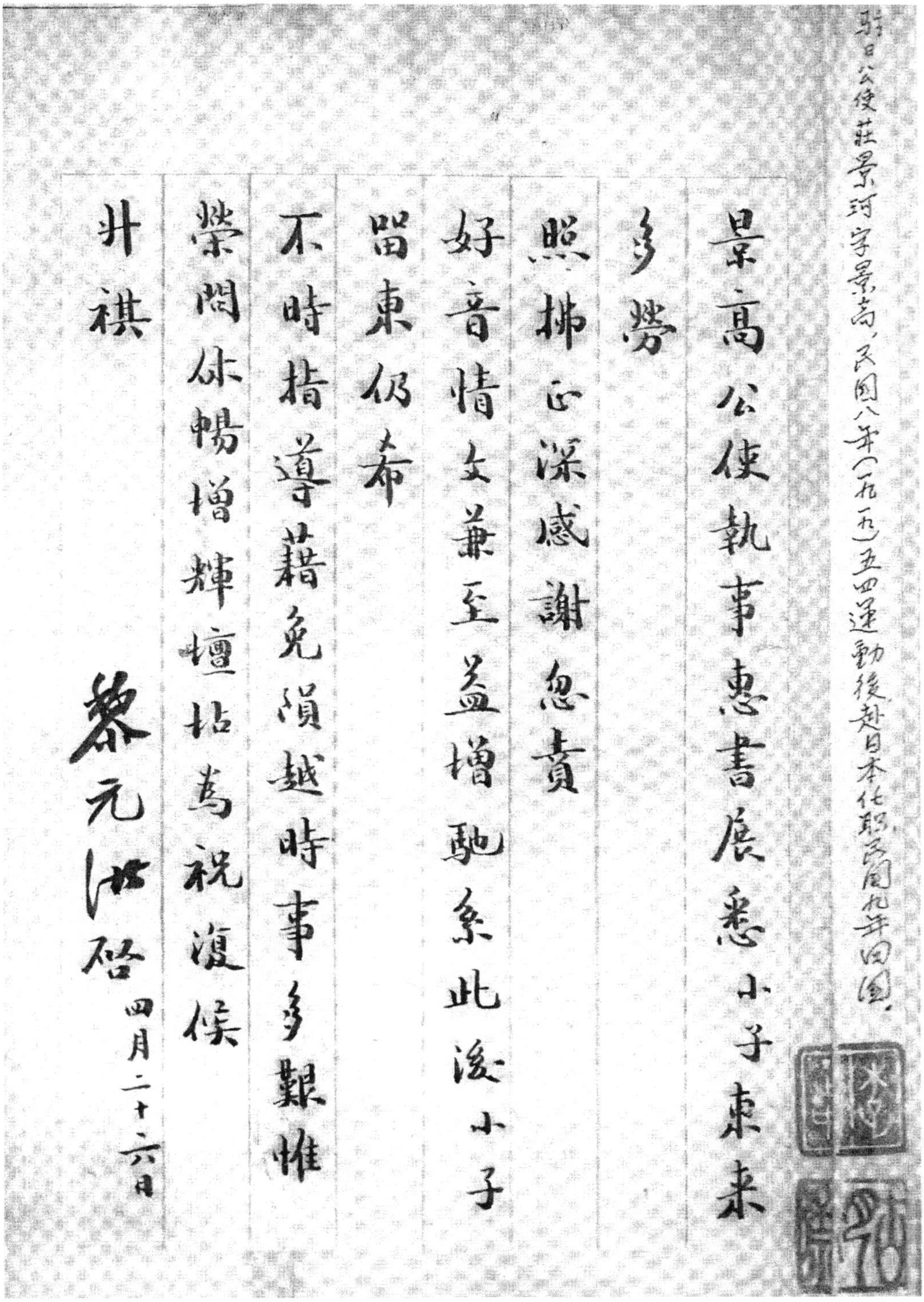

駐日公使莊景珂字景高，民國八年（一九一九）五四運動後赴日本任職，民國九年回國。

景高公使執事惠書展悉小子東來
多勞
照拂正深感謝忽賚
好音情文兼至益增馳系此後小子
留東仍希
不時指導藉免隕越時事多艱惟
榮閣休暢增輝壇坫為祝復候
升祺
黎元洪啓 四月二十六日

寄件人：黎元洪　收件人：莊景珂

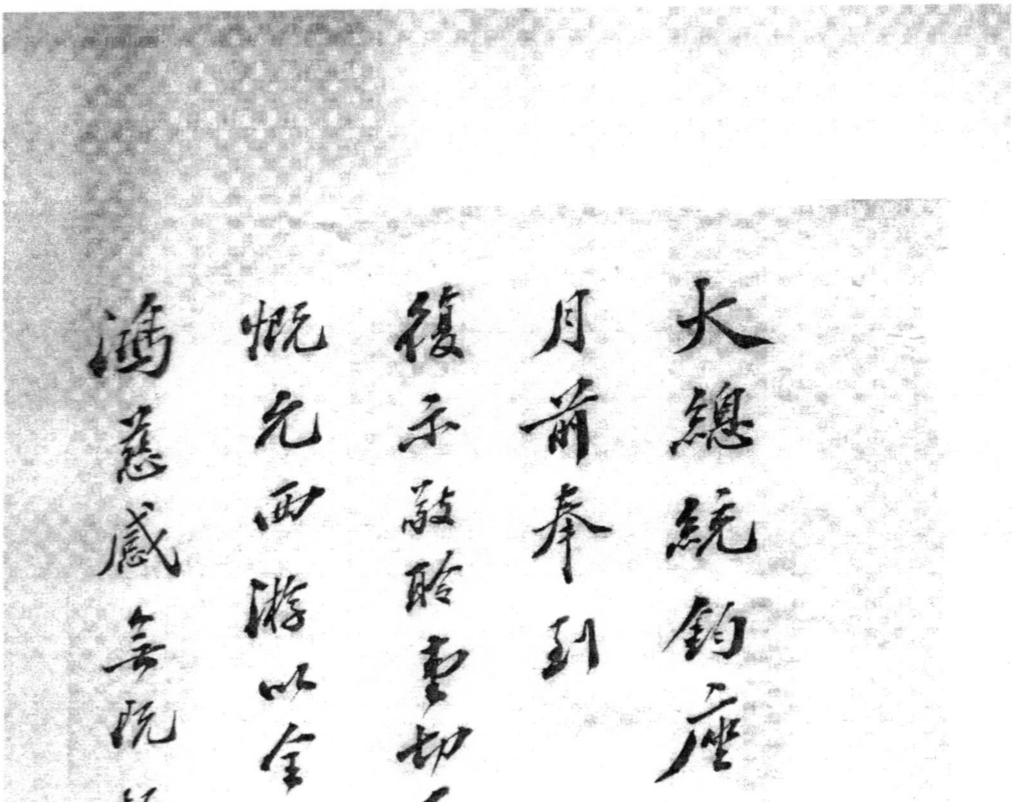

大總統鈞座敬肅者
月前奉到
復示敬聆一切尊承
慨允西游以全宿志云云
鴻慈感無既極此後即

當著手預備種種并調
彼地一切手續靜候時
期係有頭緒再稟陳
詳情目下已在預備大
考放假約在本月二十日
擬屆期伴 世兄歸國

寄件人：仁　樂　收件人：黎元洪

惟是假期只有十七日
往返通歷京津奉遼
尚無確切計算或者不
及南下則擬俟至遼陽
奉天兩電俟明年春假
再達叩

崇轅面領
訓誨，理合陳明，并鳴謝
忱。敬請
鈞安，伏乞
垂鑒。 仁樂謹肅

十二月三日

敬稟者竊 沐恩久隔
檮輝時殷葵向瞻依徒切報稱未能伏惟
大總統名滿寰瀛
功高海岱
養福林泉億萬斯民仍恩沾雨露
延熙歲月五百年兆之毓秀鍾靈
帡幪永戴忭躍奚如 沐恩自慚駑駘由去歲承
張勳臣督軍電調來湘佐理軍務適又奉

（一）

寄件人：楊開甲　收件人：黎元洪

馮大總統面勅赶速赴湘藉觀前方軍事沐恩遵
即束裝來湘正值克復長沙當與勳臣督軍
組織軍署一切規模委沐恩為副官長兼步馬
衛隊司令沐恩隨侍
項城總統多年南北奔波與軍事智識毫無餘
暇研究現供斯職隕越堪虞惟冀我
大總統時加垂訓俾有示遵至為盼禱沐恩赴津有
日再當晉謁

崇階面叩
鈞安嗣後我
大總統有何委命 沐恩當効馳驅以報
鴻恩臨稟不勝悚惶之至耑此上陳虔叩
福綏伏乞
垂鑒 沐恩楊開甲謹稟

該信對研究近代史具有重要史料價值，可以左証張勳與黎元洪的關係。

袁世凱之子袁克桓給黎元洪
新年賀信。

寄件人：袁克桓　收件人：黎元洪

姻姪袁克桓恭祝

姻叔父母大人新年之禧

鄭盦之箋

大元帥侍衛武官陳煊致黎元洪書

上海民國日報轉黎宋卿先生鑒。先生抵滬已旬日矣。先生南下之目的。究竟爲公乎。爲私乎。爲國家前途計乎。抑爲自身復位計乎。予等遠處南服。僅就見聞所及。與夫報章所載。即以知國人對于先生之情感。及友邦人士之公評。固無一方面贊同先生之此行與歡迎之也。予等曩者于東魯討袁一役之後。曾一度遨遊都市。由全國商會會長呂君逵先介紹。得獲與先生有一面之雅。覩先生之爲人。確實一忠厚有餘。學術不足者。當時已默識先生將必易爲他人愚弄。供人傀儡。遺禍於國家之靡極也。今不幸予言之中。且更屢中矣。嗚呼。先生之罪大矣。至矣極矣。蔑以加矣。自床下都督匍匐

一、黎元洪總統政務信

寄件人：孫中山侍衛武官陳煊　收件人：黎元洪

徼倖以來。繼而武義親王。解散國會。辮帥復辟。督軍造反。南北分裂。以至今茲。十二年來。凡斯禍國殃民之種種罪惡。罄竹難書。使我先烈艱難締造之中華民國。國脉將斬。不絕如縷。錦綉璀璨之山河。破碎無餘。何一非先生親手造成以惠賜我國民者也。乃近復于未受直系驅逐之前。倘一夕下十數僞命。致我西南一片護法之乾淨土。閩粵川湘數省。悉遭蹂躪。戰禍相繼而起。連綿數月弗息。十數千萬人民均蒙慘禍。士廢于學。農荒于野。商罷于市。工輟于途。老弱塡溝壑。壯者散四方。男號女哭。顚沛流離。此皆爾宋卿先生一人所賜也。西南何負于爾。吾民何仇于爾。而必使其兵連禍結。荼毒殆盡。以至如此其甚。然後快于心耶。此又爾

俠塵文存　二四七

一念之差。貪戀虛榮。妄圖非分。有以致之耳。乃循至于今。自身且食其現報。蓋招之使來。揮之使去。趙孟所貴。趙孟能賤。本無足怪。昏庸如先生。故亦應有被擯之今日。吾但恐斯時之白河明月。將亦羞于鑒臨矣。緣是之由。予等以一面之誼。良不忍先生一誤再誤。以致誤己而復爲長此以誤國也。用敢以最誠懇之意。進爲忠告之詞。望先生憬然覺悟。毅然改圖。先去爾左右包圍之宵小。如李根源章太炎等。良以李章二人者。一則陰謀險狠。爲國中之無恥小人。一則欺世盜名。爲士林之無恥敗類也。此輩不除。先生必陷于萬刧不復。將永永見棄于國人矣。抑更有進者。先生自入民國以還。所得之民脂民膏。當不下數百萬。可即發出半數。爲數國救民之用。以助我愛國如命。大公至正。擁護共和。始終如一。亦即爾今日所稱為大元帥之孫公中山。協同奮鬥。勳其成功斯可矣。平心而論。我國今日之能眞正負救國之責者。舍孫公其誰屬。予等民黨中之華僑也。追隨孫公十餘年。近且供職侍衛。知孫公之行為最稔。較之他人詳而且切。蓋孫公之為人。待人以誠。和藹可親。光明磊落。堅忍沉毅。洵世界之完人也。觀其自待儉薄。除我華僑供給之衣食住外。幾至不名一錢。于此可知矣。以視爾先生之京之津之漢等之產業之如雲如雨。其相去為何如耶。嗟夫先生。迷途未遠。今是昨非。亡羊補牢。尤未為晚。用報國人。聊蓋前愆。其在斯乎。其在斯乎。否則國人將不爾恕。亦非予等之所知矣。謹布區區。尚祈思之。

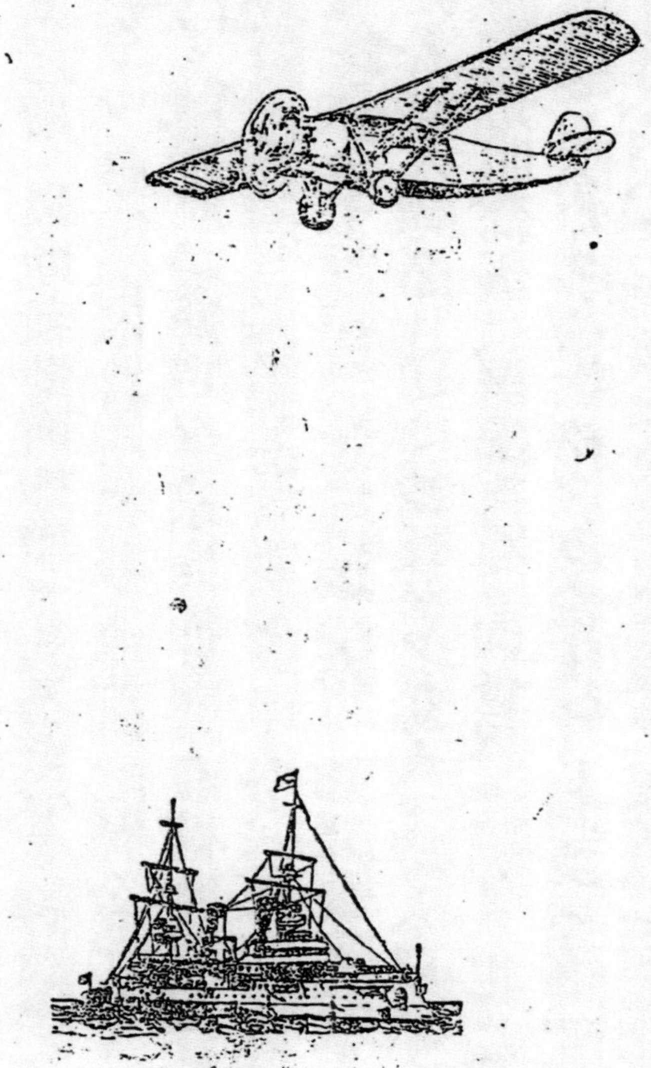

寄件人：孫中山侍衛武官陳煊　收件人：黎元洪

該信摘自

「俠盦文存」

第二四〇頁－二五〇頁

十月弟

寄件人：孫中山侍衛武官陳煊　收件人：黎元洪

附件

恭呈

李教授：

先父陳煊字俠夫的「俠廬文存」及「俠廬詩草」為他生前的文章及自寫詩詞的遺作，內有不少開國時的前後及民國時的事蹟，或可作研究之用，其詩詞亦欲將以畫伴詩成冊，以資紀念。現送上副本各一，請賜指正

晚 陳士樑 手呈

04.10.31.

存

注：陳士樑是俠夫先生三公子。

大總統鈞鑒拙著前承

大總統鈞鑒拙著前承
題字刻已印就謹呈
鈞覽汝甲現與游法汪精衛葉玉虎王儒堂李石曾諸先生創辦
中國學院附入巴黎大學此邦各大學教習贊成者多籌備會
成立推班樂衛君為會長業經北京國務院決定年助經費
萬佛郎法國政府亦如數補助會所設於巴黎大學內班君於
民國二年組織歐洲議員聯華團促各國政府速認民國厥功
甚大本定到華參觀第一次國會開幕後以解散未果歐戰開

始班君歴任內閣総理陸軍総長教育総長不幸於停戰前數
月辭職後起法內閣與渠反對不肯援助吾國議和代表班君
甚抱不平遂創辦中國學院以為鼓吹吾國文化增高吾國地
位之豫備用心良可感激班君素仰
德輝擬於明春到華親領
教言囑先轉呈并祈
賜覆敬請
鈞安　汝甲謹肅

黎前大總統鈞鑒前甬諒蒙

南京金陵大學農林科啟事箋

黎前大總統鈞鑒前甬諒蒙
鈞察所請
賜序森林要覽一事實緣中國林務荒廢已
極非特別提倡難圖振興查美國近十餘年以
來林務發達所以日進千里者蓋由前總統羅斯
福氏在在提倡不遺餘力也今我
公之賢明中外共仰故敢有此冒昧上懇書之原
稿本擬率金陵大學農林科學生來津監修

南京金陵大學農林科啓事箋

堤路工程之日親陳
教正奈政局漂搖學生須暫緩前往故特將書稿
商託中華森林會幹事紀振綱君代表道揚於本
月二十八日專程來津面陳
鈞覽敬懇
題賜數言我
公千金一字倘承
俯允俾啓全國人心以謀振興森林之道挽收地

南京金陵大學農林科啓事箋

利榮幸無極矣諸多不自揣昧謹祈
原恕祗請
時安
淩道揚謹上 十一月二十七日

一封考驗人品的信
小注：金陵大学農林专業所著「森林要览」請黎前总統寫序
說明名人的價值和金陵大学師生對黎氏的敬仰。 左中深
為感動！

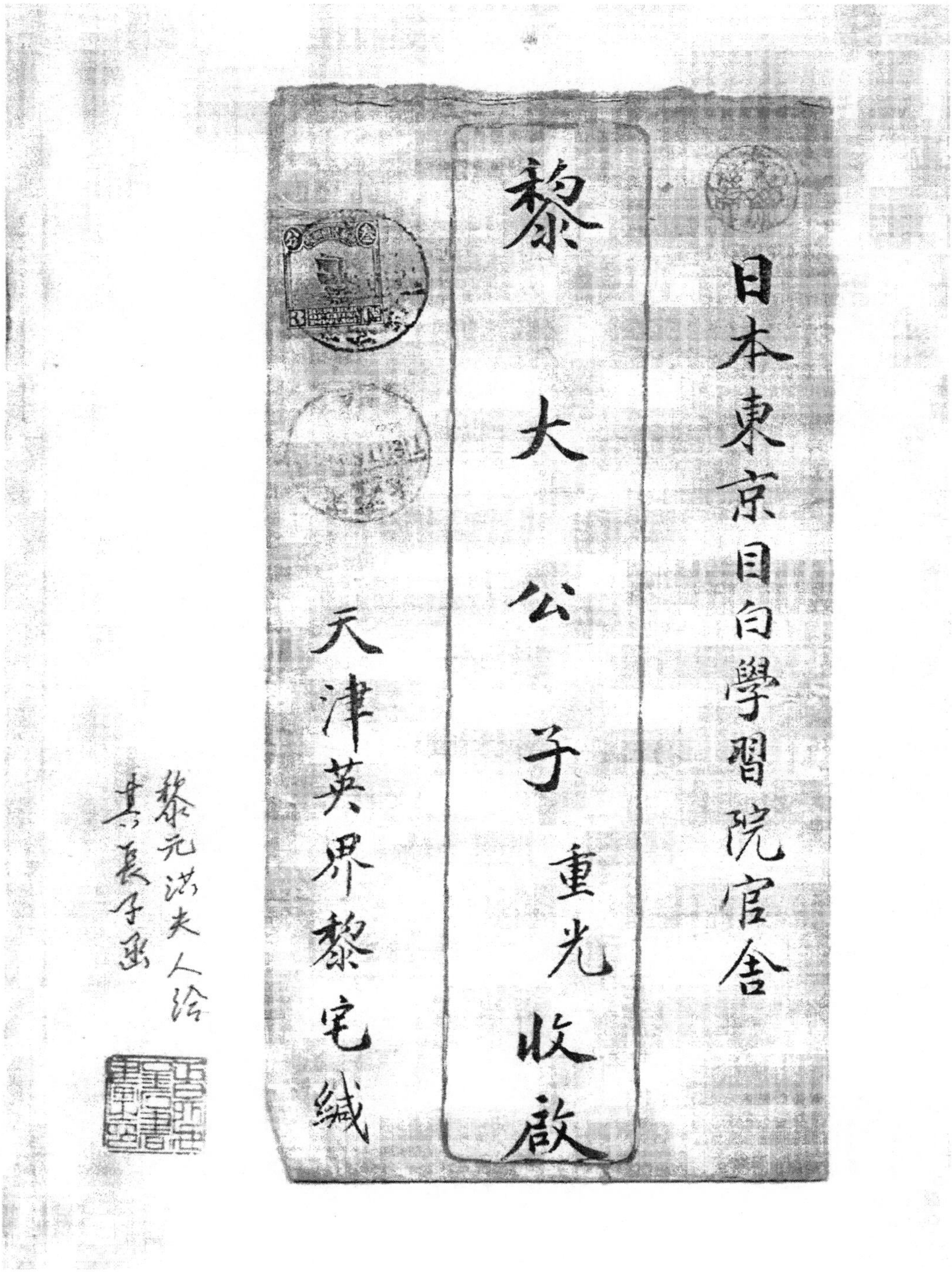

二、黎紹基留日家信

寄件人：黎元洪夫人　收件人：黎紹基

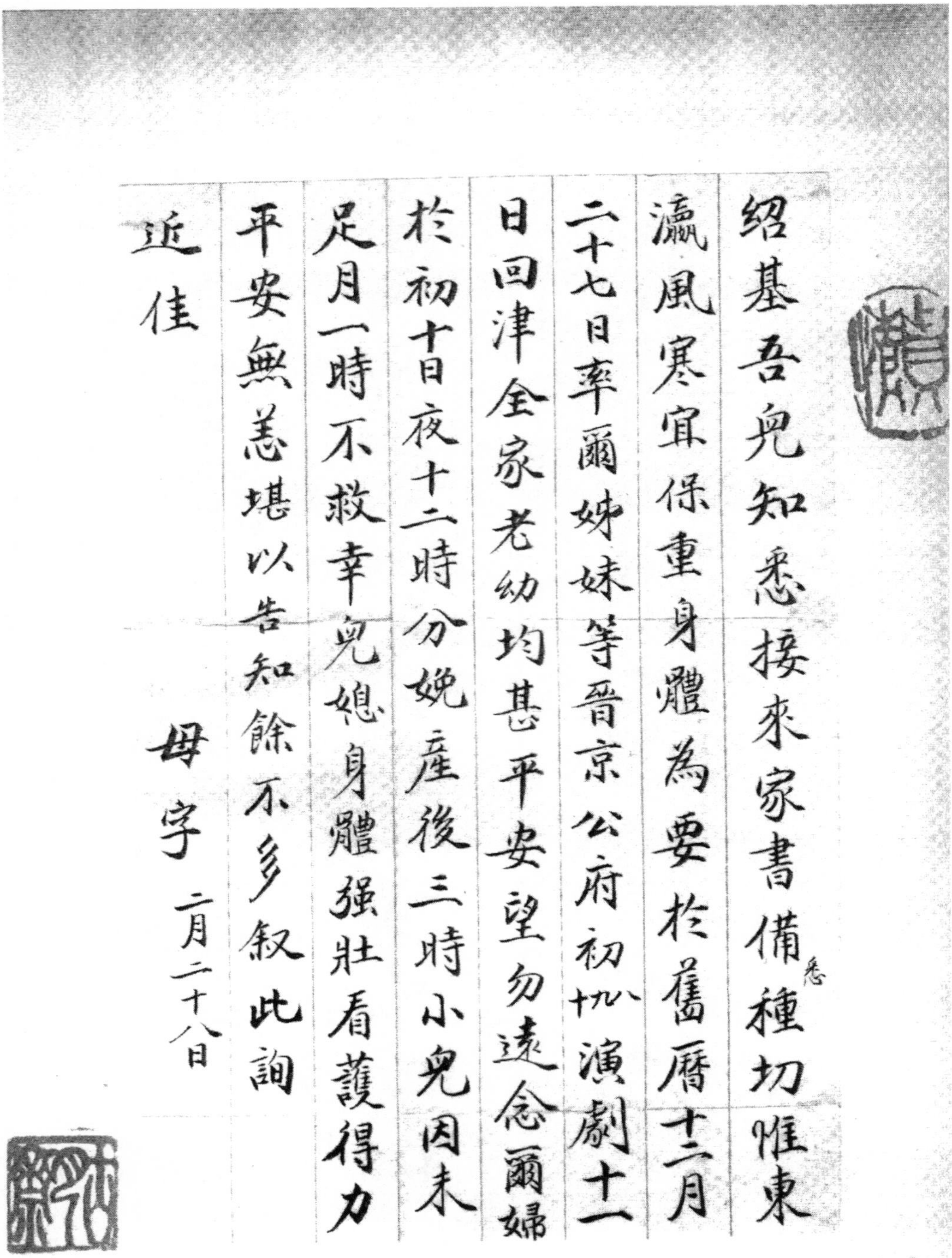

紹基吾兒知悉接來家書備悉種切惟東

瀛風寒宜保重身體為要於舊曆十二月

二十七日率爾姊妹等晉京公府初十九八演劇十一

日回津全家老幼均甚平安望勿遠念爾婦

於初十日夜十二時分娩產後三時小兒因未

足月一時不救幸兒媳身體強壯看護得力

平安無恙堪以告知餘不多敘此詢

近佳

母字 二月二十八日

4

寄件人：黎紹基　收件人：黎元洪夫婦

父母親大人膝下敬稟者前上一
稟諒邀
慈鑒男現從參謀本部所薦
之寺中須備日語據小林
大尉云月薪最少須日
金百元不可蓋因彼現在
雖暫每星期授十四小時
功課然早起同男至學校

午後送男歸家名雖教
師實猶法律論中之擔
保Guarantor故非百金不足以
酬其勞且此人非常熱心故
尤宜厚遇之劉友元既
諭使之在日本分男日作之
勞其薪水日用如何還請
諭之知男現在起居飯飲

二

食甚覺安適堪釋
厪念今當劉君歸國謹
禀陳
聞餘劉君必有面陳春候
多變尚望
珍攝為叩此肅敬請
金安　男紹基謹禀　五月念日

三

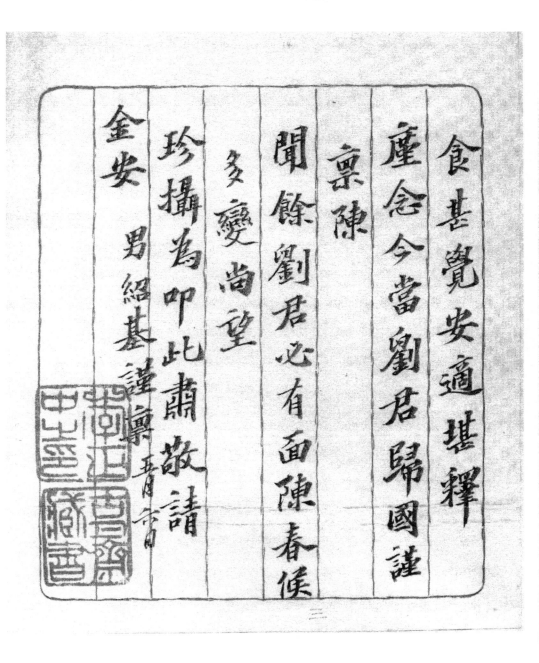

父母親大人膝下敬稟者前奉
諭函敬聆種切 男本擬本月
十四日學校發表後即買
車返國近因參謀部漢語
教習趙欣伯亦擬於本月歸
國 男邀伊同伴而歸伊已
許允惟就兩方便利故訂
期十七一定歸國 再者此次

一函三頁

由大阪經過男意欲在彼處
稍滯一日或半日時間以參
觀其砲兵工廠然此議尚
在要求中不知許允與否
也昨劉俊卿來函稱
諭命暑假期中仍接續給
寺中修金男已與張燕卿商
妥將二月月薪存在張處令

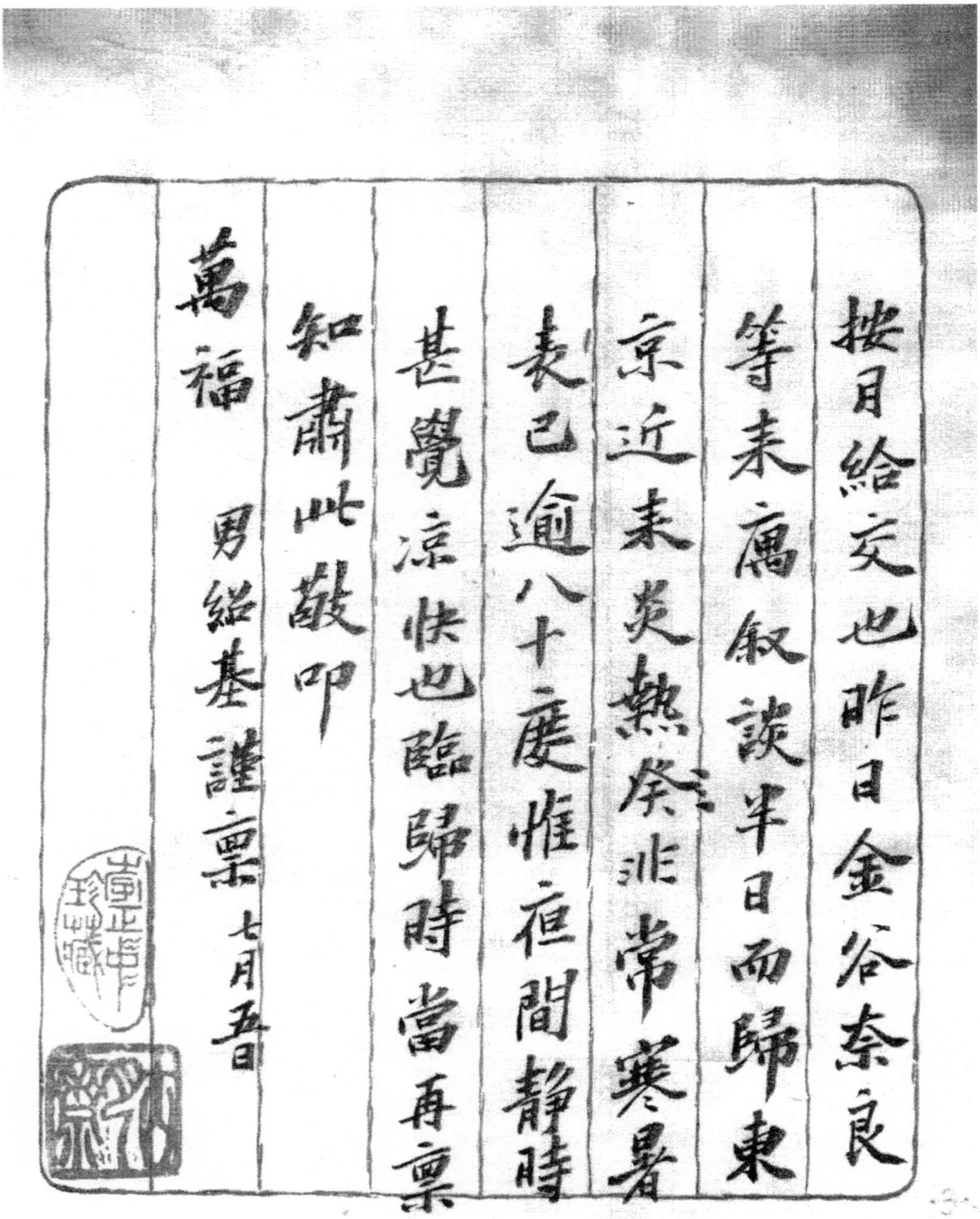
按月給交也昨日金谷奈良
等來廣敘談半日而歸東
京近來炎熱癸非常寒暑
表已逾八十度惟在間靜時
甚覺涼快也臨歸時當再稟
知肅此敬叩
萬福　男紹基謹稟　七月五日

寄件人：黎紹基　收件人：黎元洪夫婦

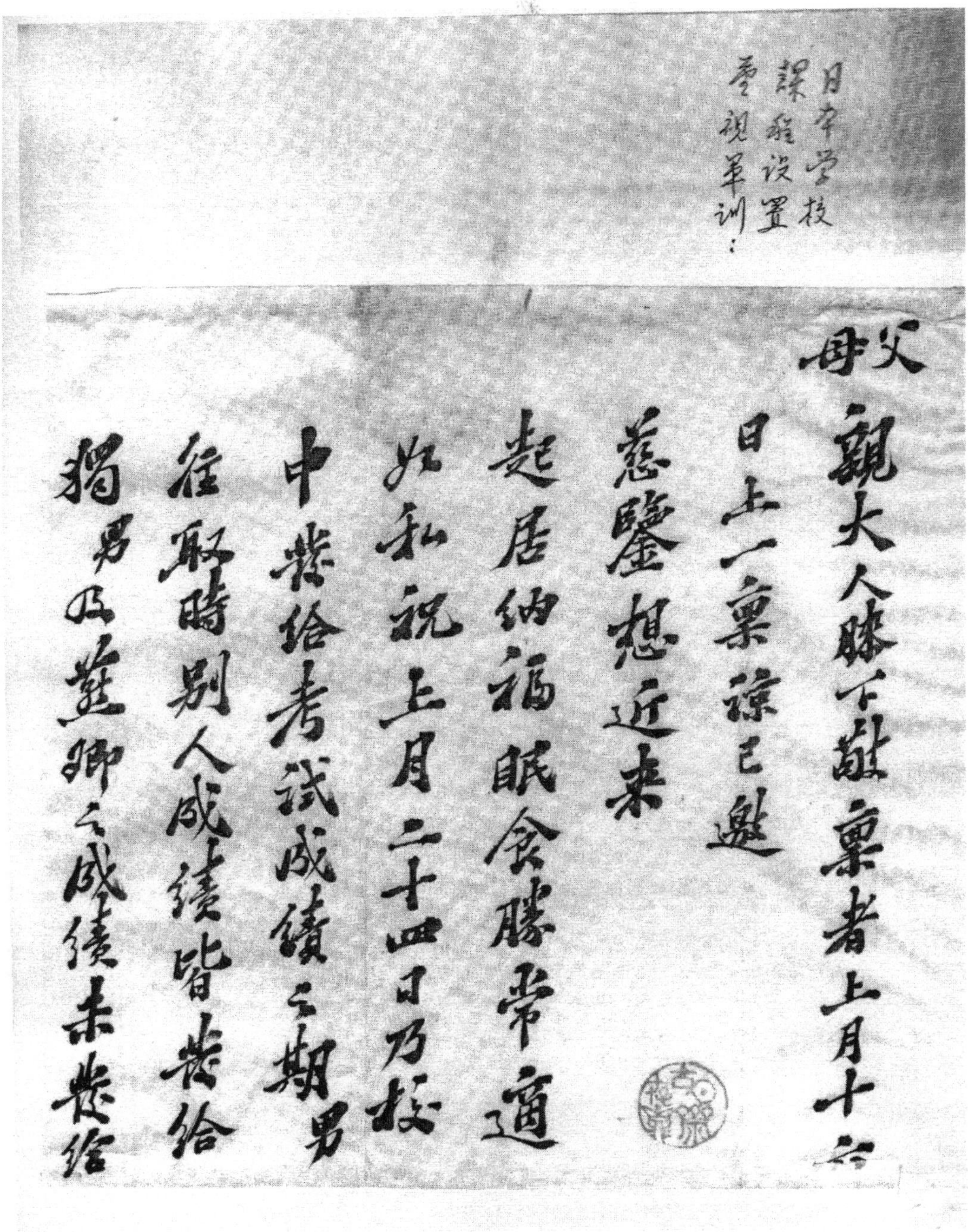

日本學校
課程設置
重視軍訓：

父母
親大人膝下敬稟者上月十六
日上一稟諒已邀
慈鑒想近來
起居納福眠食勝常適
如私祝上月二十四日乃校
中發給考試成績之期男
往取時別人成績皆發給
獨男及蓮卿之成績未發給

向々始知已安全，請轉寄
家中無想，日內即可
收到。三十一日校中行卒業
禮畢，八時學生齊集大操
場內，約七百人。九時分到大
門兩旁迎接天皇代表某
親王，九時半聚集大禮堂

2.

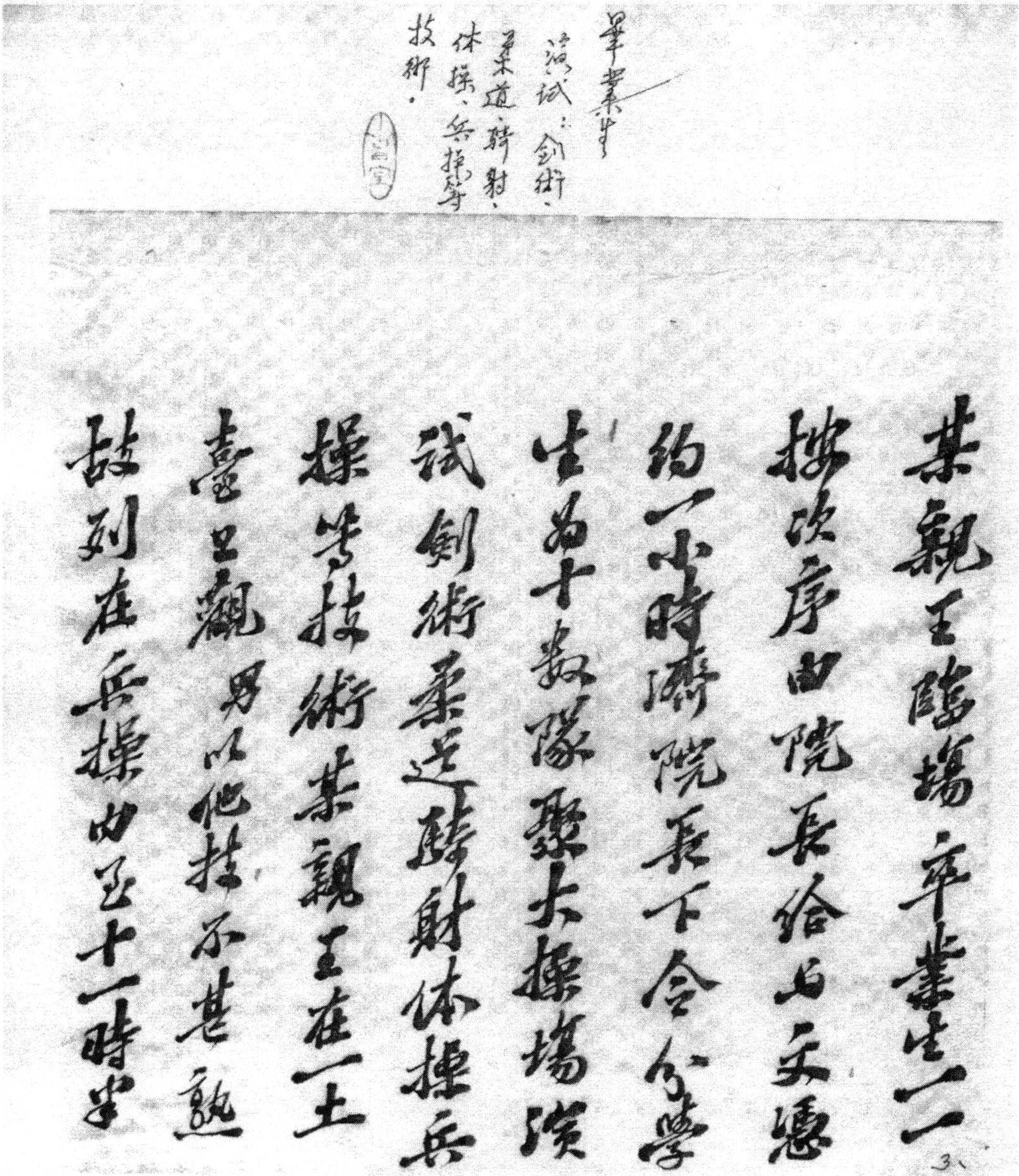

畢業典
演試：劍術、柔道、騎射、休操、兵操等技術。

某親王臨場，卒業生一一按次序由院長給與文憑，約一小時，隨院長下令，學生為十數隊，聚大操場演試劍術、柔道、騎射、休操、兵操等技術。某親王在一土臺上觀，男以他技不甚熟，故列在兵操內，至十一時半

寄件人：黎紹基　收件人：黎元洪夫婦

教授日本
古文、漢文
課程。

畢又全集大門送某親王
某親王奉命下谿撒昨間
自下學期始校中將為男等
設一大教日文大教授即以日本
古文及漢文之時間授日文故
大教授日文之家庭大教師可以
敢請　男思以原有課外就
家庭大教師學日文時間學

從書札中，可以見到日本在學校中對學生軍事訓練的重視，以及對古文化的設課，斯時正日本在大正時期對軍國主義的教育。

[illegible]帝 題

德文及英文德文教師規定一德國人每一小時價一元五角英文教師也託校中尋得一英國人月薪六十元專教英文，讀及學白話深奧結構學書面學段即起手也能容續陳敬請

福安

男紹基謹稟 四月三日

家書風格：

家書的風格由許多因素決定，既有家風影響的，又有書寫者的人格背景、教育水平，當時社會氛圍以及所處[illegible]時代。這是一封真家、真事、真情、真實[illegible]的書札。

寄件人：黎紹基　收件人：黎元洪夫婦

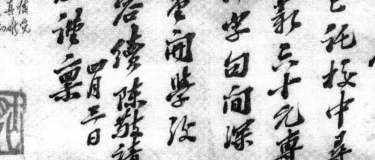

父
母親大人膝下敬稟者前上
一稟諒邀
慈覽辰維
嚴寒
躬體康健為頌無量茲
卿入寄宿舍事已与學
校商妥彼日內即有函陳

一函三頁
紹基留日家信

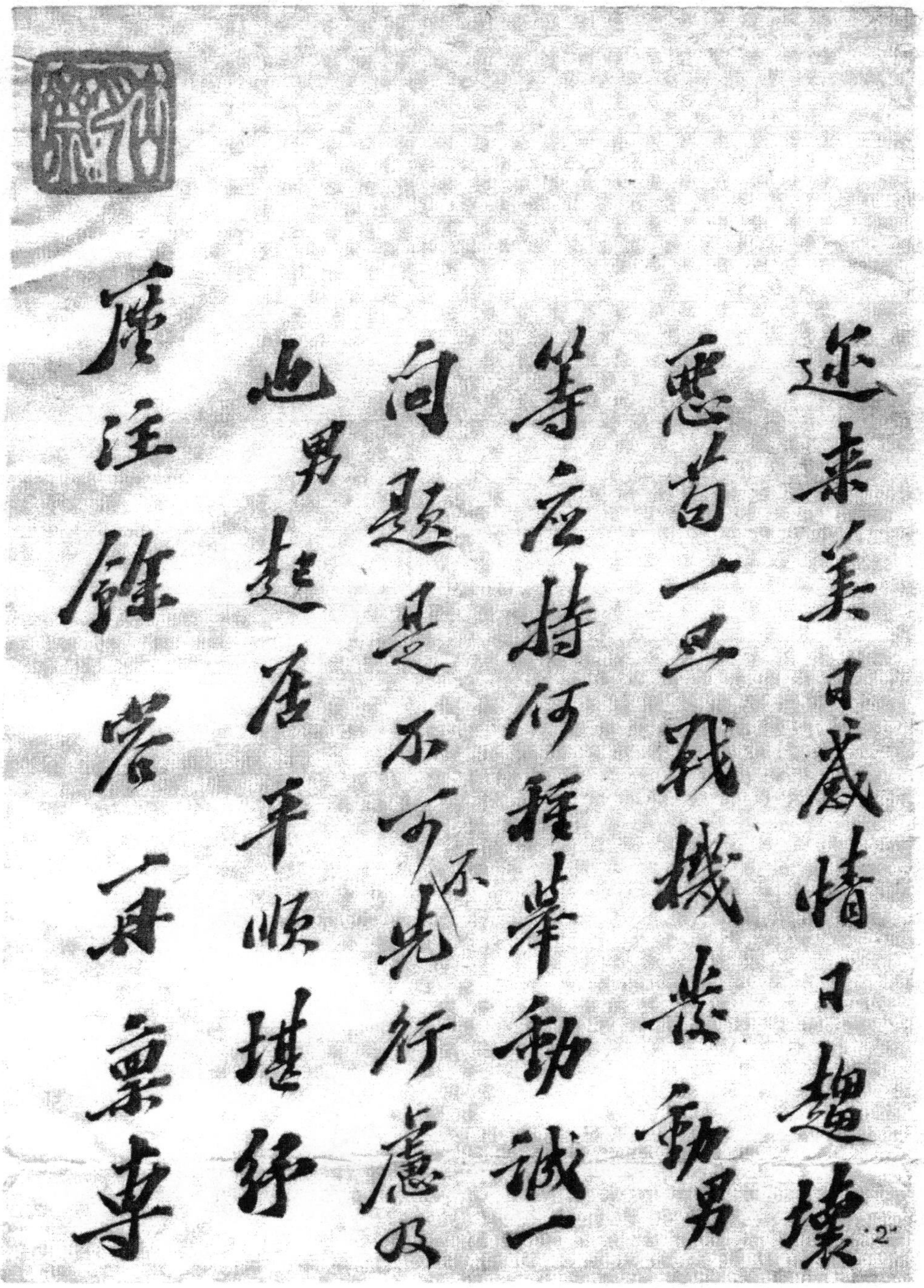
近來美日感情日趨壞
惡苟一旦戰機發動男
等應持何種舉動誠一
問題是不可不先行慮及
也男起居平順堪紓
廑注餘容再稟專

·2·

叩敬請
金安恭賀
春禧
男紹基謹稟
一月廿日

寄件人：黎紹基　收件人：黎元洪夫婦

神武者，指神武天皇，是日本開國皇帝。

父
母親大人膝下敬稟者前上一稟諒
已邀
慈覽想邇來
福體安康永如私頌今日日本
神武開國紀念日學堂放假
早八時齊集禮堂由院長
帶領向大正像片行禮畢

-壹-

34

一共四頁　紹基稟

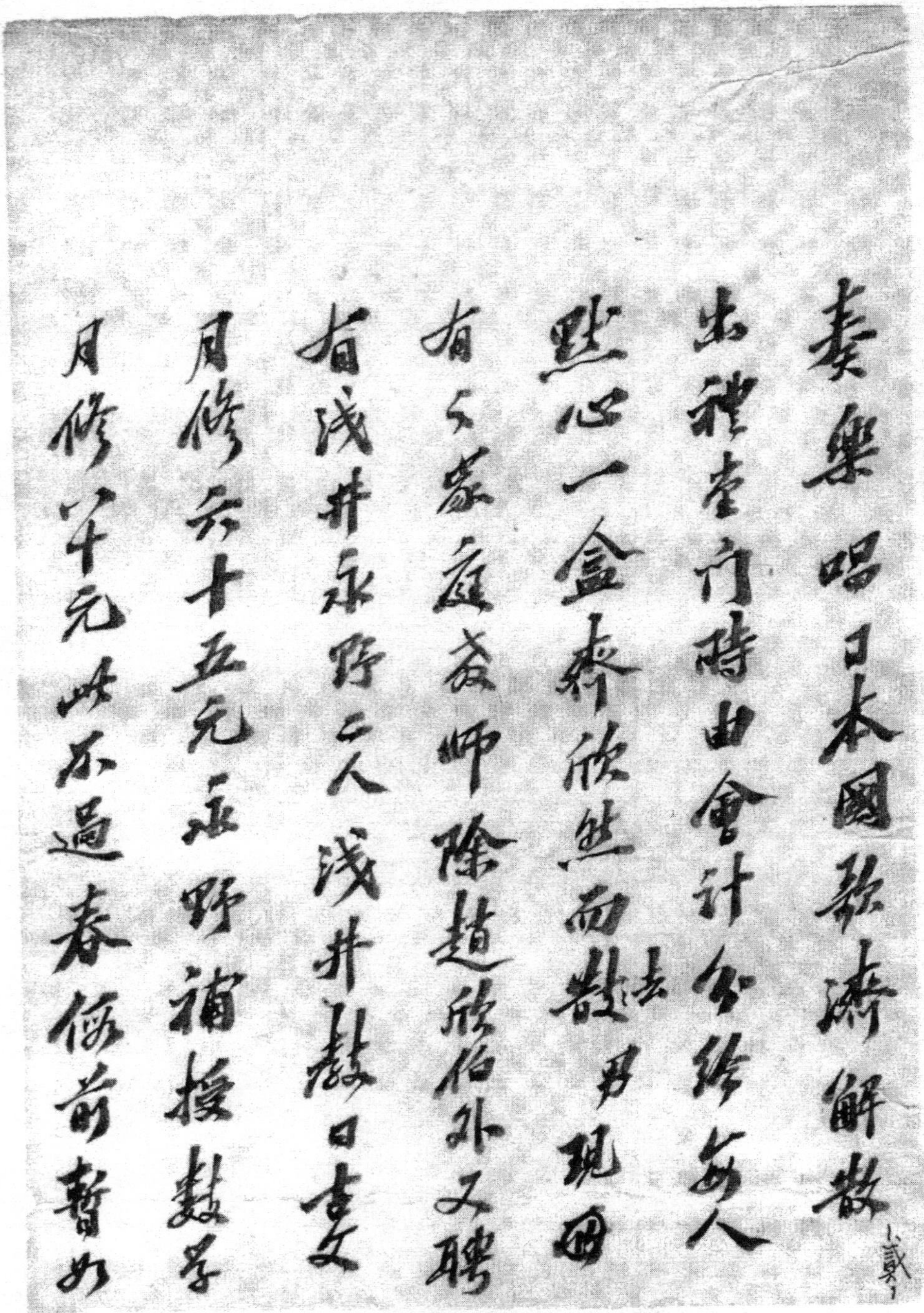
奏樂唱日本國歌，濟解散。
出禮堂行時，由會計分給每人
點心一盒，眾欣然而散。去男現因
有各家庭教師，除趙欣伯外，又聘
有淺井、永野二人。淺井教日文，
月修六十五元；永野補授數學，
月修四十元。此不過春假前暫如
（貳）

寄件人：黎紹基　收件人：黎元洪夫婦

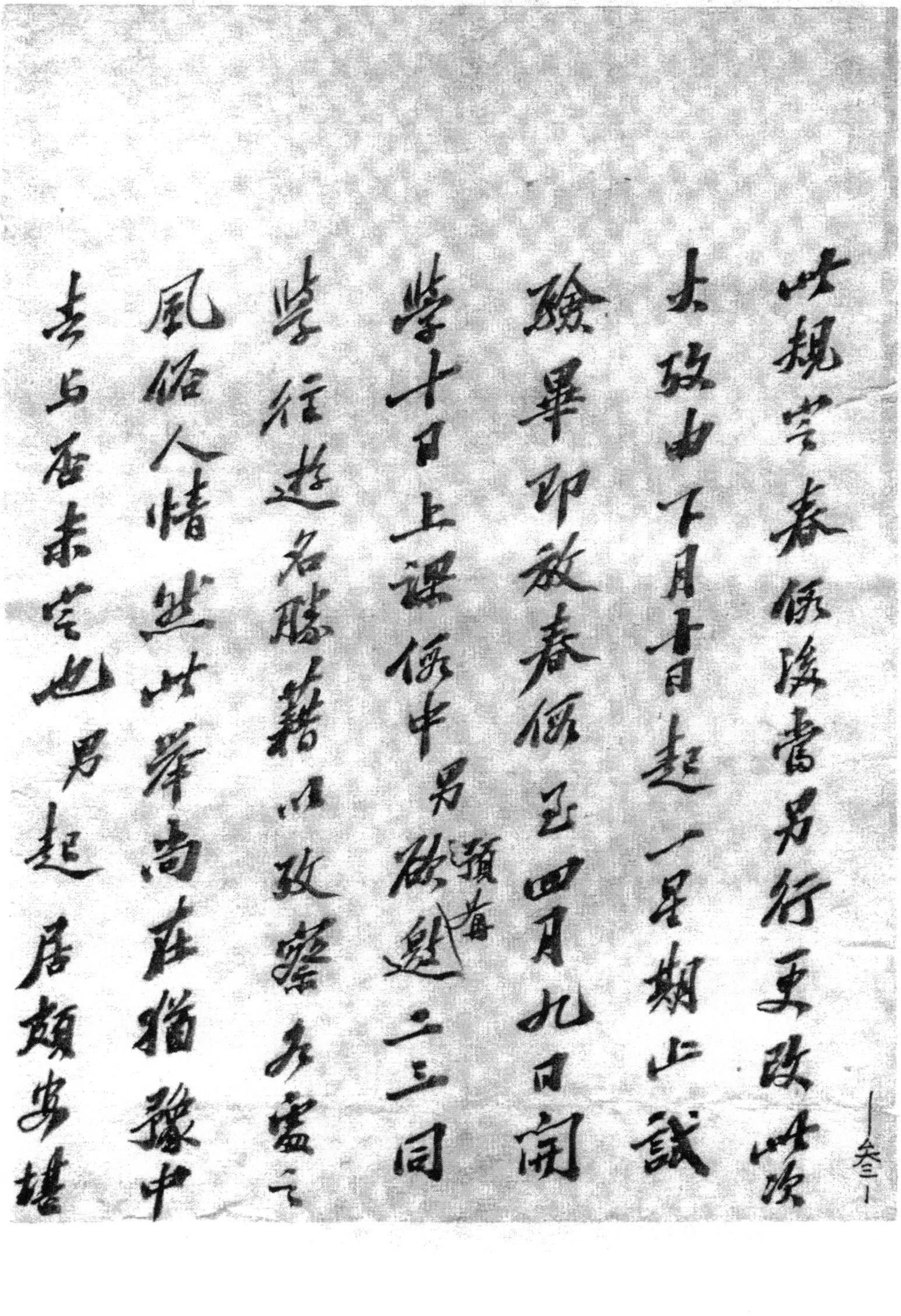
此規定春假後當男行更改此次
大考由下月十日起一星期止試
驗畢即放春假至四月九日開
學十日上課假中男欲擬着邀二三同
學往遊名勝藉以考察各處之
風俗人情然此舉尚在猶豫中
去与否未定也男起居頗安堪

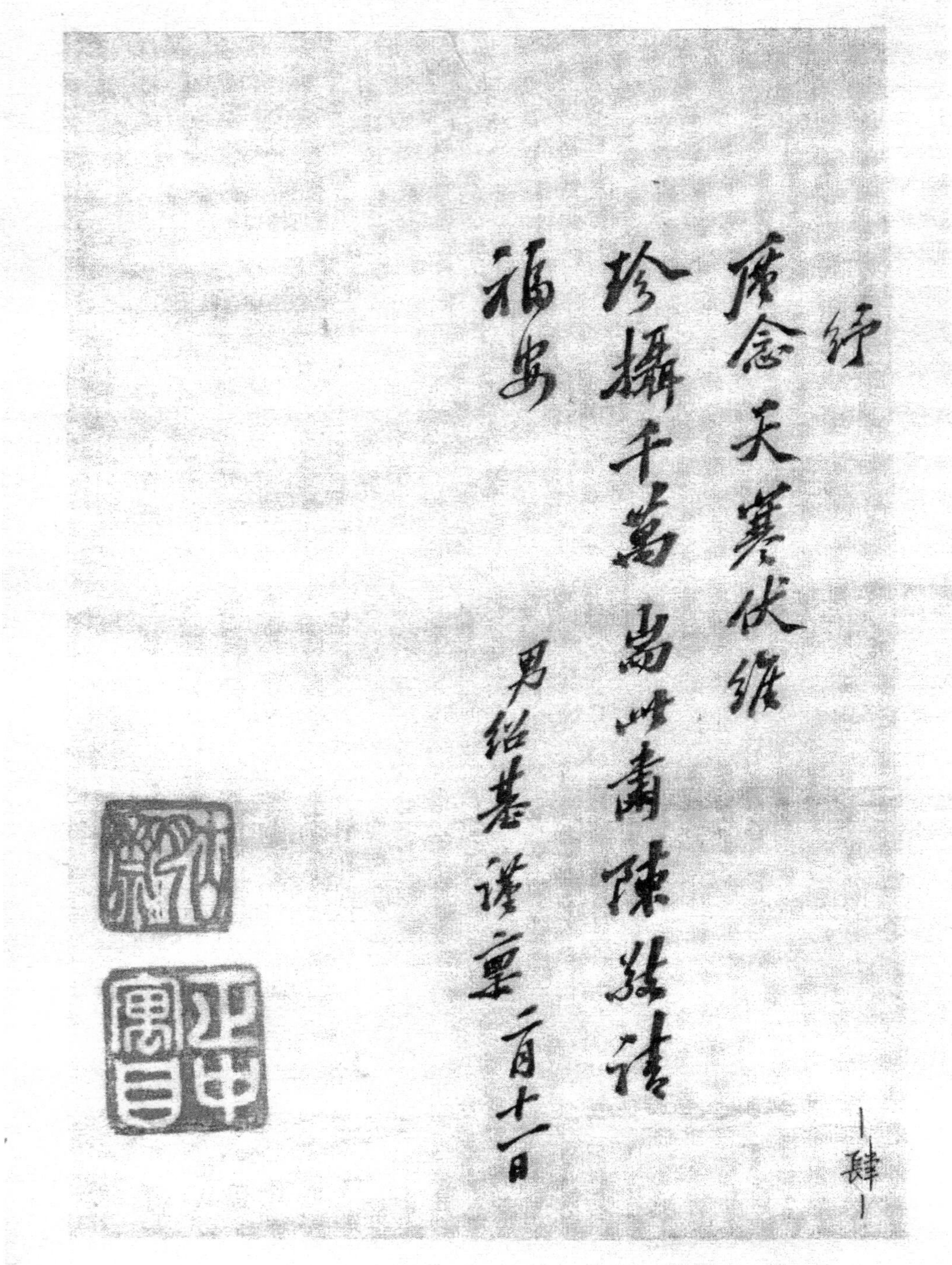

紓
廑念天寒伏維
珍攝千萬耑此肅陳敬請
福安
男紹基謹稟 月十一日

肆

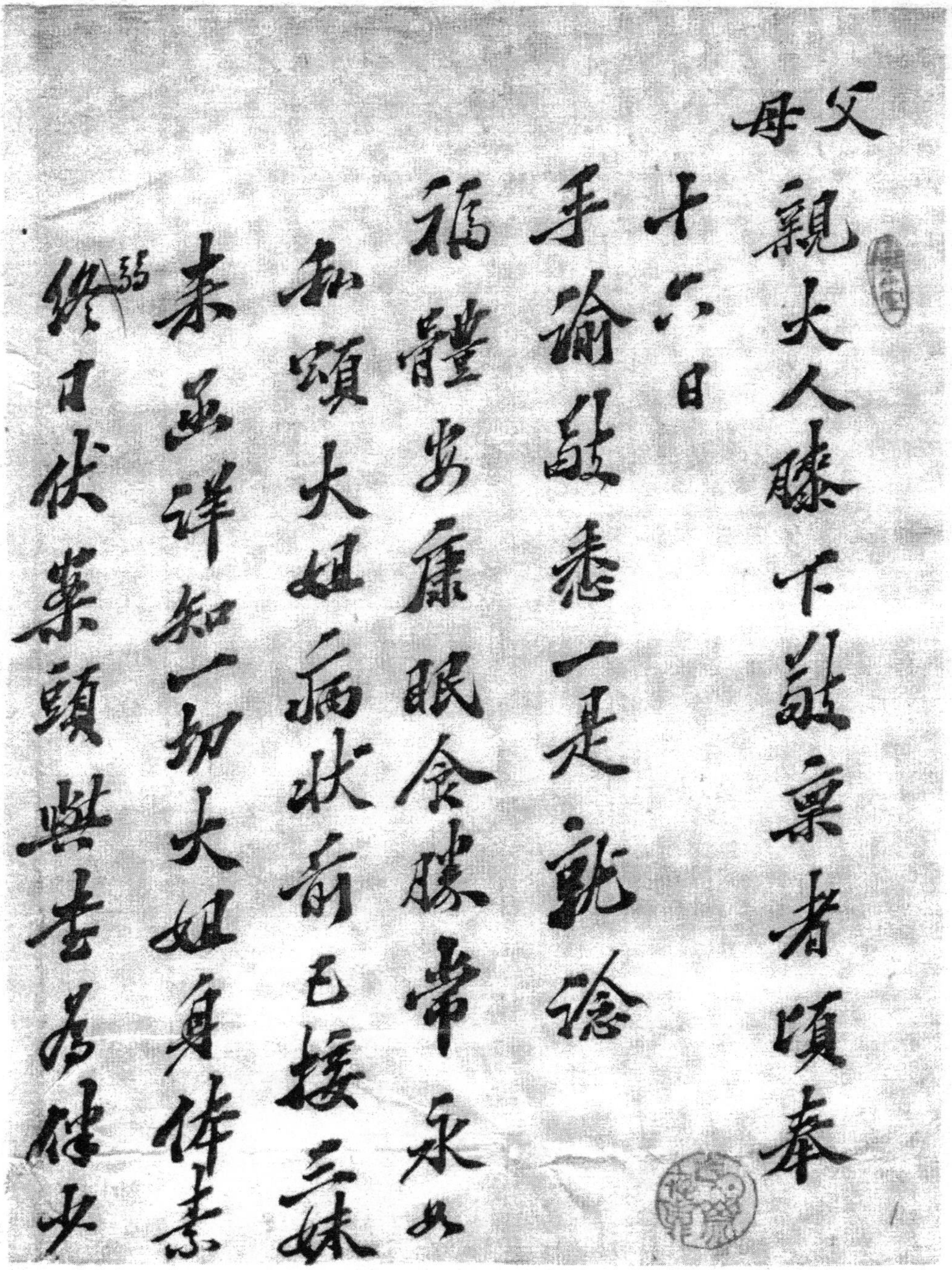

父
母親大人膝下敬稟者頃奉
十六日
手諭敬悉一是就諗
福體安康眠食勝常永如
私頌大姐病狀前已接三妹
來函詳知一切大姐身体素
弱終日伏案頭與書為伴也

寄件人：黎紹基　收件人：黎元洪夫婦

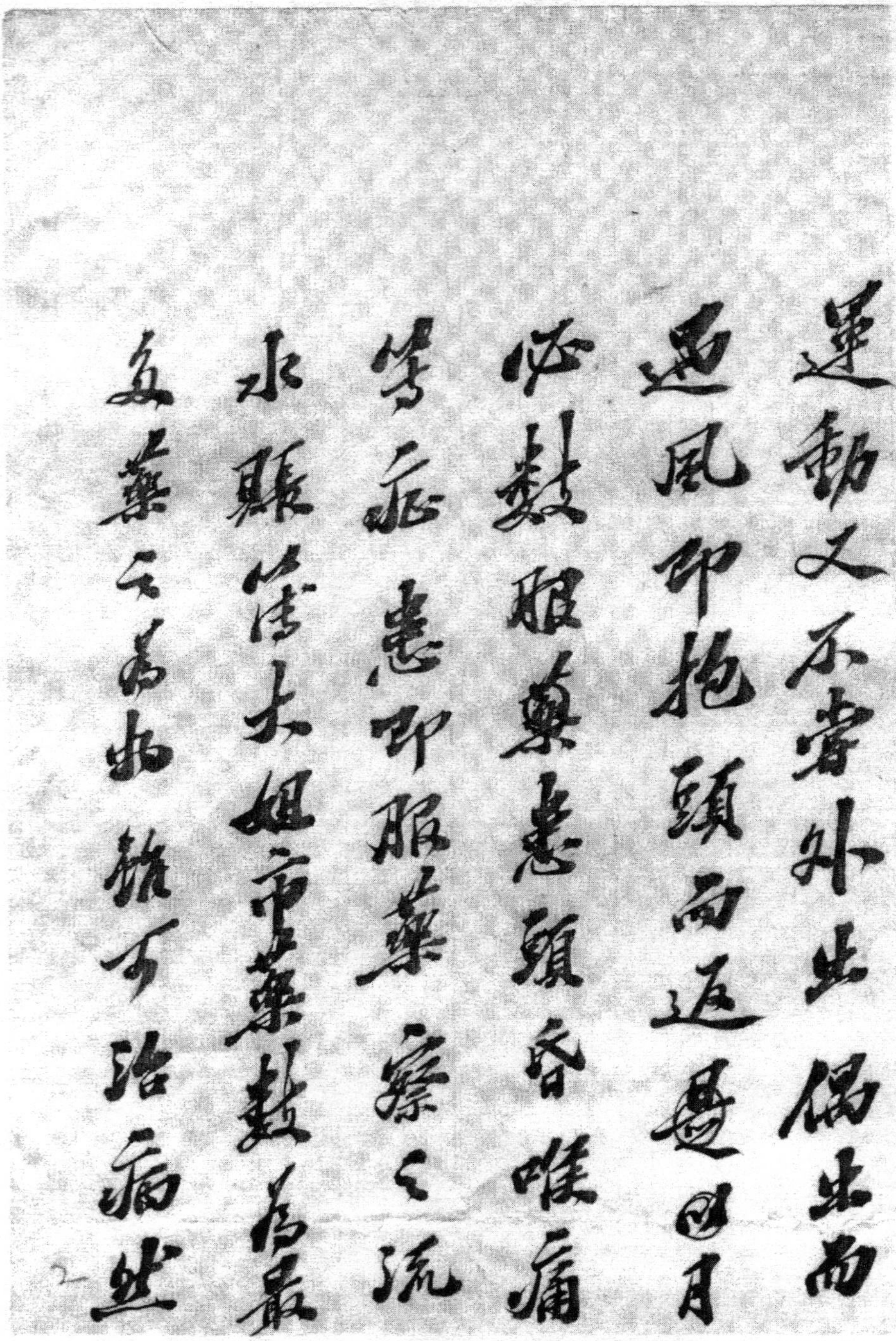

運動又不常外出偶出尚
過風即抱頭而返憂甚月
必數服藥患頭昏喉痛
等症患即服藥療々流
水縣進太姐市藥數為最
多藥亦易收能可治病然

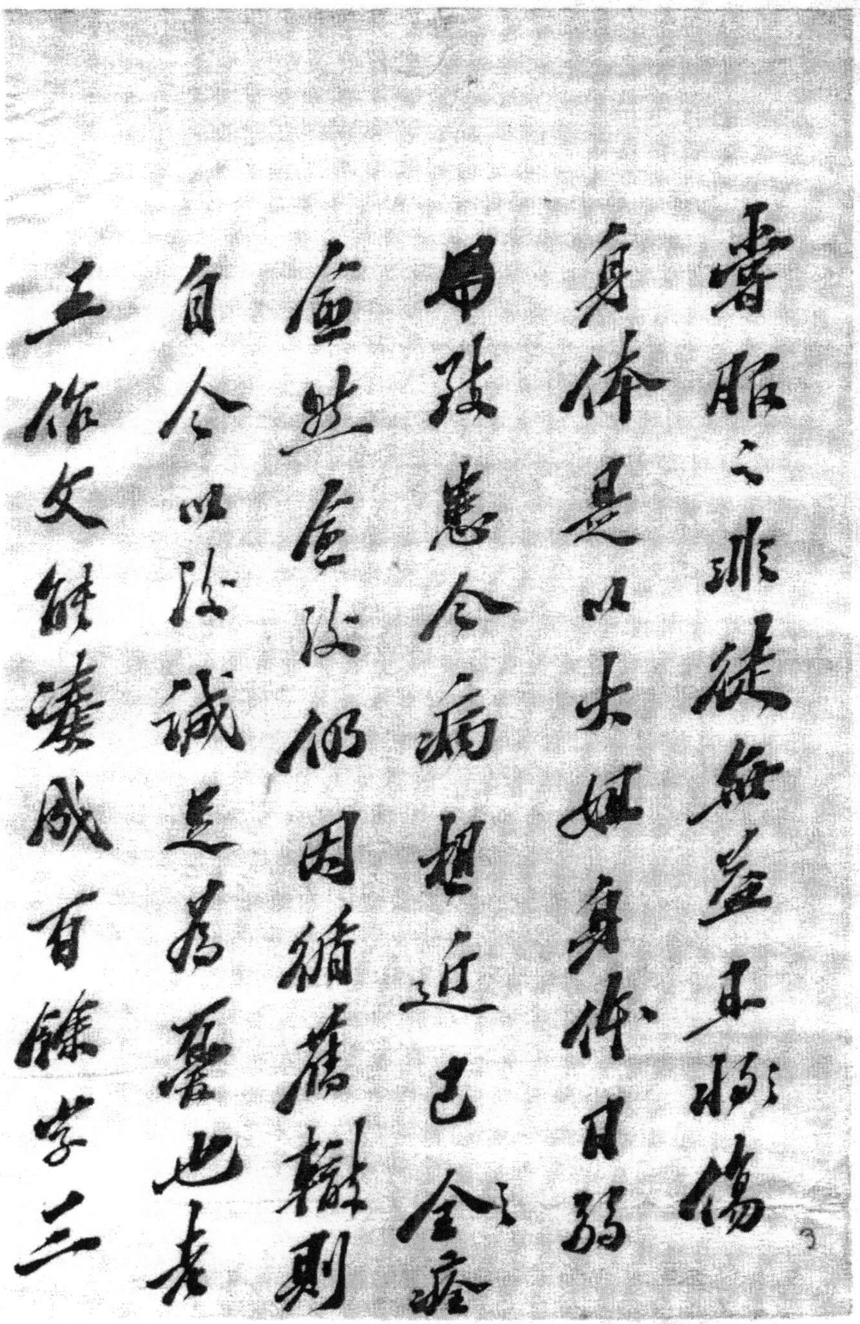

書服之非徒無益且極傷
身体是以大姐身体日弱
卒致患今病想近已全痊
愈然爸爸仍因循舊轍則
自今以後誠足為鑒也者
工作之餘湊成百餘字三

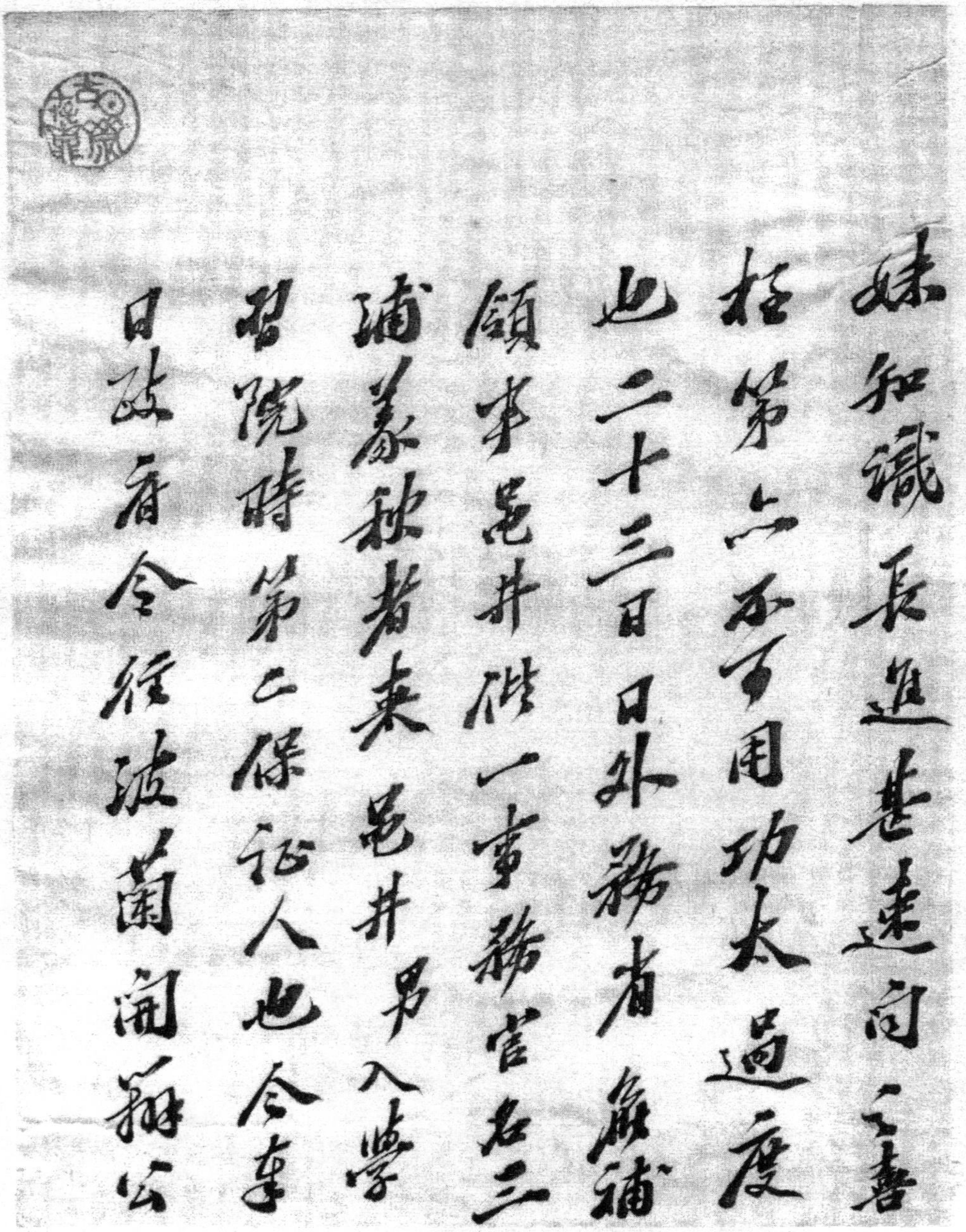

妹知識長進甚速，可之喜
惟第亦不可用功太過度
也。二十三日外務省派補
領事龜井併一事務官名三
浦藤秋者來，龜井男入學
習院時第二保證人也。今年
日政府令往波蘭開辦公

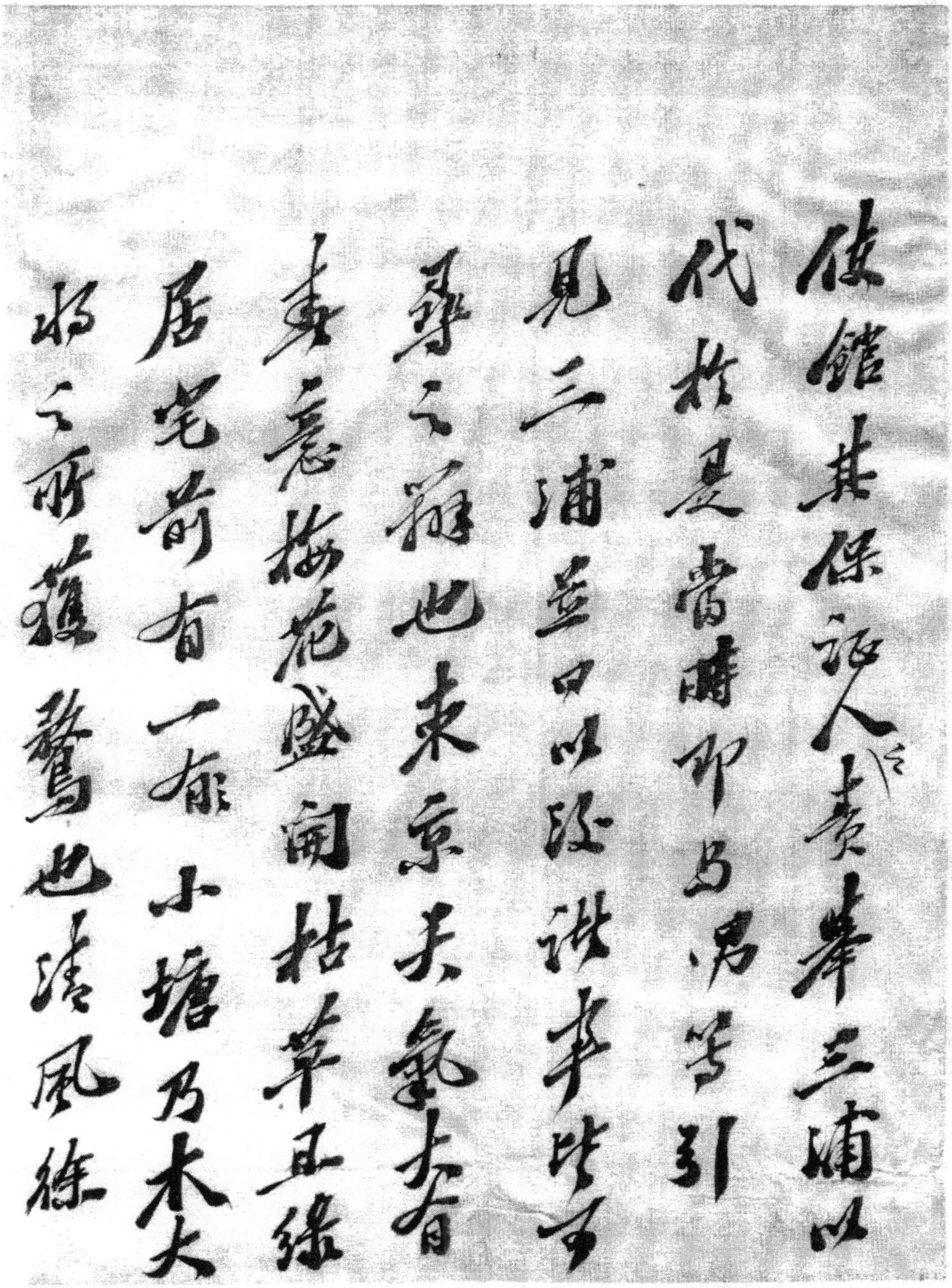

彼館其保證人之責峯三浦以
代於是當時印與男等引
見三浦並口以證說此事
尋之難也東京天氣大暑
未息梅花盛開枯草且綠
居宅前有一條小塘乃太大
將之所獲鷺也清風絛

寄件人：黎紹基　收件人：黎元洪夫婦

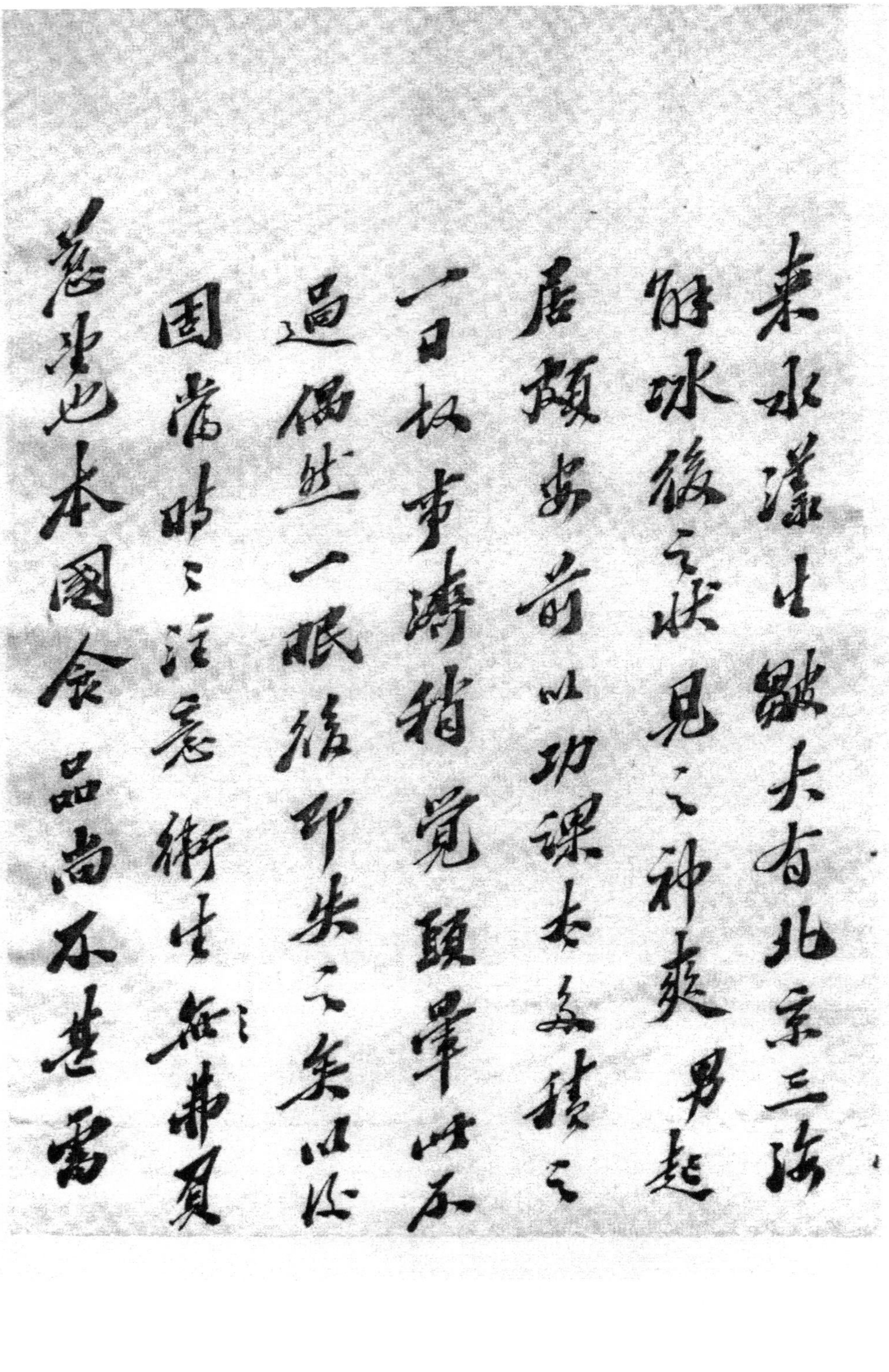
來水漾生紋大有北京三海
解冰後之狀見之神爽 男起
居頗安 前以功課太多積之
一日故事濟稍覺頭暈此不
過偶然一眠後即失之矣以後
固當時時注意衛生飲食兼夏
意也本國食品尚不甚需

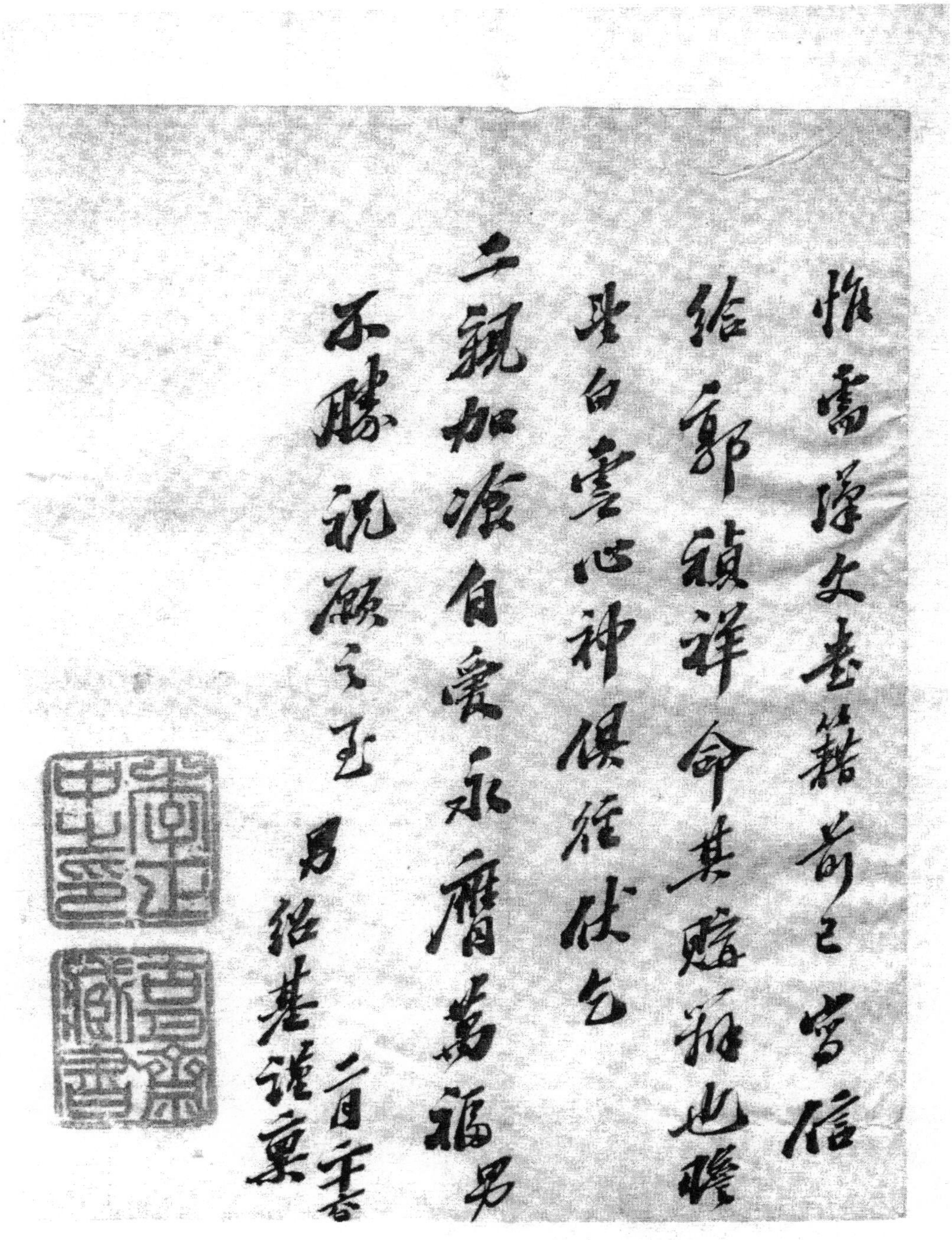

惟需學文書籍前已曾信
給郭禎祥命其購寄也瞻
望白雲心神俱往伏乞
二親加飡自愛永膺萬福男
不勝祝禱之至　男紹基謹稟　二月廿五

寄件人：黎紹基　收件人：黎元洪夫婦

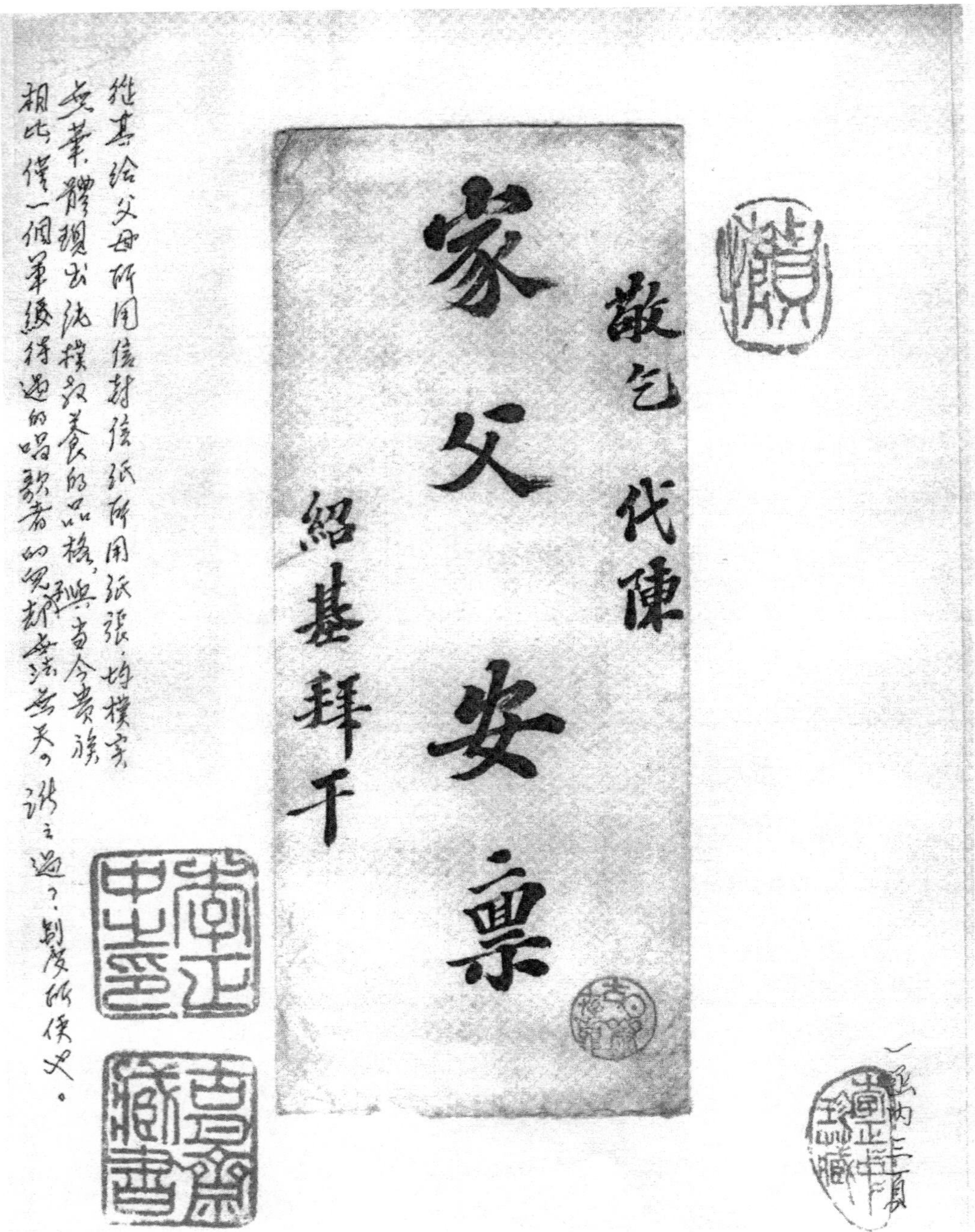

敬乞代陳

家父安稟

紹基拜干

從其給父母所用信封信紙所用紙張，均樸實無華，體現出純樸致養的品格，與當今貴族子孫相比，僅一個單幾得過的唱歌者的兒都無法並其の詭之過了，剔度紙僅只。

一函內三頁

寄件人：黎紹基　收件人：黎元洪夫婦

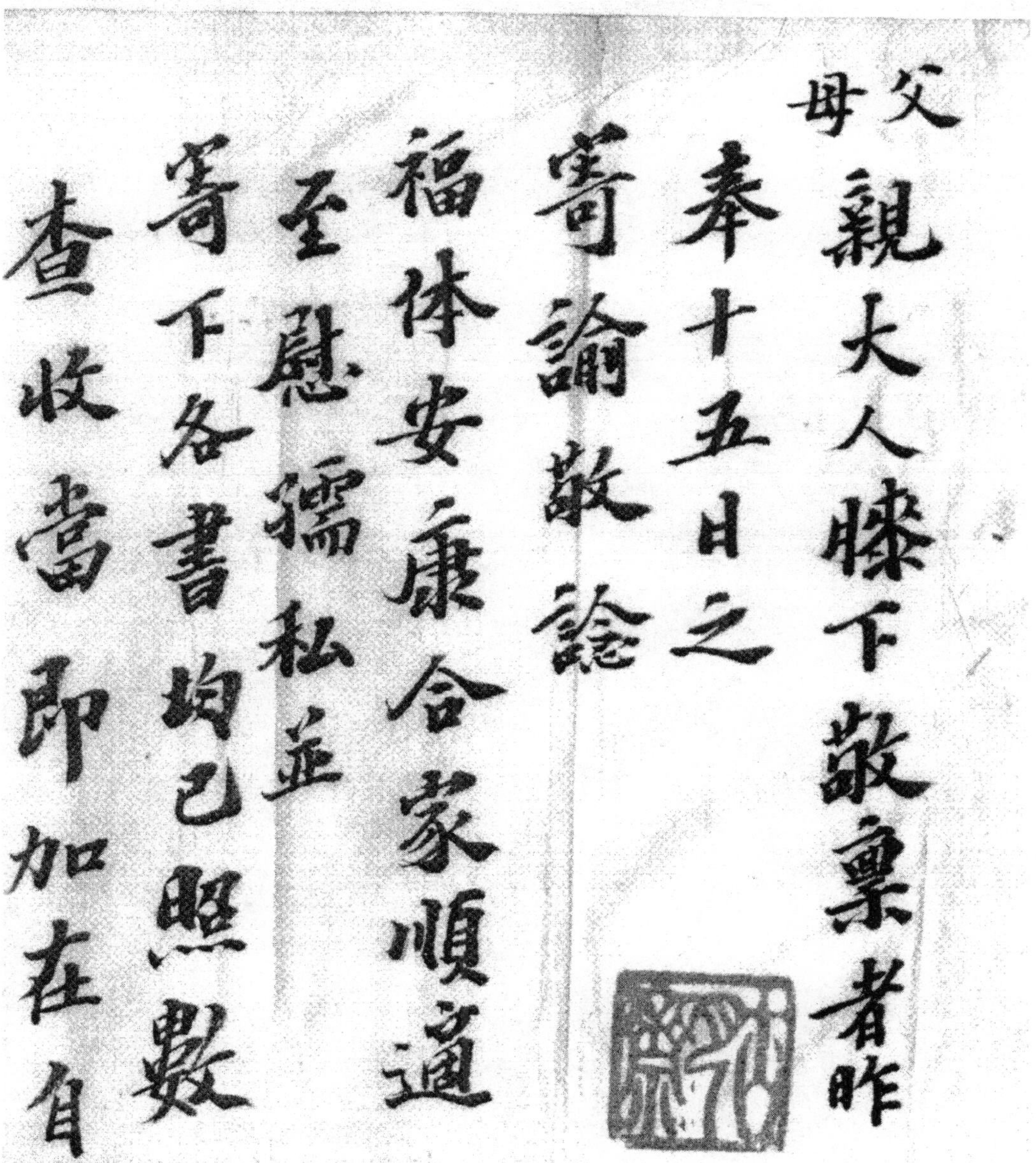

父母親大人膝下敬稟者昨
奉十五日之
寄諭敬諗
福体安康合家順適
至慰孺私並
寄下各書均已照數
查收當即加在自

習時間以資參及前日
學習院主任教員規
定男之日歷班漢文
班英文班皆行廢止
繼以補習日文然日
歷四時則徵由該院英
文教員用英文補授

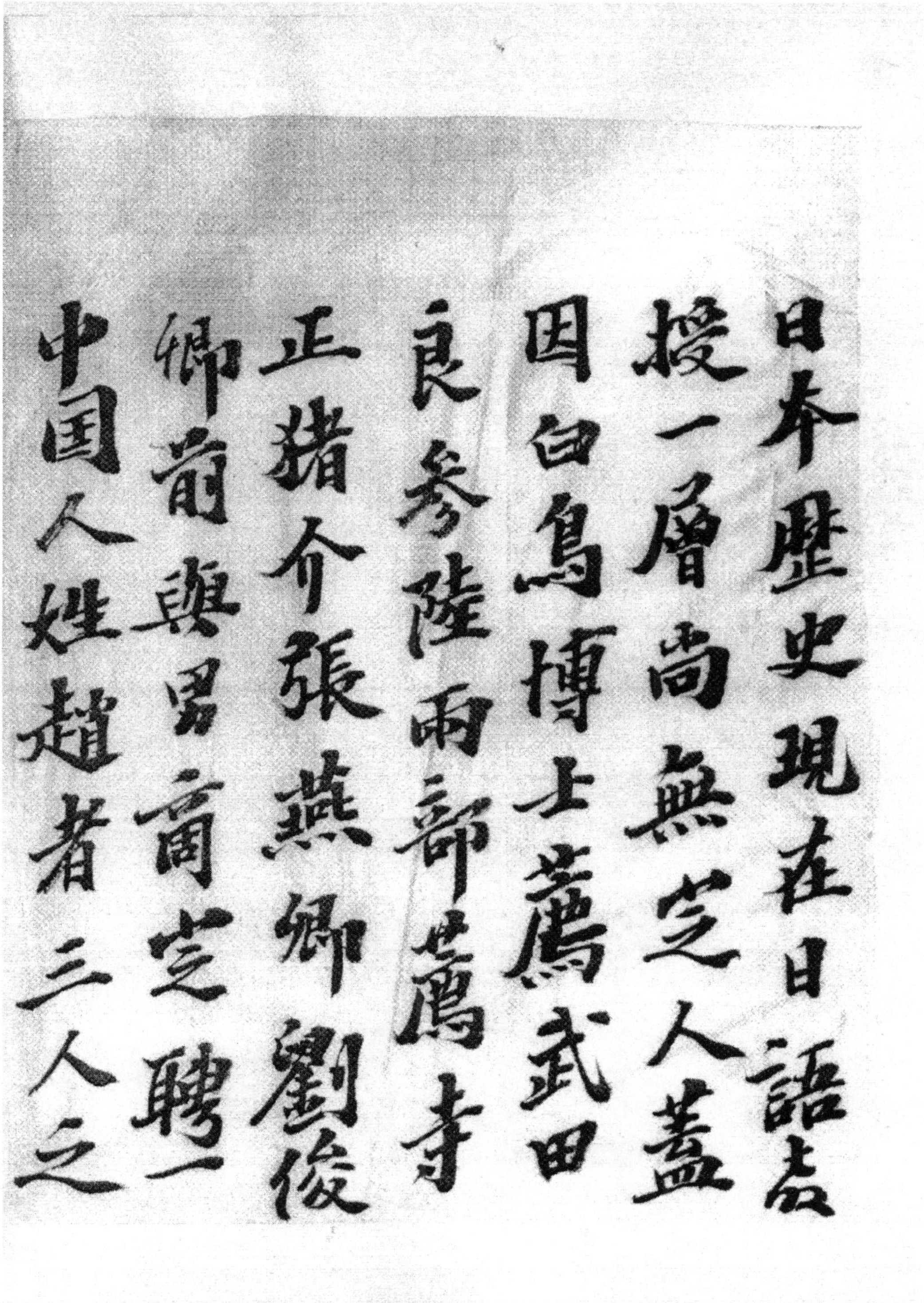

日本歷史現在日語教
授一層尚無之人蓋
因白鳥博士薦武田
良參陸兩部薦寺
正猪介張燕卿劉俊
卿前與呂商之聘一
中国人姓趙者三人之

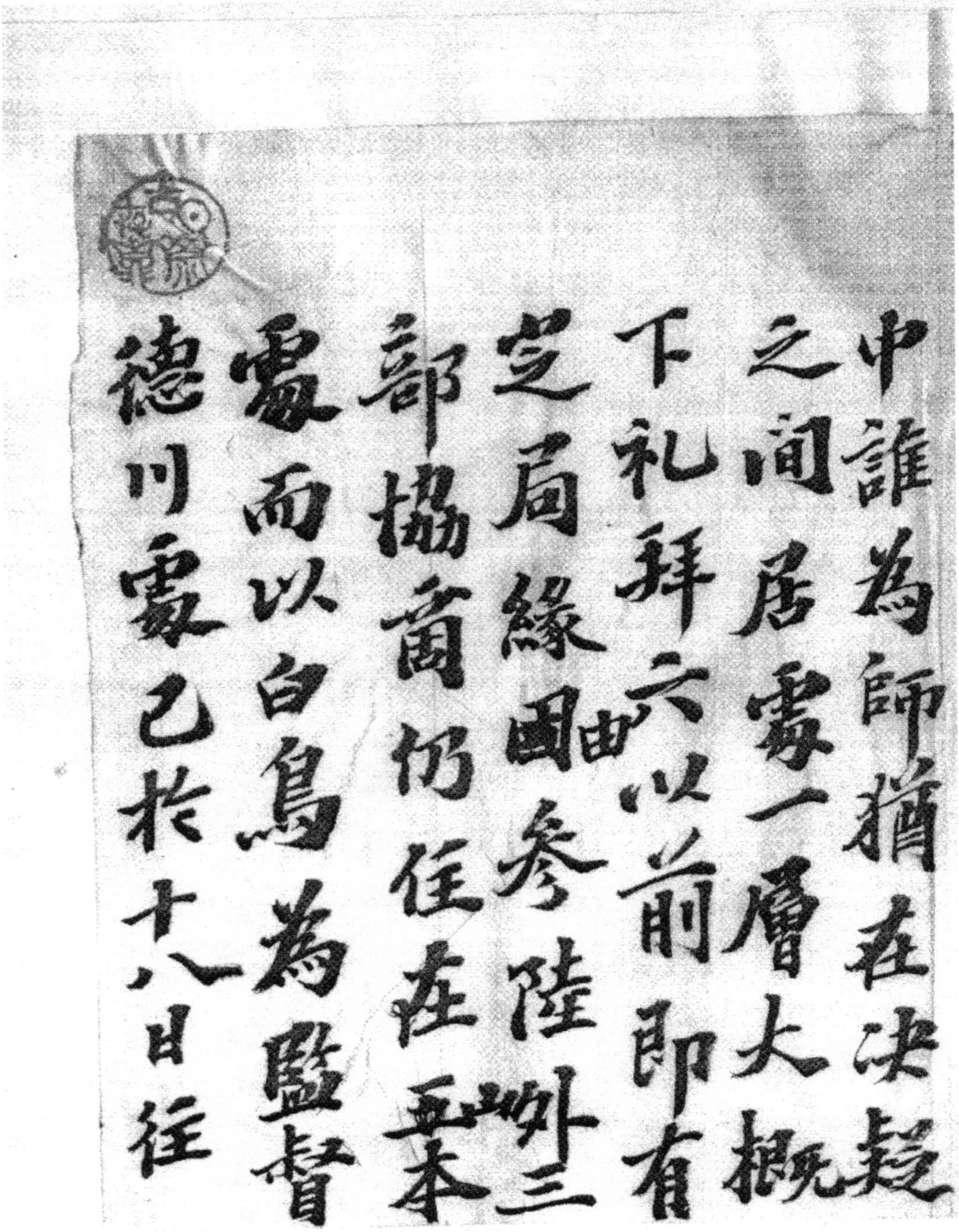
中誰為師猶在決疑之間居處一層大概下礼拜六以前即有定局緣由參陸外三部協商仍住在本處而以白鳥為監督德川處已於十八日往

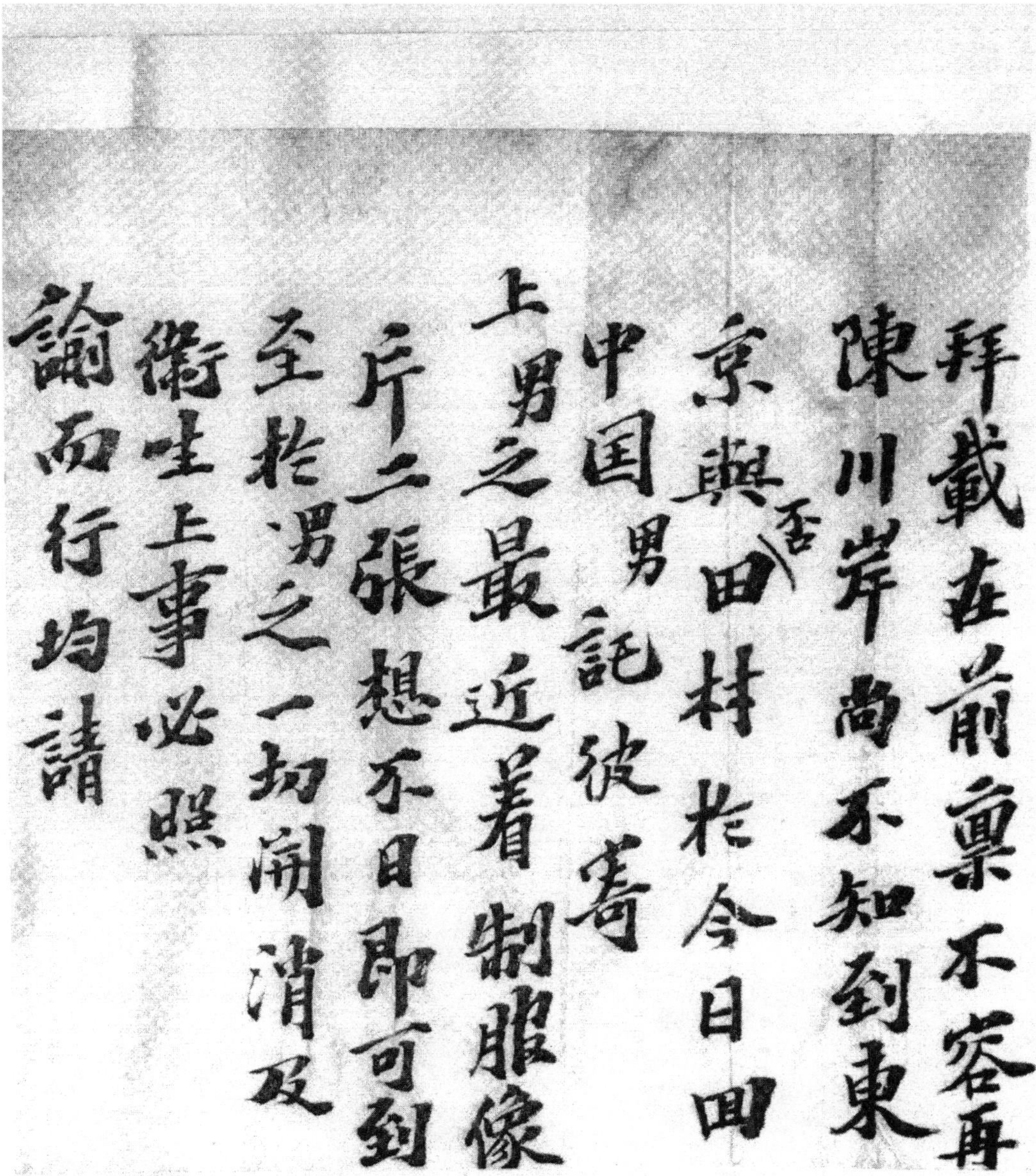
拜載在前禀不容再
陳川岸尚不知到東
京與香田村於今日回
中国男託彼寄
上男之最近着制服像
片二張想不日即可到
至於男之一切開消及
衛生上事必照
諭而行均請

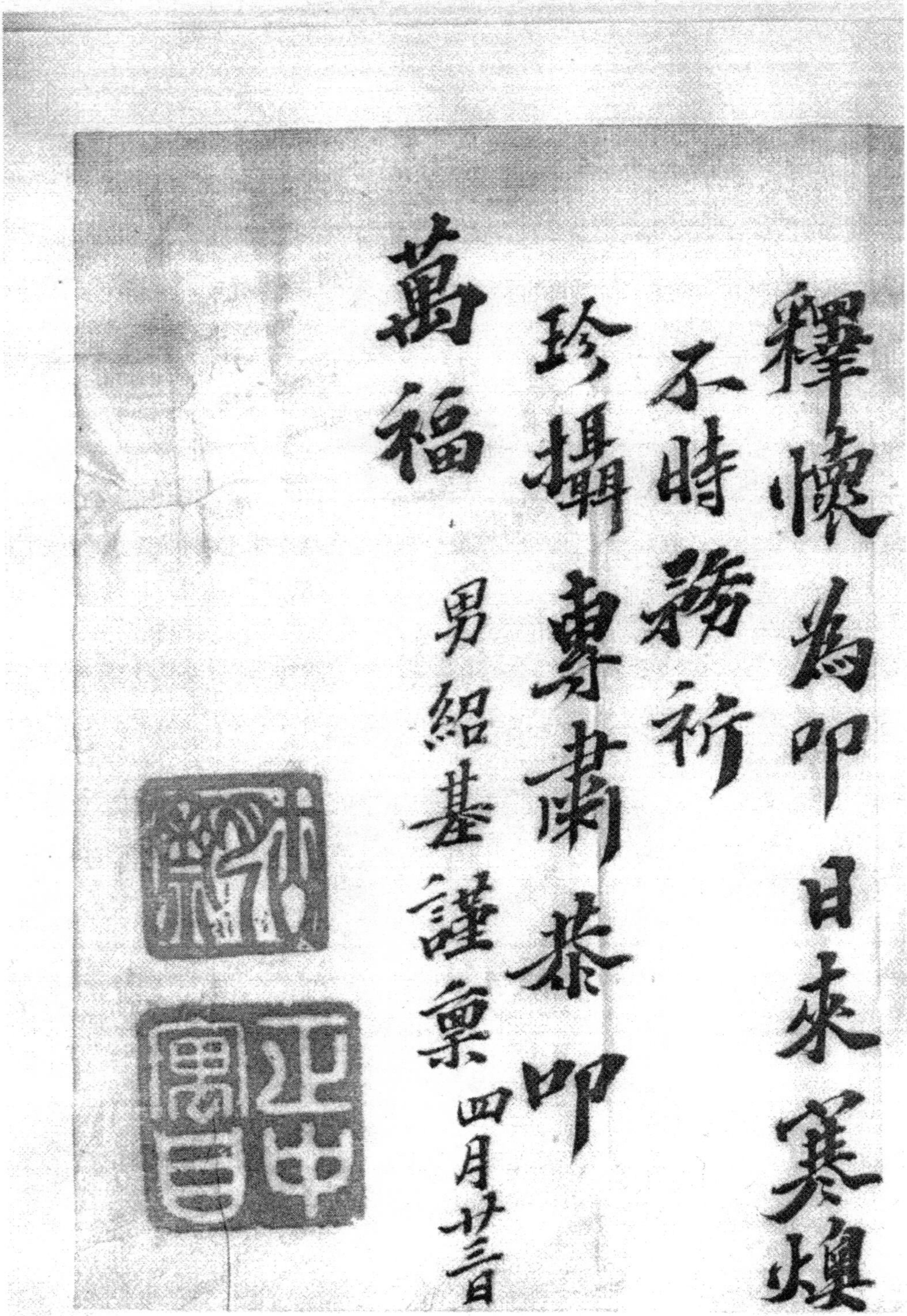
釋懷為叩日來寒燠
不時務祈
珍攝専肅恭叩
萬福
男紹基謹稟 四月廿日

寄件人：黎紹基　收件人：黎元洪夫婦

父母親大人膝下敬稟者本月二十一日
上一稟諒早邀
慈鑒、上禮拜六由堂治介紹
一姓藤島者請男等遊園藤
島在中國多年民國元年曾
在武昌見過
大人是日有中國公使胡維德
及使館人員又有一姓中井

長子紹基赴日留学家信報平安。計一至三頁

49

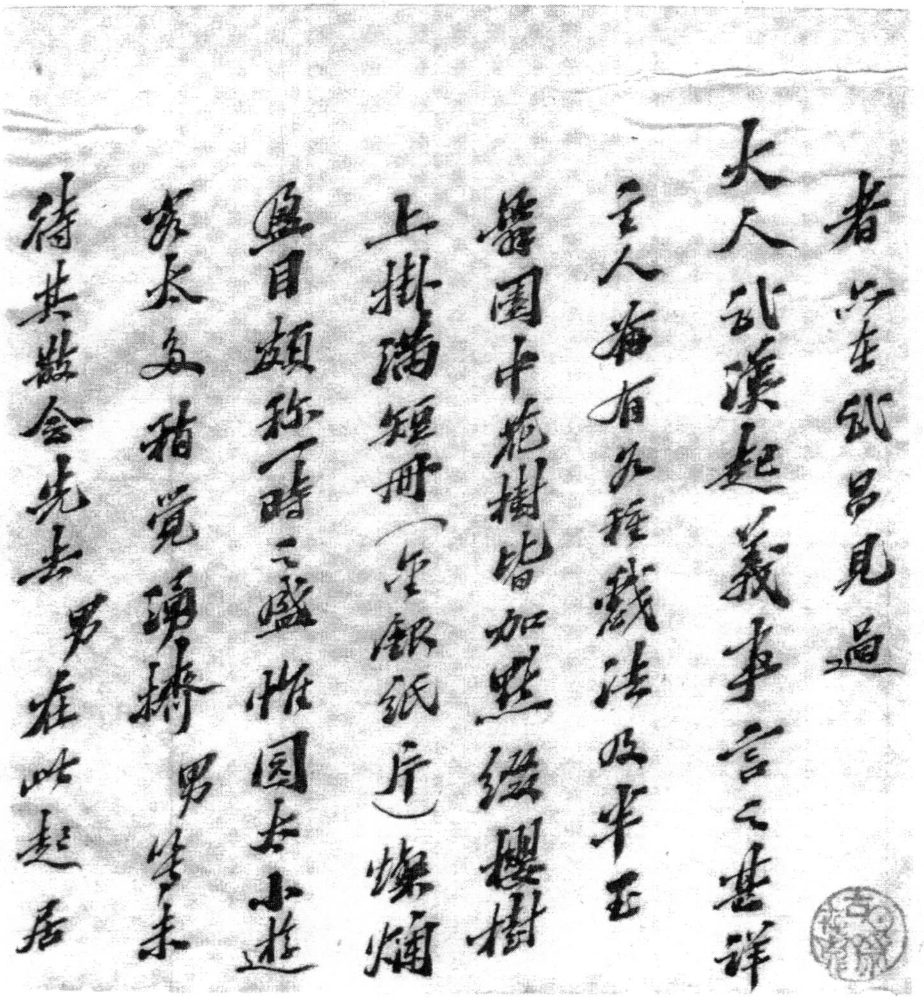

者亦在武昌見過
大人武漢起義事言之甚詳
主人猶有多種戲法及半玉
醫園中花樹皆加點綴櫻樹
上掛滿短冊（金銀紙片）燦爛
盈目頗稱一時之盛惟園太小遊
客太多稍覺擁擠　男等未
待其散會先去　男在此起居

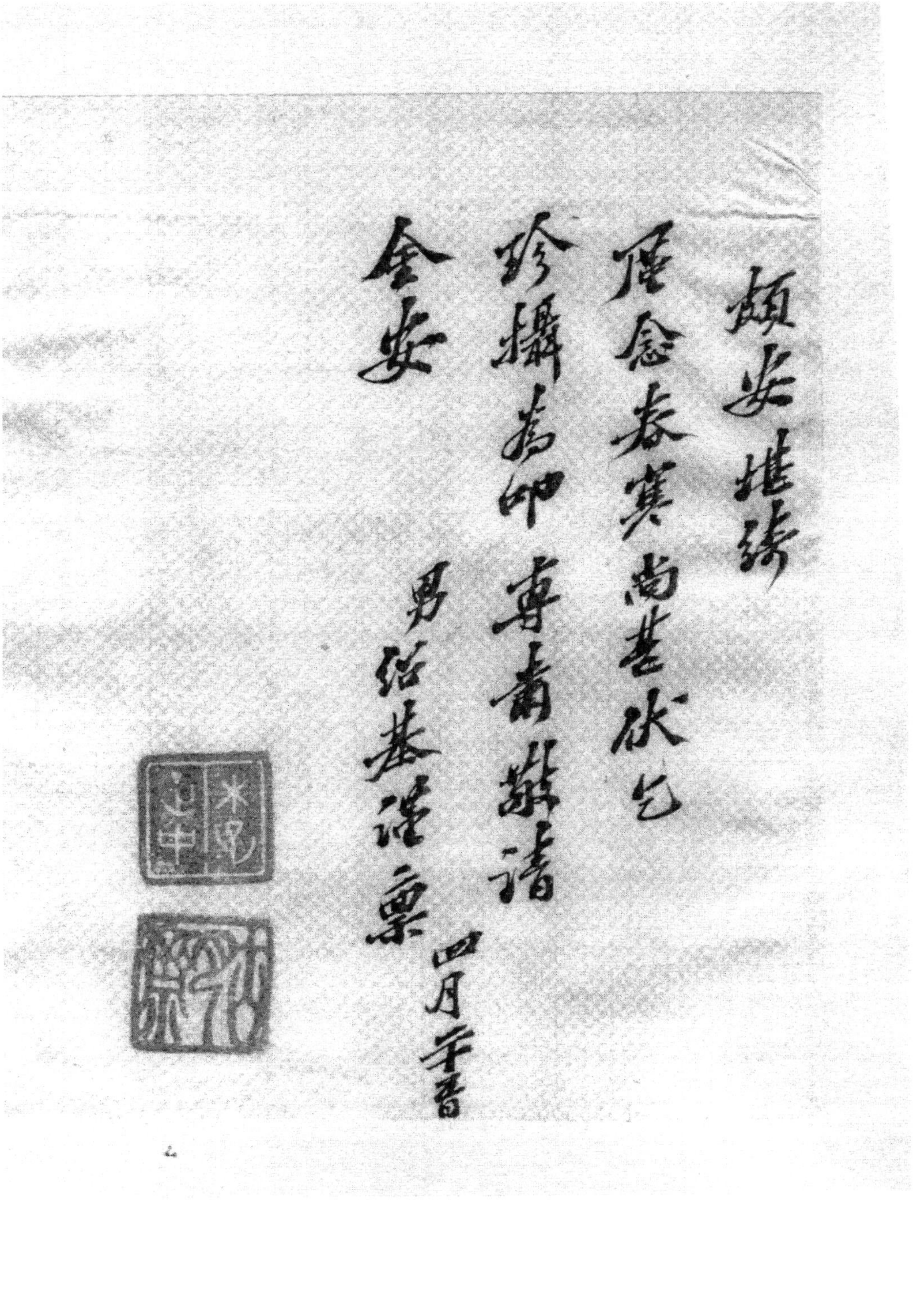
頌安維諸
垂念春寒尚甚伏乞
珍攝為叩專肅敬請
金安
男紹基謹稟 四月宇晉

寄件人：黎紹基　收件人：黎元洪夫婦

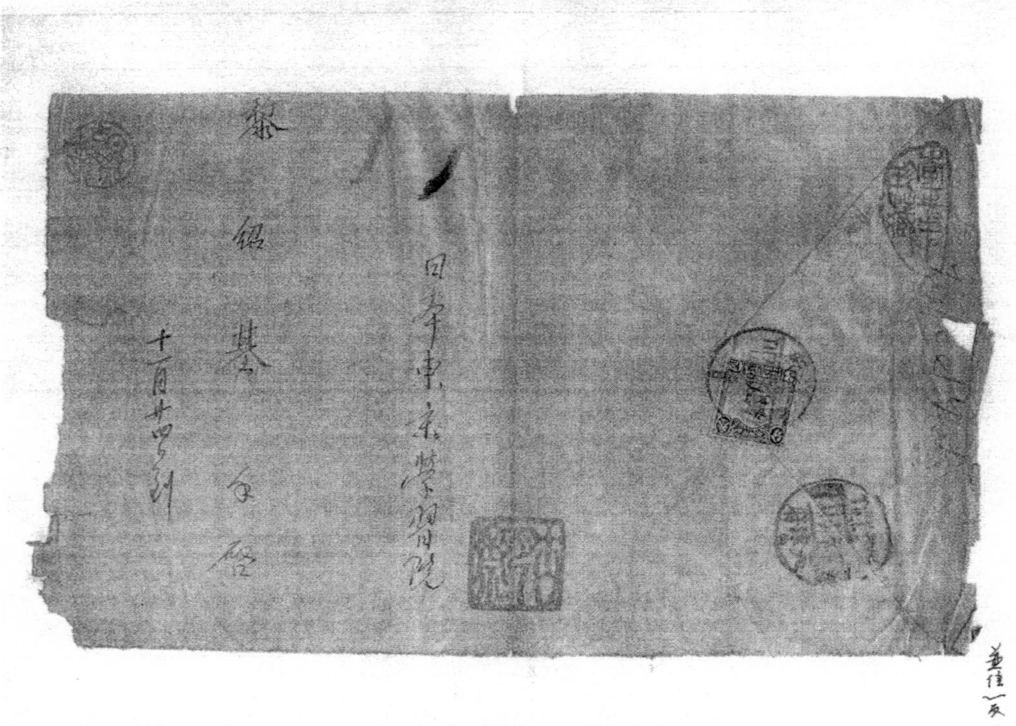
日本東京學習院
黎紹基 台啓
十一月廿四日封

寄件人：黎紹基　收件人：黎元洪夫婦

紹基在日留學成績報告、、　信一通

一、二公子身体強健勤于學業

一、本月五日學習院開外国語演說会英語受賞者五人　公子列第一德語僅張公子一人受賞

一、公子日語進步甚速已可以日語與學友談話無須摻雜英語張公子亦大有進步

一、自六月九日即經加入中隊教練因各種口令已完全了解矣

附英文演說題及人名表一紙

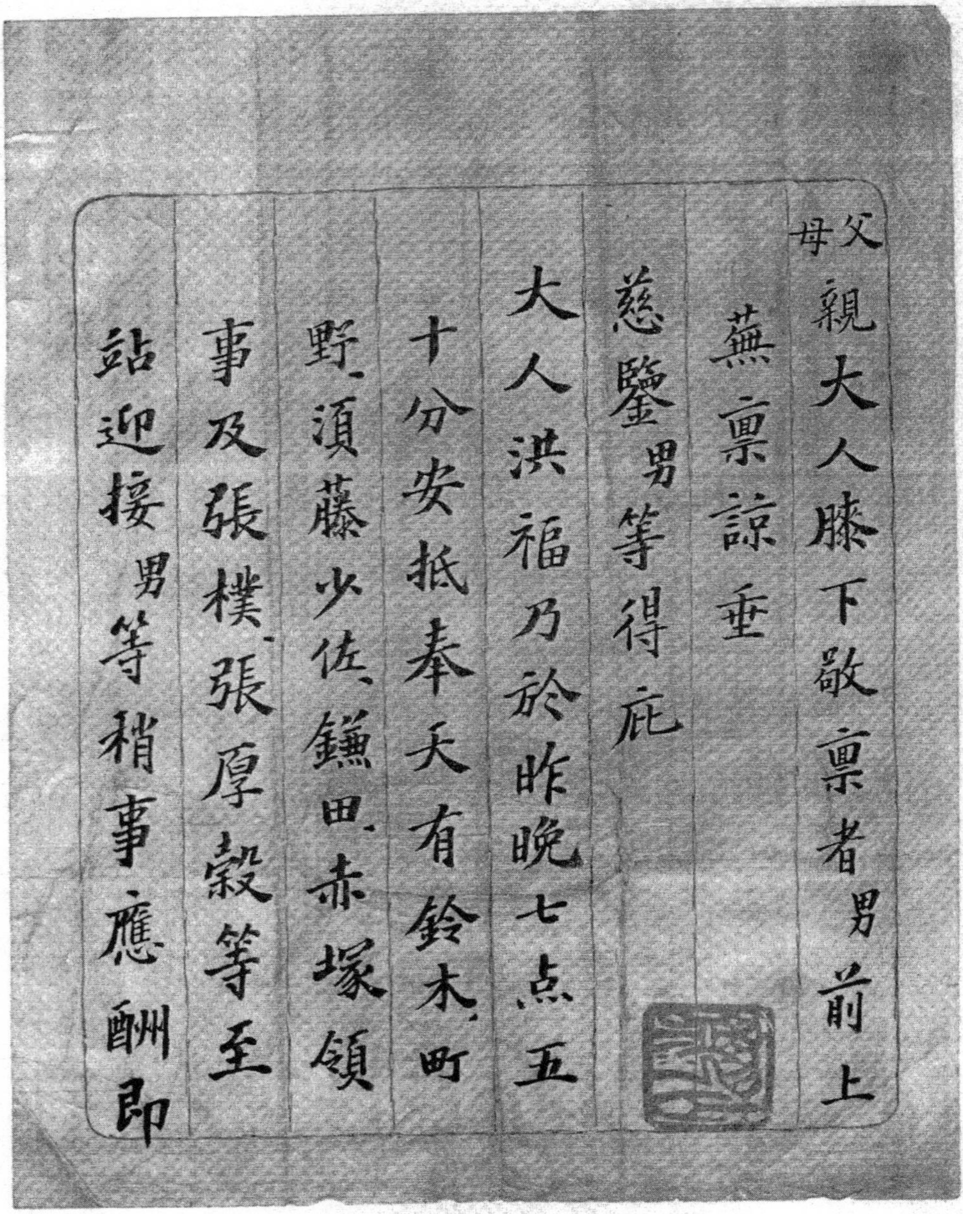

父母親大人膝下敬稟者男前上
蕪稟諒垂
慈鑒男等得庇
大人洪福乃於昨晚七点五
十分安抵奉天有鈴木、町
野、須藤少佐、鐮田、赤塚領
事及張樸、張厚穀等至
站迎接男等稍事應酬即

寄件人：黎紹基　收件人：黎元洪夫婦

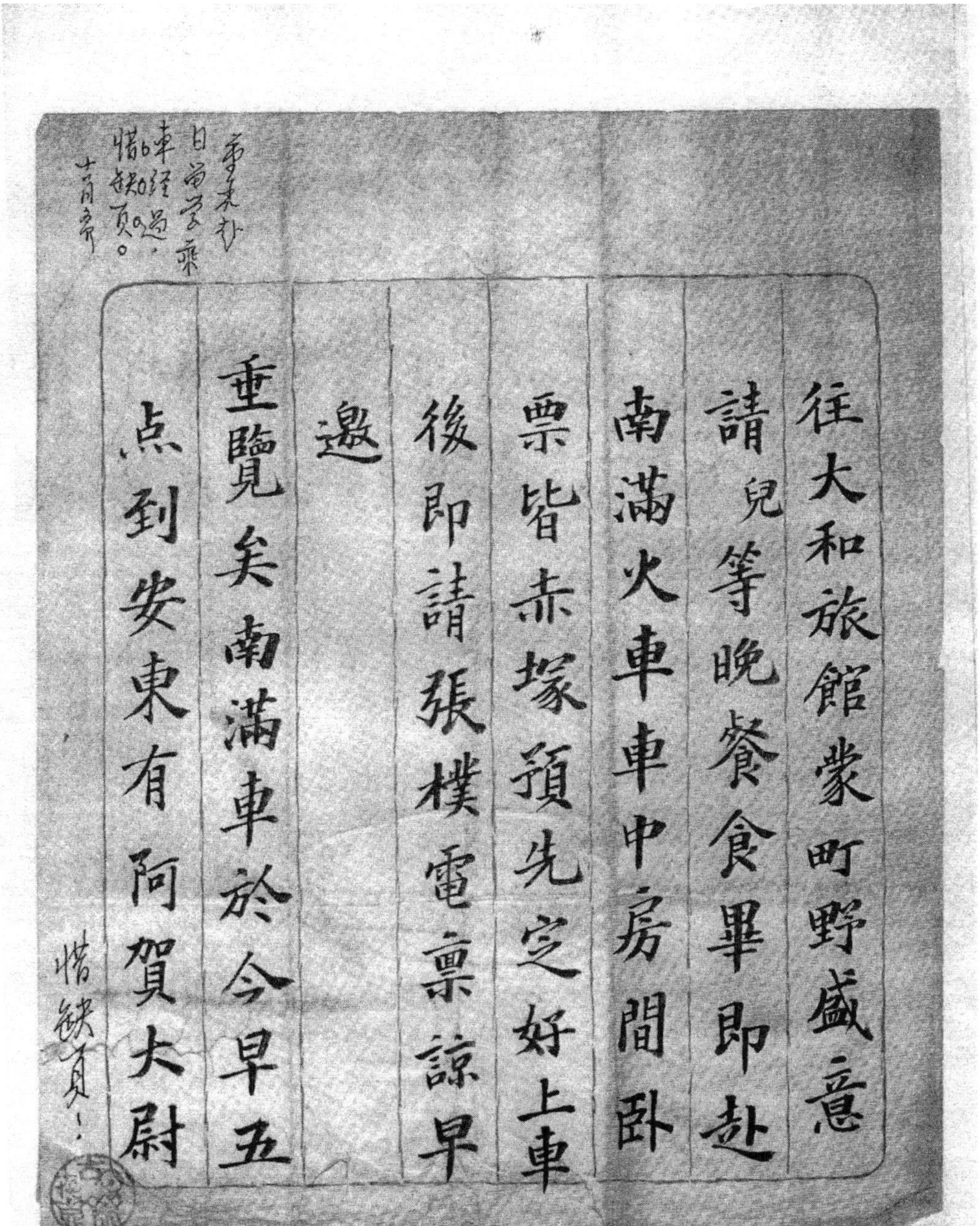

季來赴日留學乘車經過。惜缺頁。十月齋

往大和旅館蒙町野盛意
請兒等晚餐食畢即赴
南滿火車車中房間卧
票皆赤塚預先定好上車
後即請張樸電稟諒早
邀
垂覽矣南滿車於今早五
点到安東有阿賀大尉

惜缺頁！

三、黎氏家族手足情深

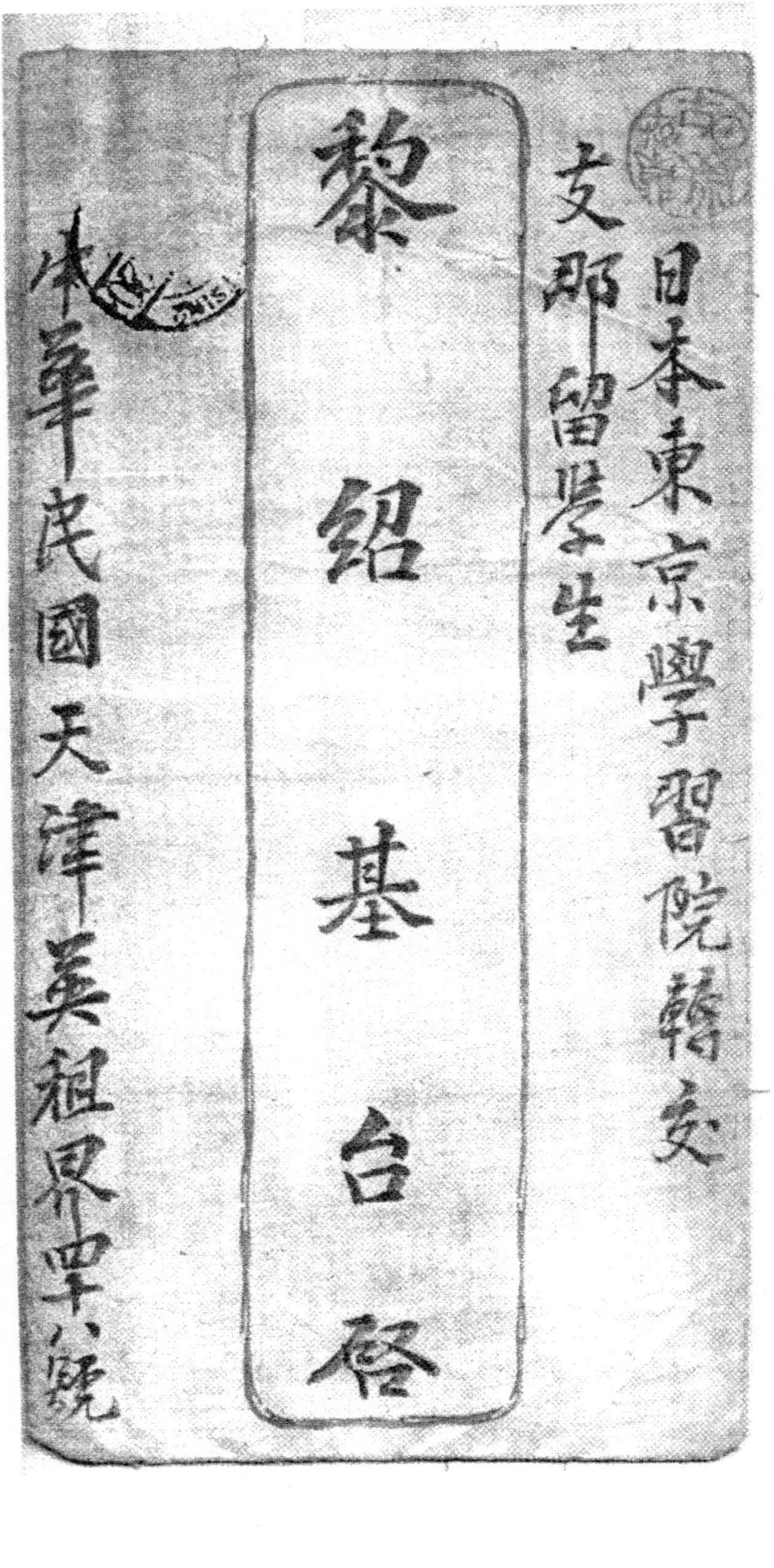
日本東京學習院轉交
支那留學生
黎紹基台啟
中華民國天津英租界四十八號

重光弟手足遠隔
請容亟殷鵠望昨接十日
手書頗慰渴想今會期已經方
知文躬出外而精神鄉會
何其懇耶近來天津季
候甚乾燥以致苗稼枯槁
農人盼雨如油
雙親以次均屬安吉堪以告

寄件人：黎紹芬　收件人：黎紹基

慰寒煖不時勤望
加意珍衛是祝忽忽書此不
盡所懷即頌
起居
姊 銘崇手啓 五月十九日
弟洪附筆致候
同

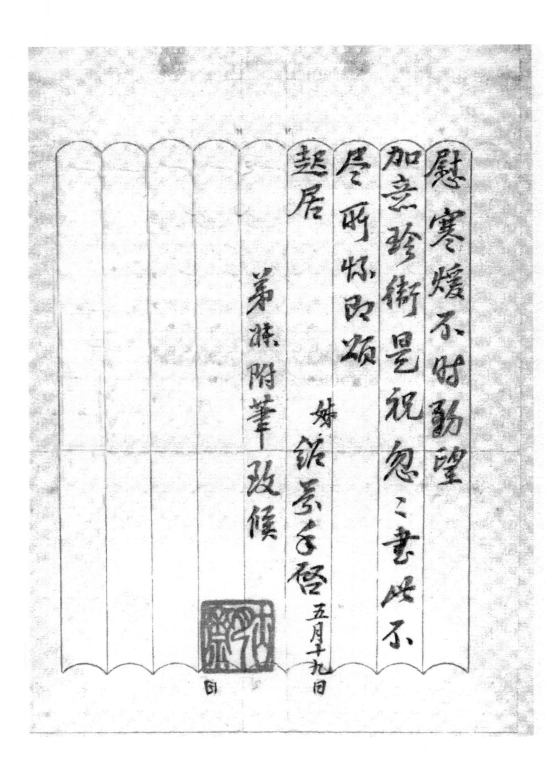

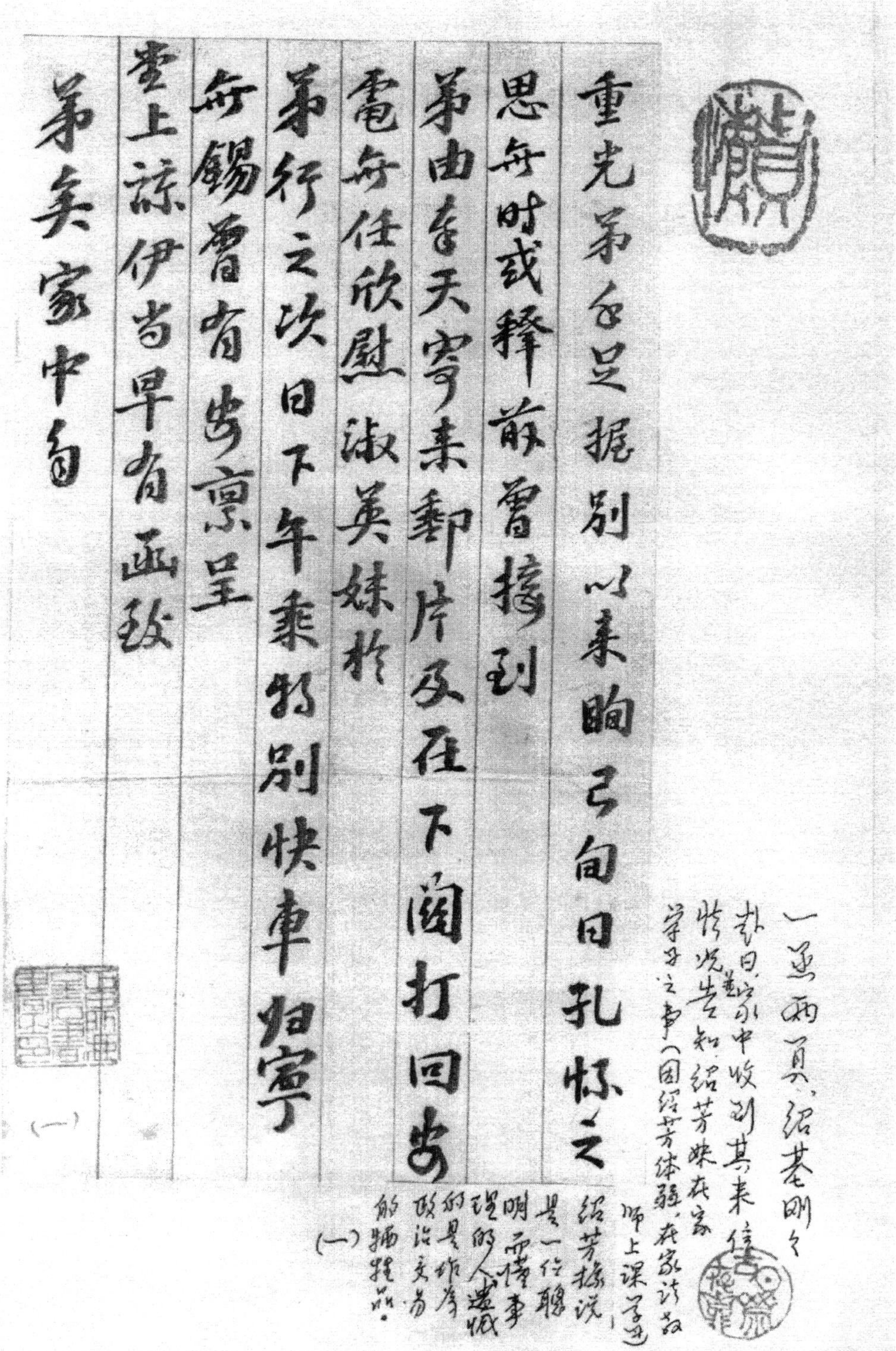

重光弟手足握别以来瞬已旬日孔怀之
思無时或释前曾接到
弟由奉天寄来郵片及在下關打回安
電無任欣慰淑英妹於
弟行之次日下午乘特别快車归寧
無錫曾有安禀呈
堂上諒伊当早有函致
弟矣家中匀

（一）

一函兩頁，紹基明々
數日，從家中收到其來信
情况並告知紹芬妹在家
學习之事（因紹芬体弱，在家請教
師上課学習）
紹芬據説
是一位聰
明而懂事
理的人，遺憾
的是作者
[illegible]
[illegible]

（一）

寄件人：黎紹芬　收件人：黎紹基

雙親膝下：壹呈安函，定邀
遠注。茲由南開中學聘請亢先生教
三妹化學，章先生教物理，每星期
各二小時。迩來天津氣候漸寒冷，姊日晨起
往南開上課，非棉不煖。大學月考始
於今日，各科均在本星期內試畢。秋風
襲人，善衛是囑。裁紙寄肥，即頌
近佳。
姊紹芬手書 九月廿七號 (二)

重光弟手足新年方过春節又
来學校商賈從事纺缩歡天
喜地接待佳節耳家中仍循
舊例於廿八日食年飯屆时为
弟分遺徑內遣寒鴉送弟処
如何蒼天遙遠萬里阻隔同

一函兩頁
祝春節。

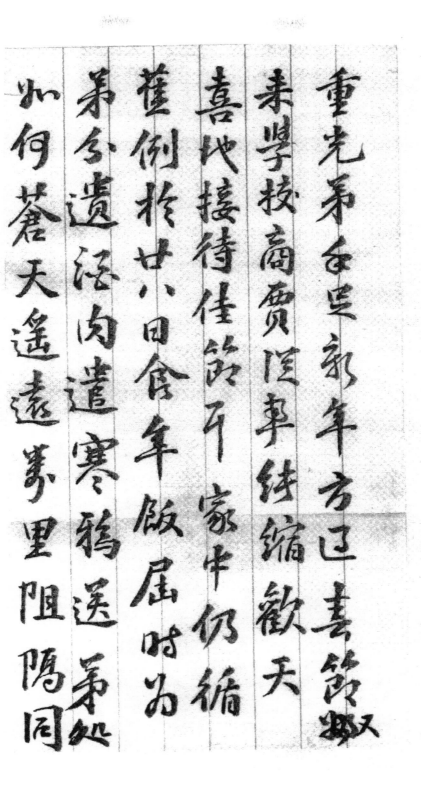

胞弟是冬在一方不克共祝此
佳姻茲因奥灣之便裁書寄
情即賀
節禧

姊紹芬手泐
一月卅一号

重光弟手足兩握

手書友愛殷殷誦讀之餘神馳左右

弟暑假歸家手足手足同胞歡聚倏瞬兩月忽又

分袂能不生離索之感耶 前致一函諒入

清輝矣

雙親納福弟妹無恙 姊亦安適無以為念

上星期二有英美教育團男女十餘人往南

開大學參觀

寄件人：黎紹芬　收件人：黎紹基

父親招來家中待以晚餐
母親三妹五弟姊皆坐陪之明日天津中國跑馬廠
開賽馬會後日星期姊等往觀之下礼拜一為
三十節家中請京津優伶演劇晚間放
焰火預備酒餐款待中外來賓惜不克与
弟共享斯樂耳 弟妹大約在 父親生日前
可以返津紙短情長不盡欲言即頌
近佳
姊 紹芬手書 十月七號灯下

重光弟手足昨接
手書欣慰無似就悉
弟婦姻在即
堂上聞之喜形於色
青不足言壽乃獲
弟遙祝寸衷樂甚迭來

姊
年者

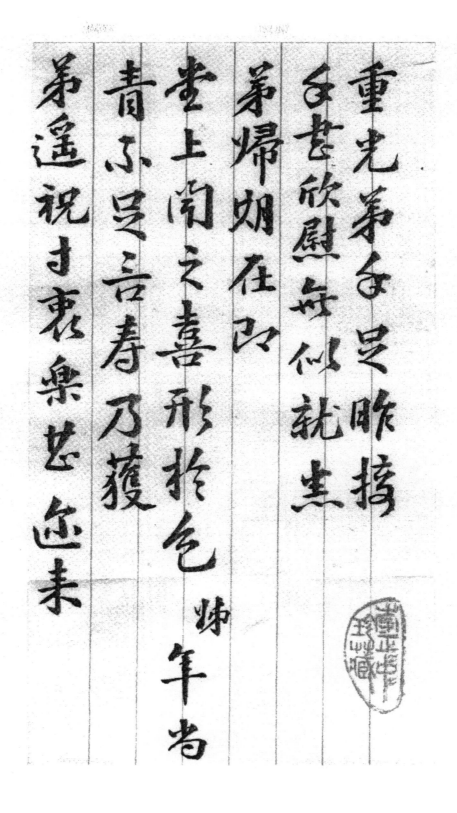

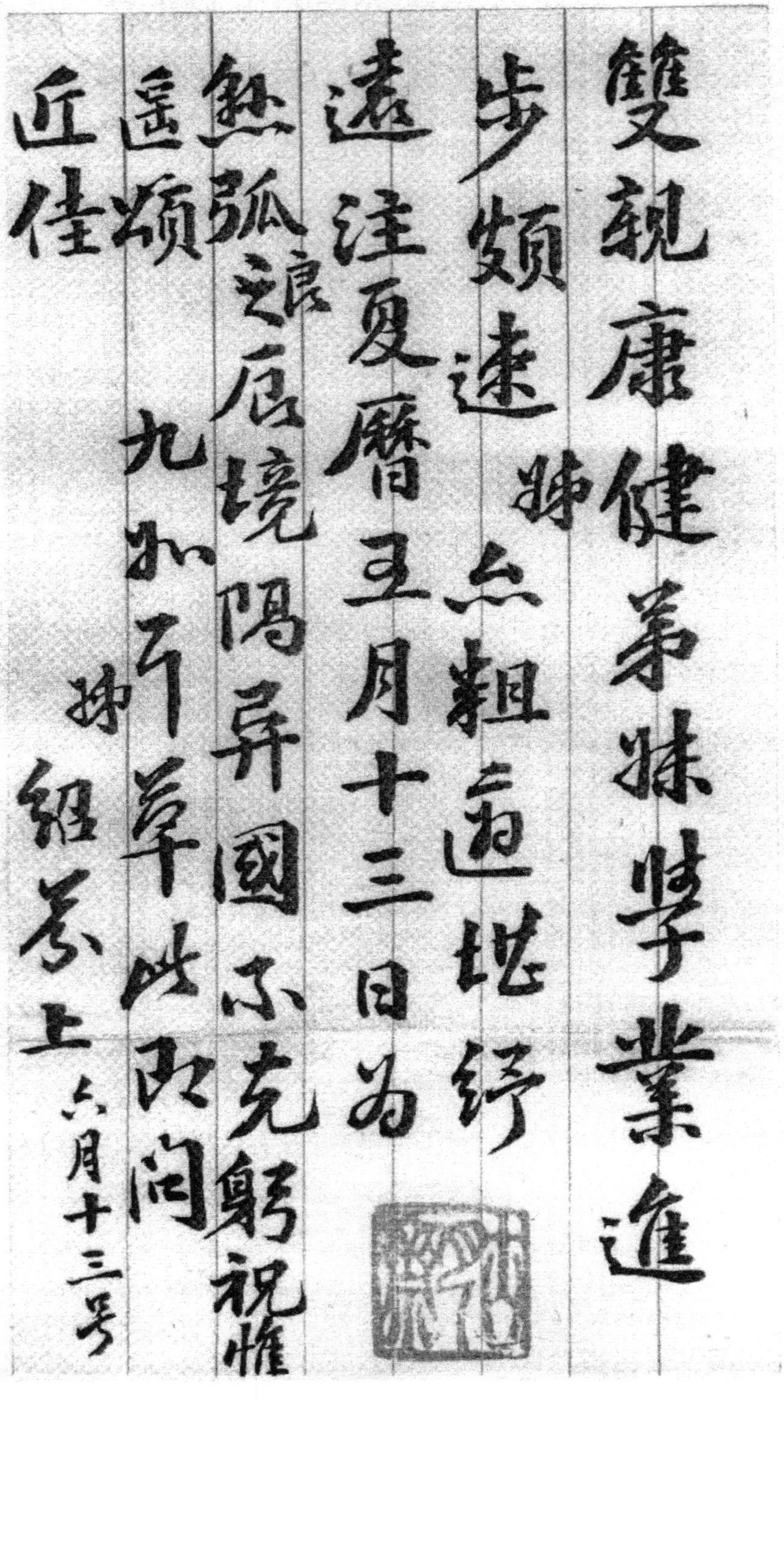
雙親康健弟妹學業進
步頗速　姊亦粗通堪紓
遠注夏曆五月十三日為
懸弧之辰境隔異國不克躬祝惟
遙頌　九如不草此敬問
近佳
姊　紹芬上　六月十三号

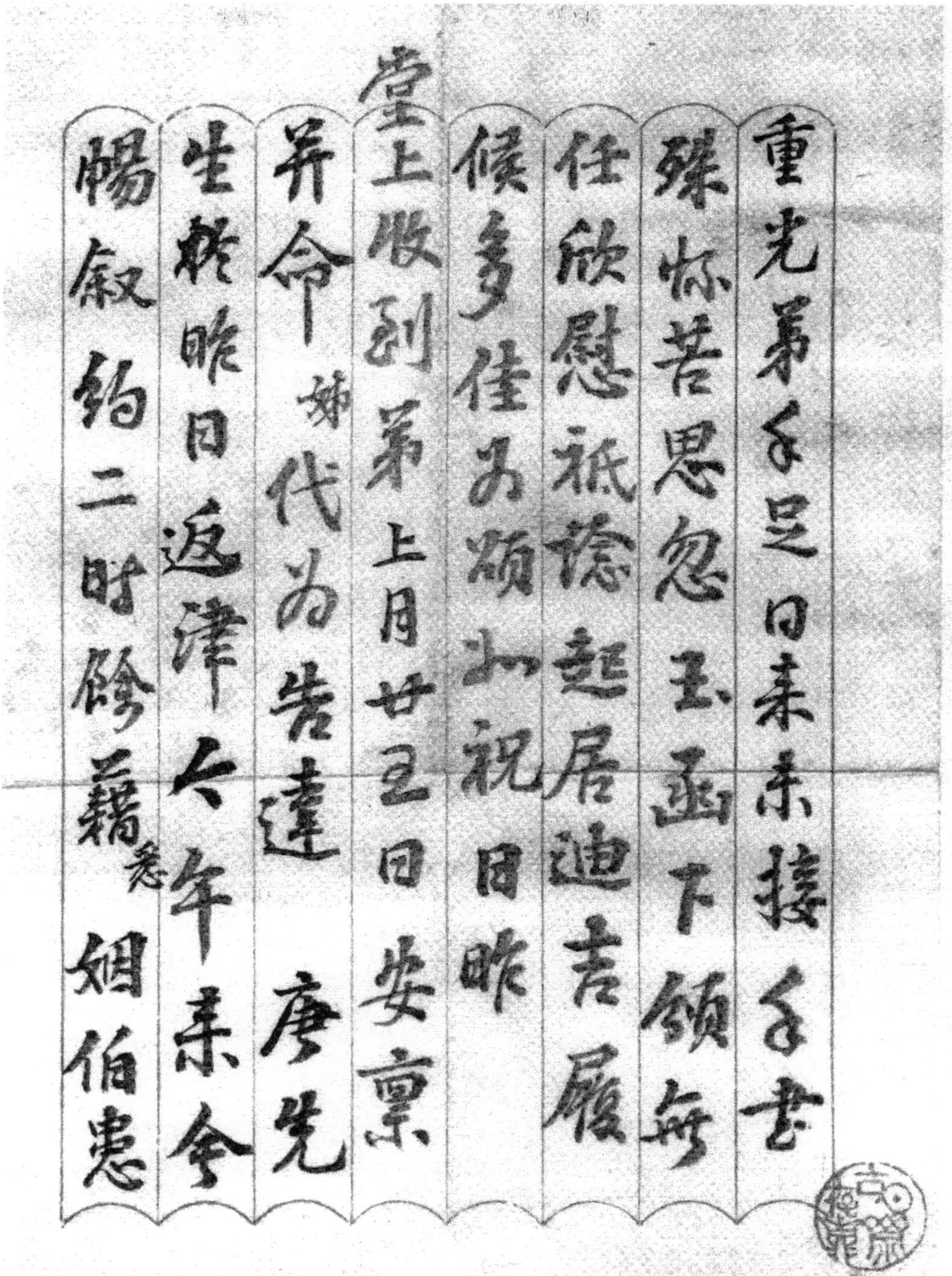

重光弟手足日來未接手書
殊怀若思忽玉函下領無
任欣慰祗悉起居迪吉履
候多佳至頌如祝日昨
堂上收到弟上月廿五日安稟
並命姊代為告達　唐先
生於昨日返津大年來舍
暢敘約二時餘藹悉
姻伯患

寄件人：黎紹芬　收件人：黎紹基

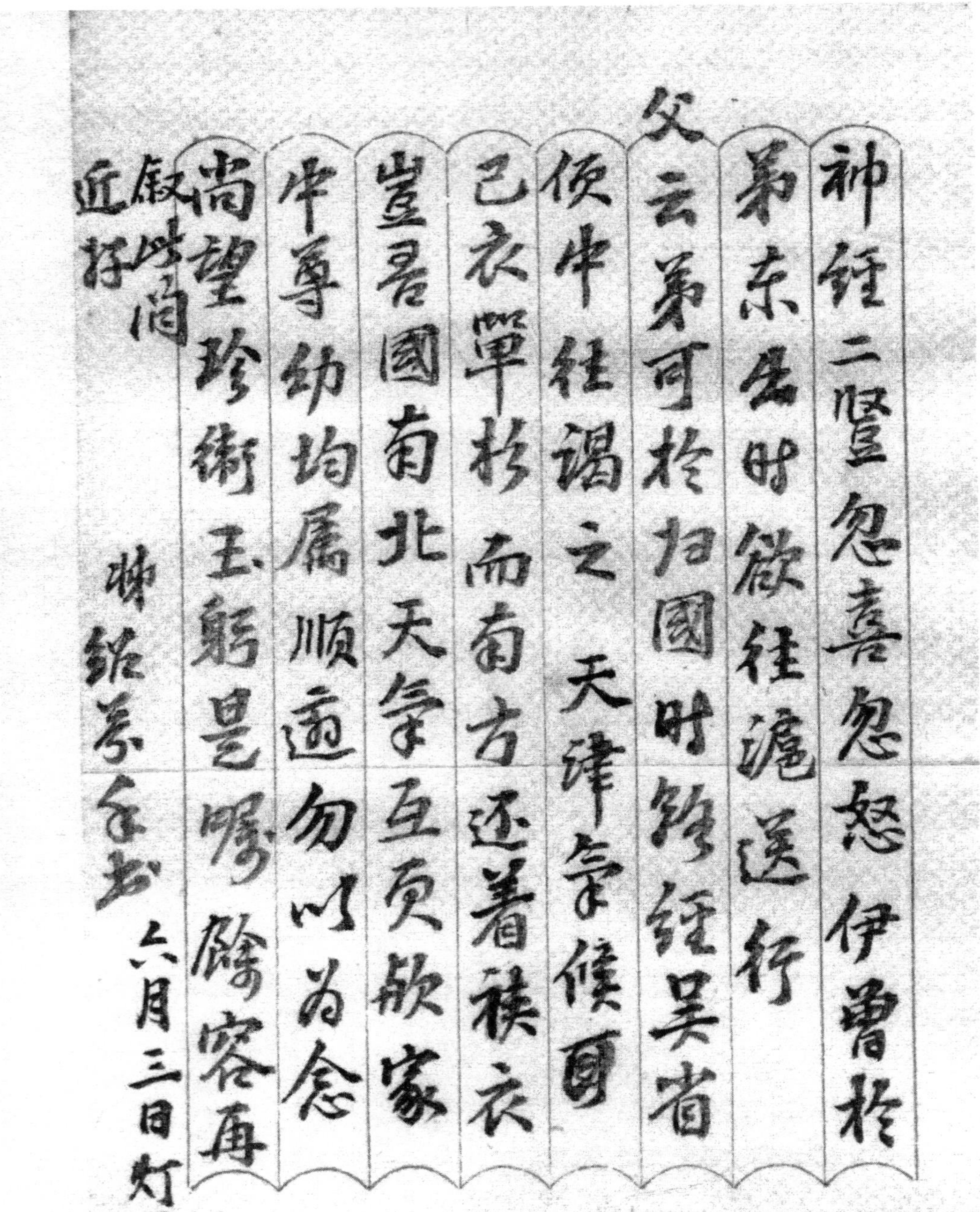
神鑒二豎忽喜忽怒伊曾於
弟京居時欲往滬遊行
父云弟可於歸國時經吳省
候伊往謁之 天津家僕回
已衣單衫而南方還著袷衣
豈吾國南北天氣互異歟家
中尊幼均屬順適勿以為念
尚望珍衛玉體是囑餘容再
敘此問
近好
姊錦芬手書
六月三日灯下

重光弟如談兩期欲聚忽又分袂孔懷思緬匪言可喻昨晨接電報欣悉吾弟晚昨晚安抵门司諒今日可飛機矣弟行後此覲由郵便寄往弟處食品數種不日收當收到併以吾弟玉照贈唐先生与

寄件人：黎紹芬　收件人：黎紹基

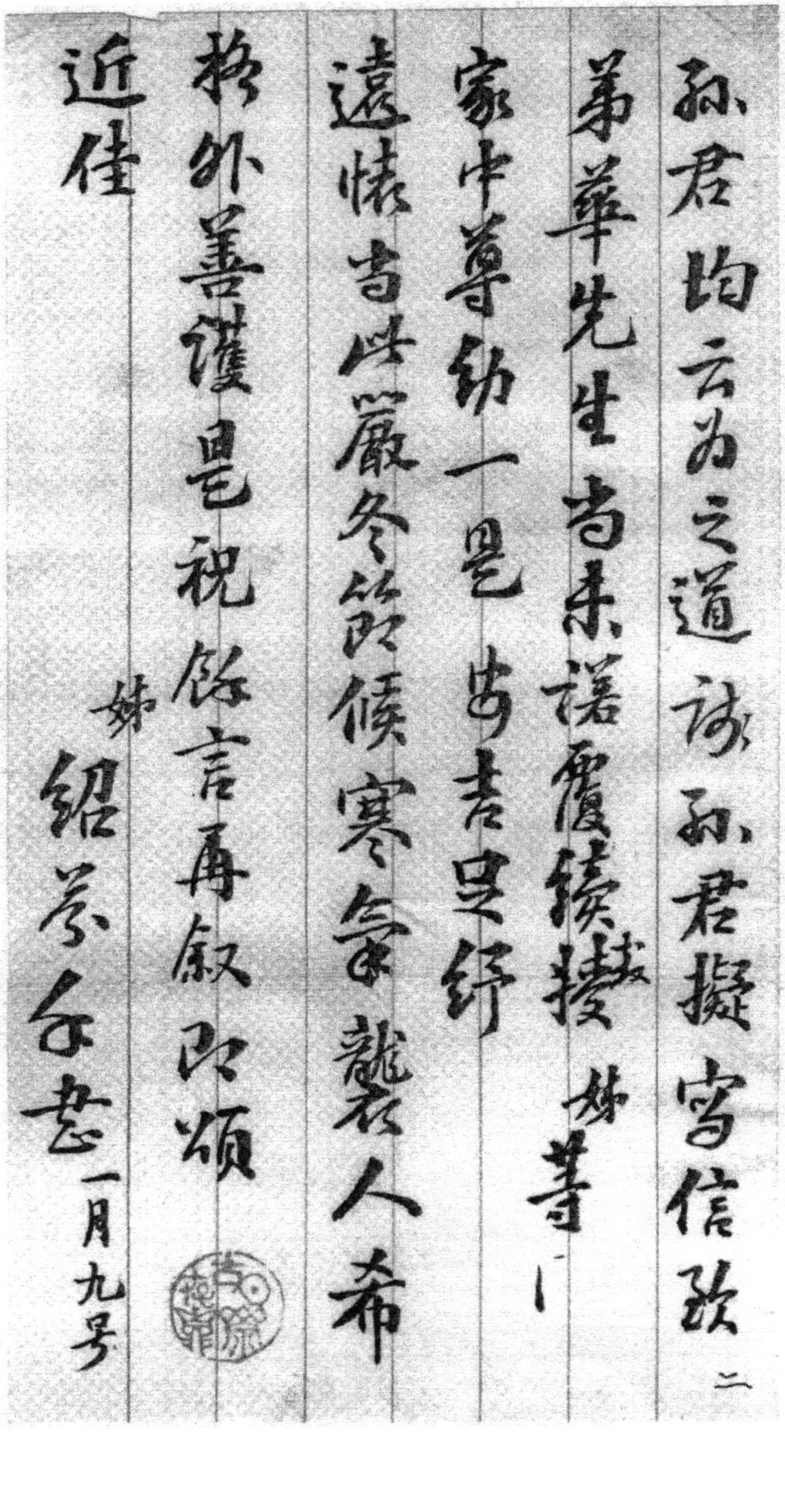
兩君均云為之道謝兩君擬寫信致
第華先生尚未謹覆續擬（拔）妹等
家中尊幼一是安吉足紓
遠懷當此嚴冬務須候寒氣襲人希
格外善護是祝餘言再敘即頌
近佳
妹 紹蓉手書 一月九号

二

寄件人：黎紹芬　收件人：黎紹基

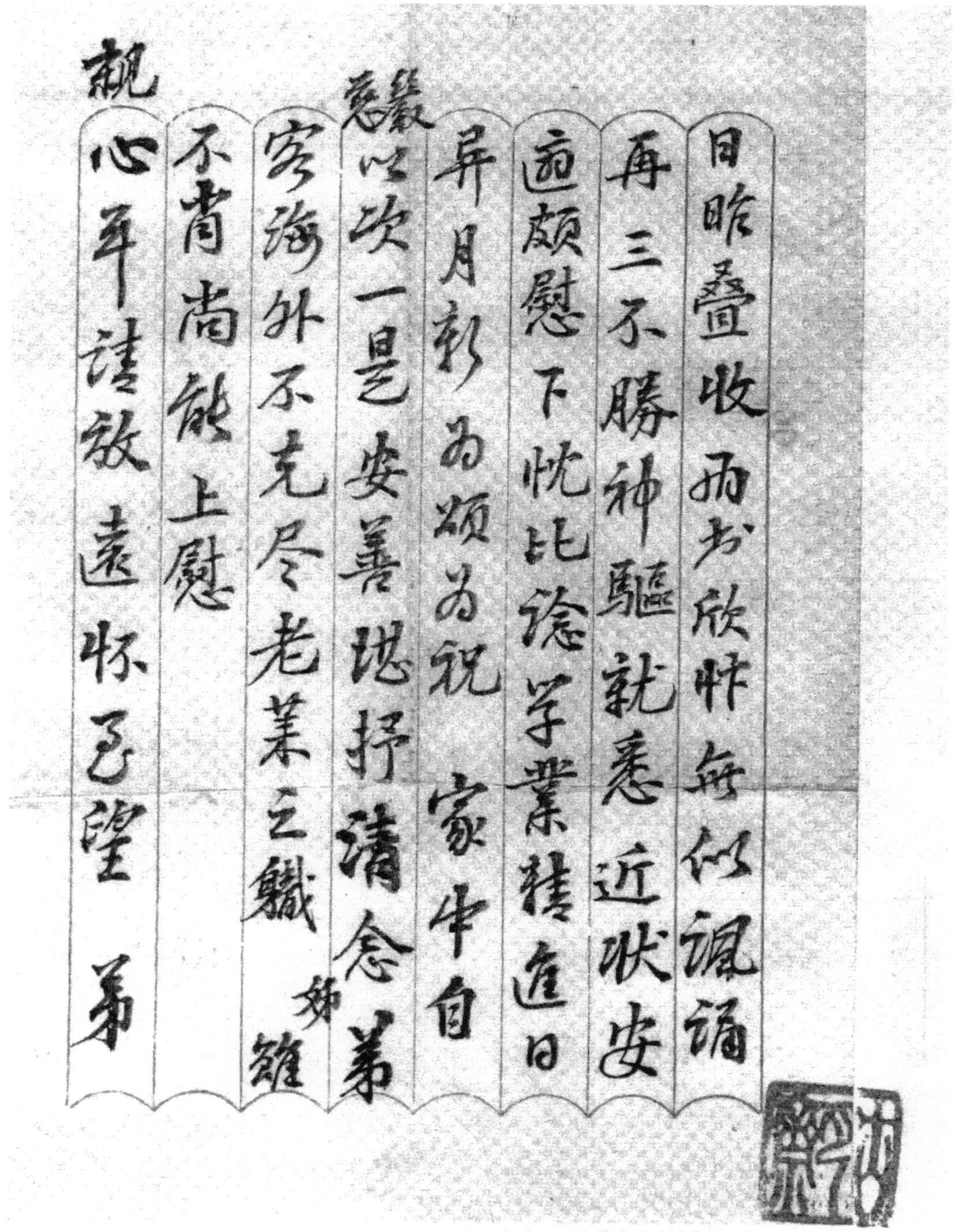
日昨疊收兩书欣忭無似諷誦
再三不勝神馳就悉近狀安
適頗慰下忱比諗学業精進日
异月新為頌為祝家中自
嚴慈以次一是安善諸抒請念弟
客海外不克盡老萊之職　姊
不肯尚能上慰　鑑
親心耳請放遠懷是望　弟

奮志求學勞費精神自能用滋
養品不能裨益身体 竊思鰵
魚肝油物质純美滋養豐富
有裨衛生第宜常服不兮
東京能否購得否則由家陸
續寄上以供日需可也 茲奉
堂上命而詢之焉 伯太太函已
差人送之矣戲拍一像茲以

(二)

來上長弟兒之庶可釋悵歉
此覆即頌
重光弟進步　姊紹芬手泐　四月廿三日
弟妹附筆問候

（三）

弟妹者重光之母。

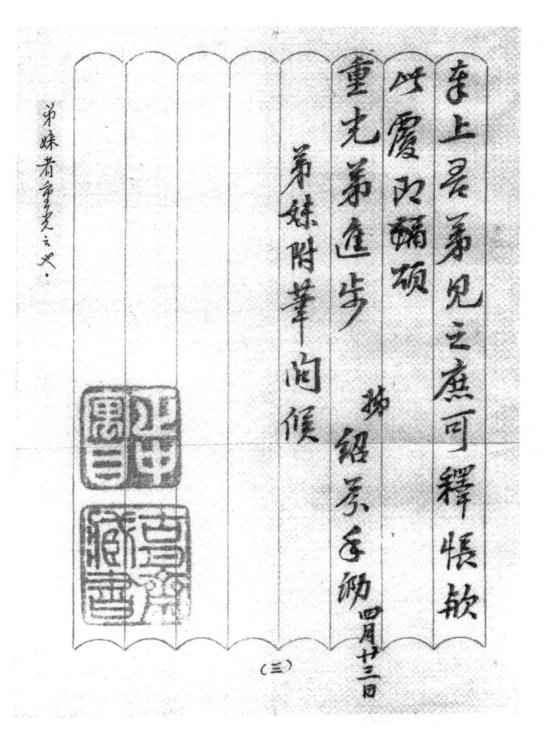

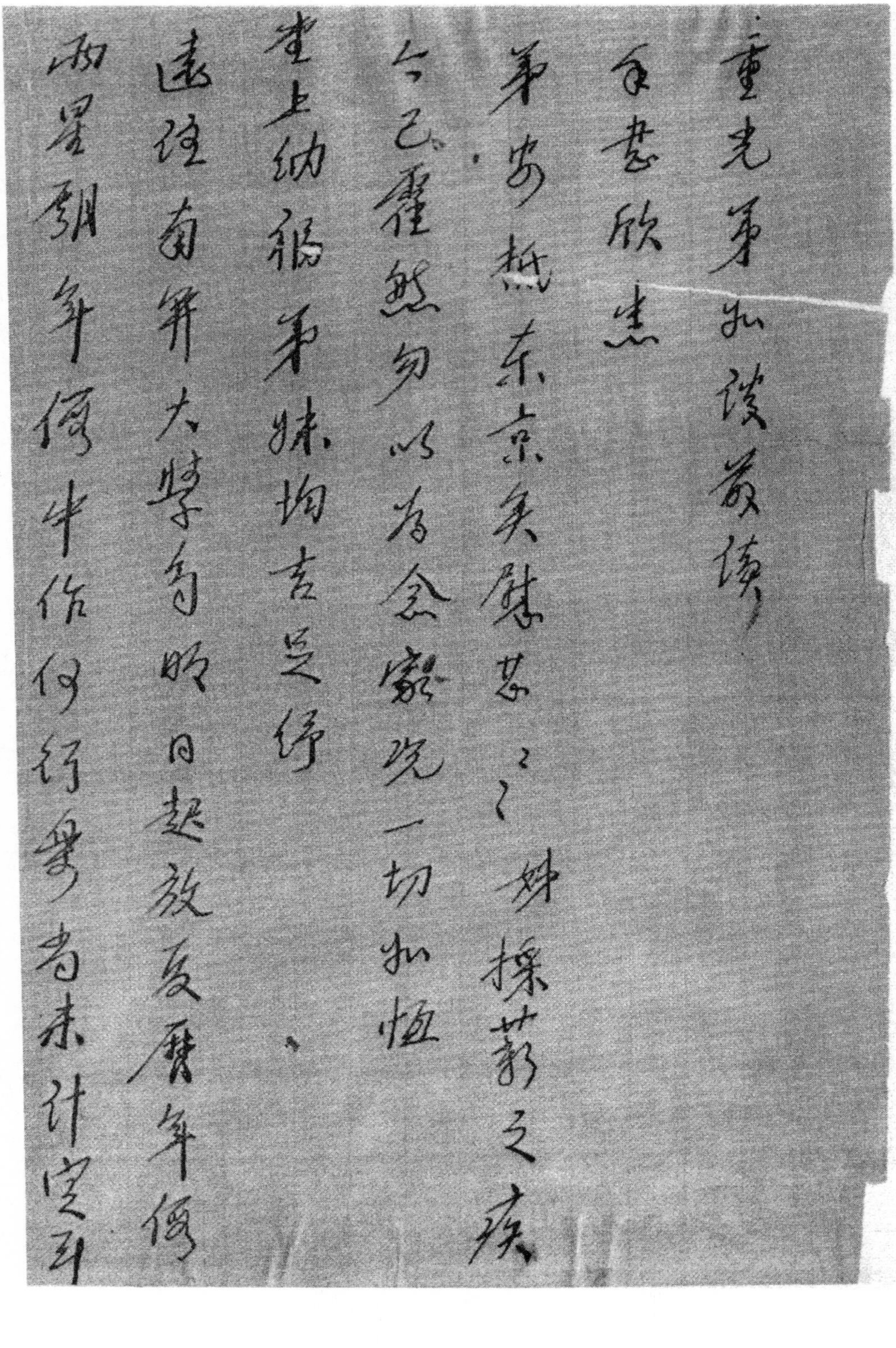
重光弟如讀箴續
手書欣悉
弟安抵東京矣慰甚慰甚妹操勞之疾
今已霍然勿以為念家況一切如恆
堂上納福弟妹均吉足慰
遠注蘭弟大學自明日起放夏曆年假
兩星期年假中作何行樂希來計定耳

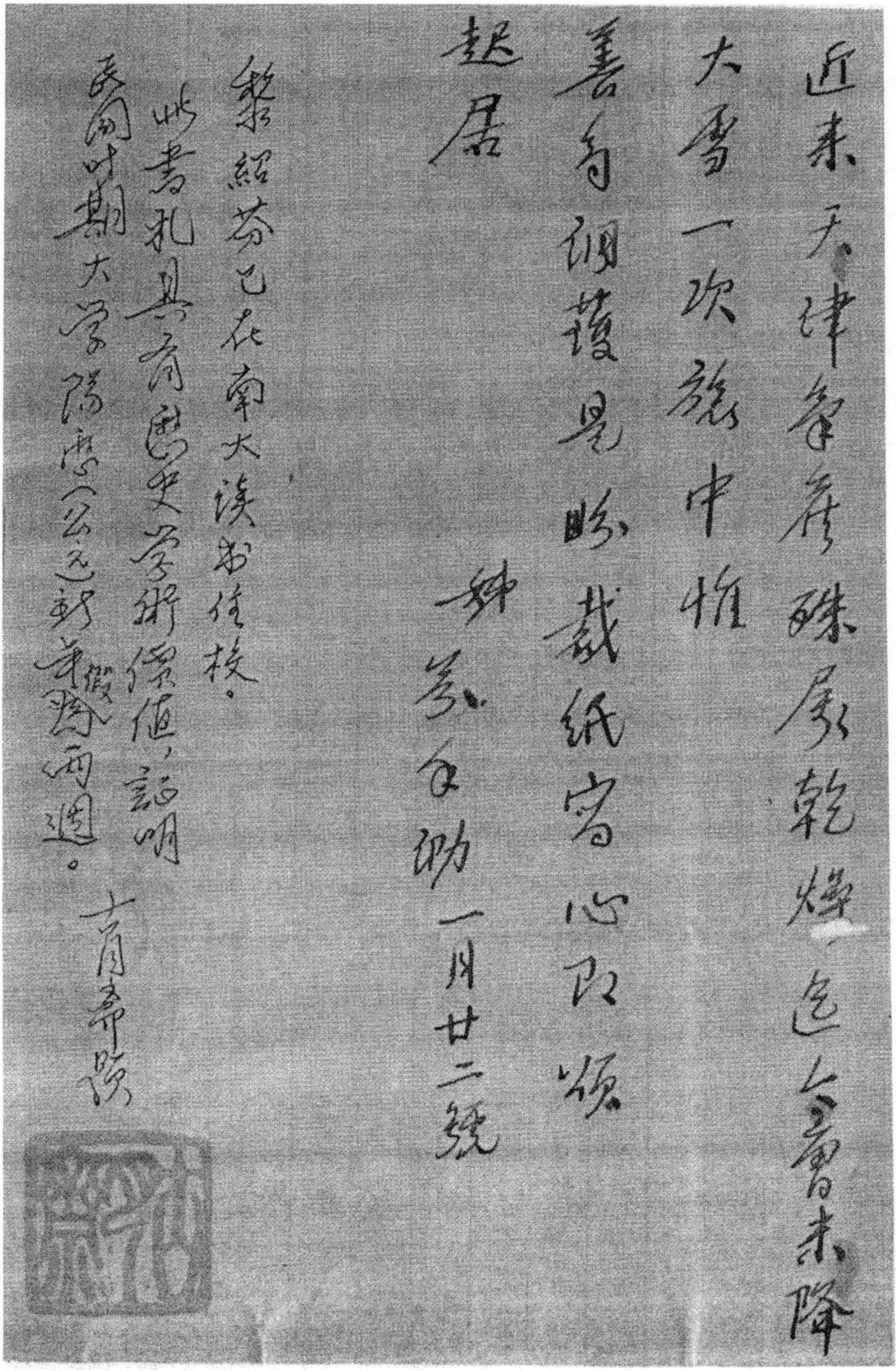
近來天津爭履殊屬乾燥，迄今曾未降
大雪一次，旅中惟
善自調護是盼，裁紙寄心，即頌
起居
妹 芬啟 一月廿二號

黎紹芬已在南大讀書任校。
此書札具有歷史學術價值，証明
民國時期大學階層（公元）對華微僑兩週。
十月嘉談

寄件人：黎紹芬　收件人：黎紹基

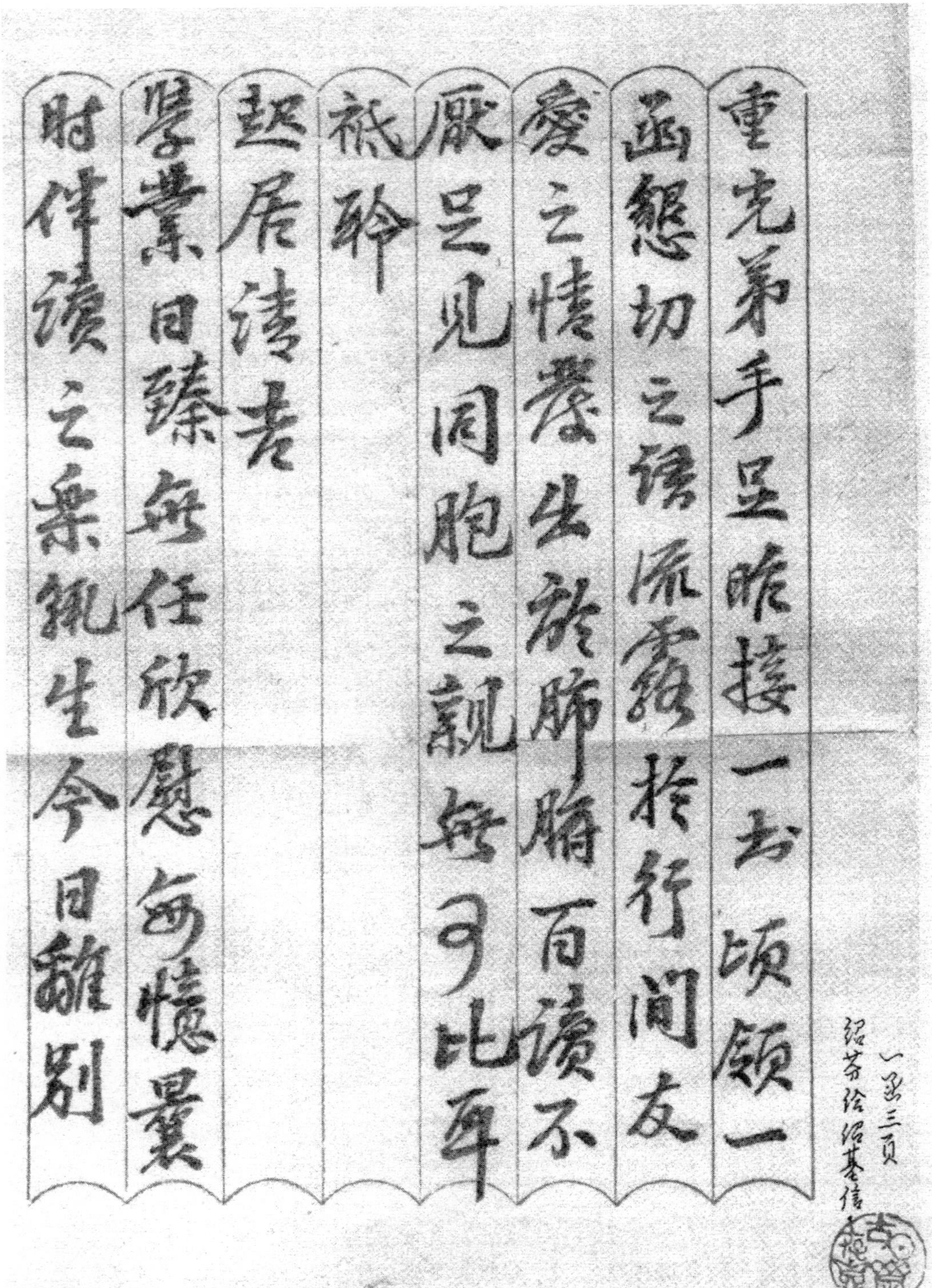
重光弟手足昨接一書頃領一
函懇切之語流露於行間友
愛之情發生於肺腑百讀不
厭足見同胞之親無于比年
祇聆
起居請吉
學業日臻無任欣慰每懷曩
時伴讀之樂頓生今日離別

一函三頁
紹芳給紹基信

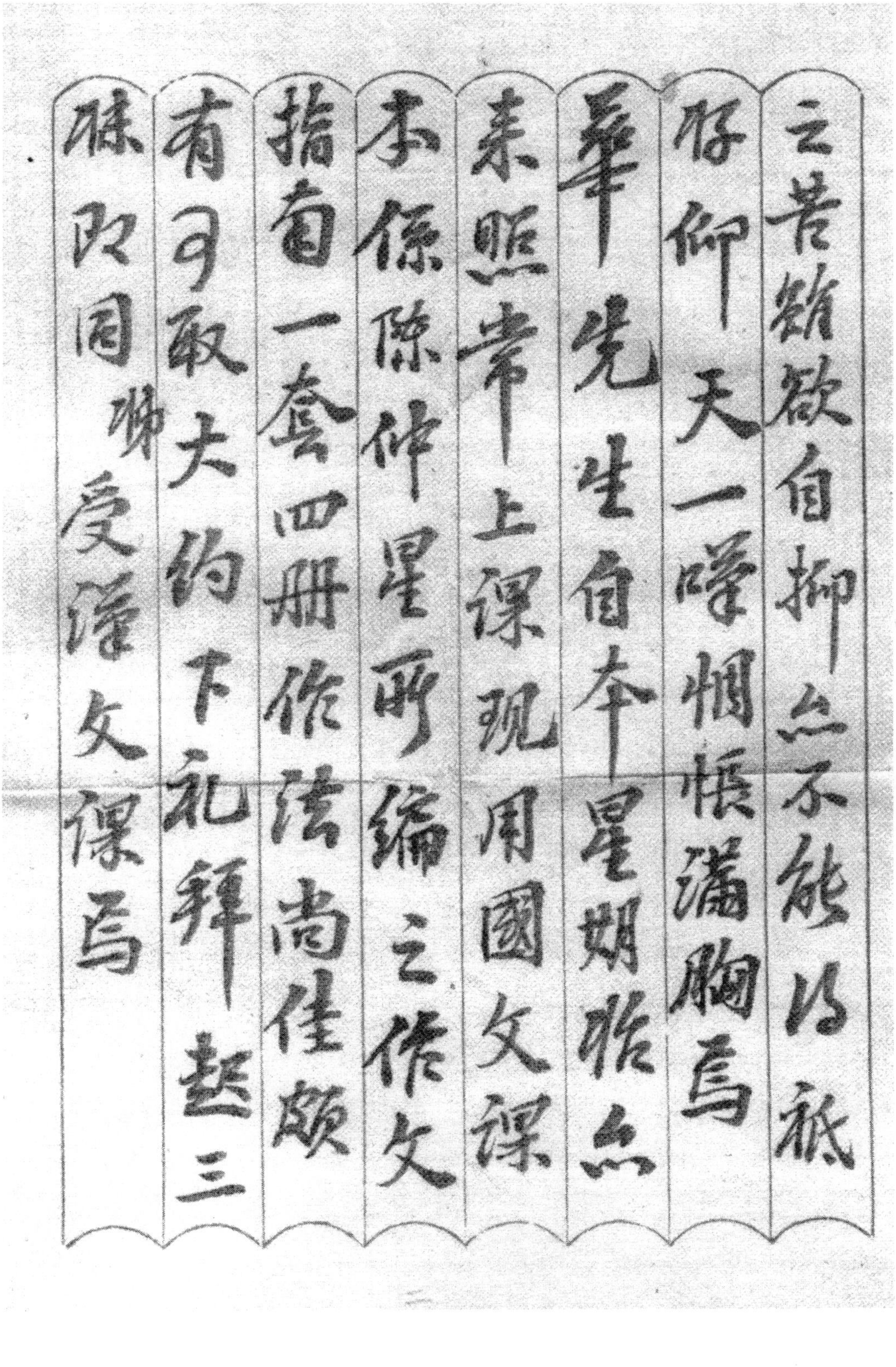

之苦猶欲自抑亦不能以祇好仰天一嘆惆悵滿胸焉華先生自本星期始亦來照常上課現用國文課本係陳仲星所編之作文指南一套四册作法尚佳頗有可取大約下礼拜替三孫及同學受作文課焉

寄件人：黎紹芬　收件人：黎紹基

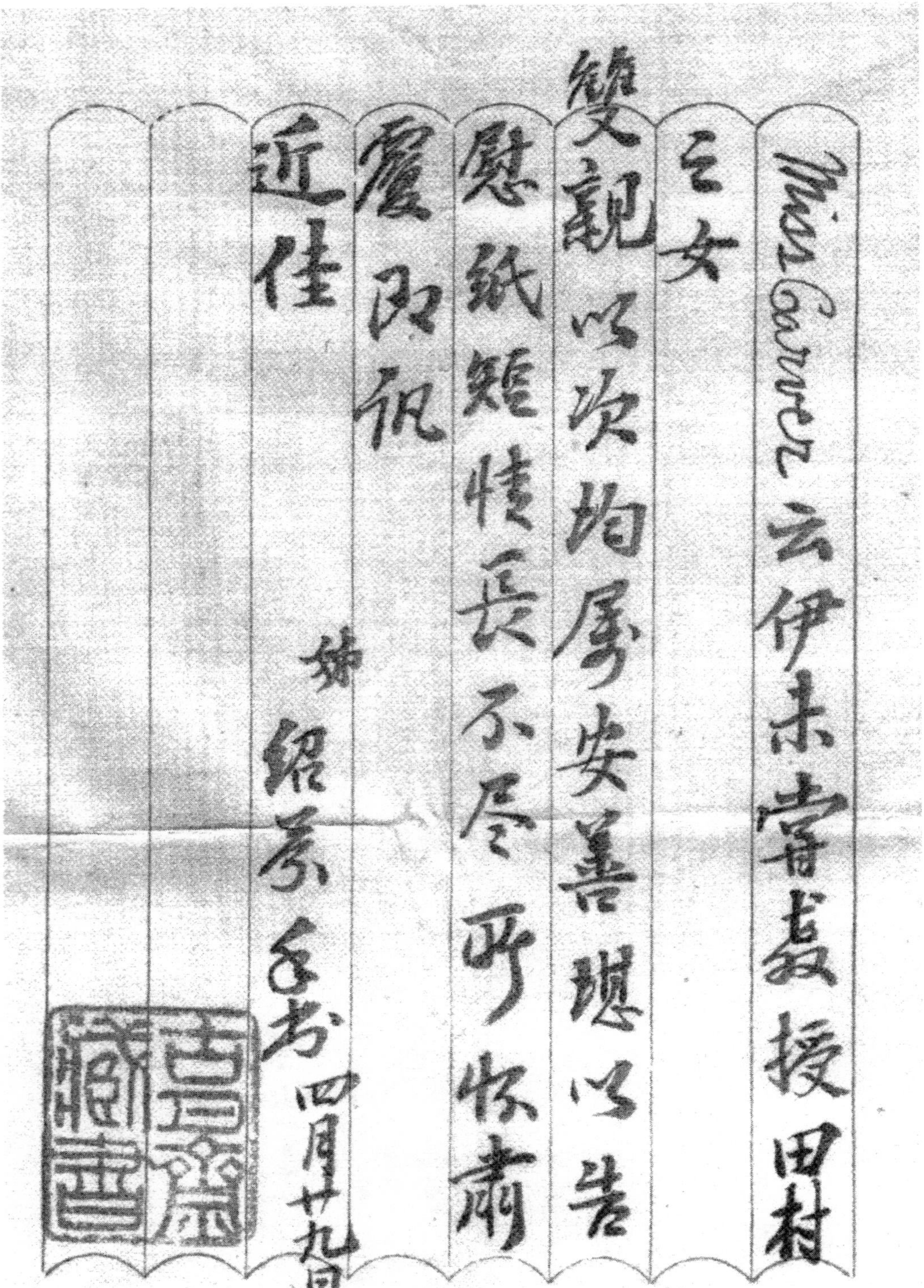

Miss Carrer 云伊未嘗教授田村二女

雙親以次均屬安善堪以告

慰紙短情長不盡所懷肅

覆即訊

近佳

姊 紹蓉手書 四月廿九日

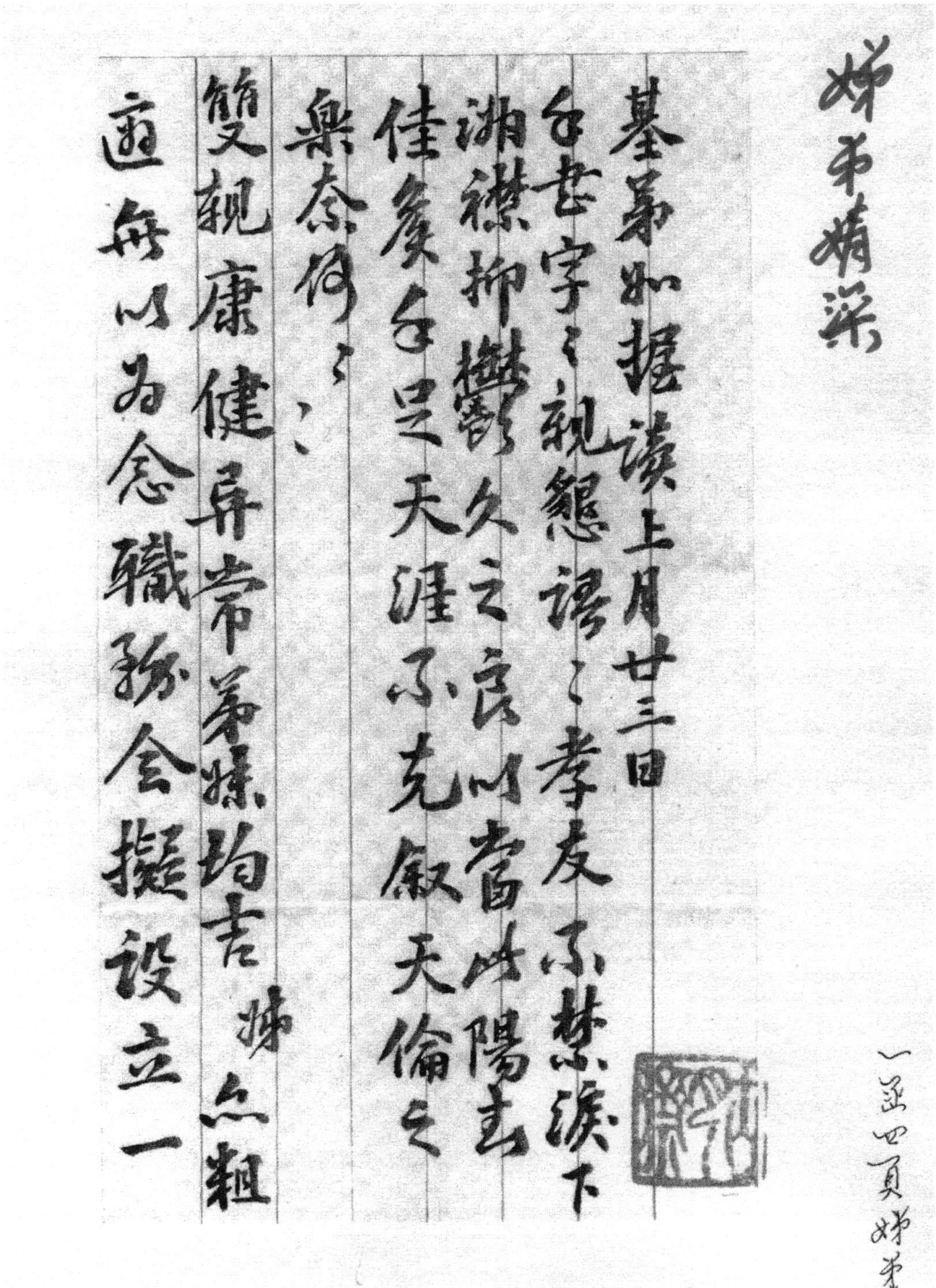
姊弟情深

基弟如握　讀上月廿三日
手書字字親懇語語孝友　不禁淚下
胸襟抑鬱久之　良以當此陽春
佳景手足天涯　不克敘天倫之
樂　奈何奈何
雙親康健異常　弟妹均吉　姊　亦粗
適　無以為念　職務　會擬設立一

一並四頁　姊弟情

寄件人：黎紹芬　收件人：黎紹基

孤兒院收養十齡幼女蘇己峰寿
獲美千款項本會會員陳某君夫人
慈善心懷大發宿願以私自房屋
一所為孤兒院乙可贊也日前拂
偕三孫五弟侍
堂上往中國跑馬廠觀賽馬會士

二

始知雲車馬驕驕觀古蹟惟巨
風不休灰塵迷目未免稍減遊興
焉日昨 白太太招食晚餐會見包
先生頗以弟為念伊大約逗留津
地兩三日即回京矣 擬人晚邀待
餐膳盧博士現在上海有函致

姊囑〻~~如~~於弟前道念寒煖不時詢惟
善衛紙短情長不盡欲言即頌
近佳
姊 景手書 四月四日

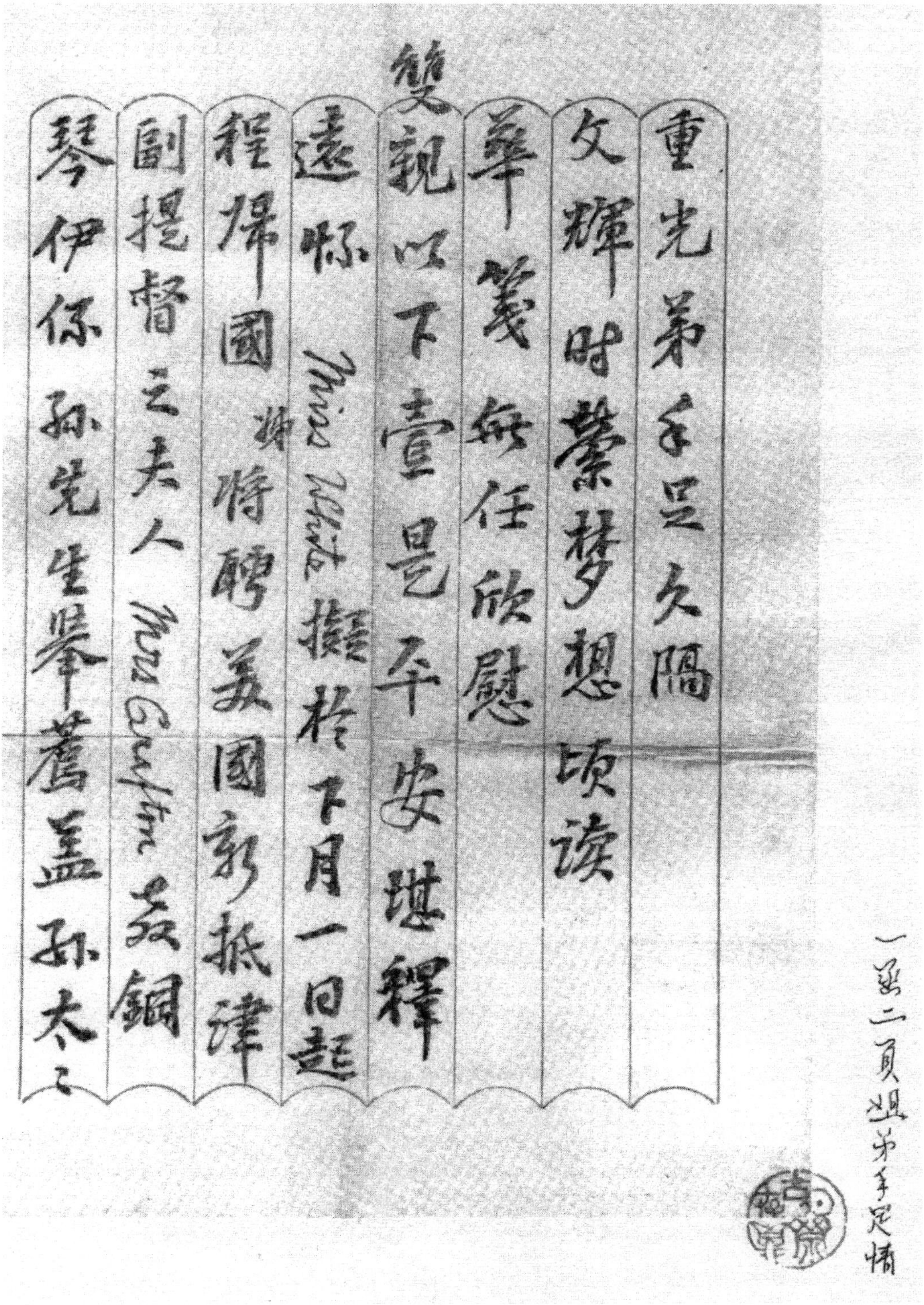
重光弟手足久隔
文輝時縈梦想頃讀
華箋無任欣慰
雙親以下壹是平安堪釋
遠懷 Miss White 擬於下月一日起
程歸國 妳 將聘美國新抵津
副提督之夫人 Mrs Grafton 教鋼
琴伊係孫先生舉薦 孫太太

一函二頁 姐弟手足情

寄件人：黎紹芬　收件人：黎紹基

學鋼琴課於彼處 Miss Garner 宅
去正月杪作擇件伊離去 弟不
弟一年然師生之誼感情
殊篤善一旦判別豈能恝然
又不知何人將補其位為近
頃飲食起居莫善校課怡悉甚
念家中雖善自調護尊手令
塗鴉不多所懷即頌
學祉
父 紹慕手泐 五月廿三日

重光弟如談前致一函諒入
清覽矣近來
起居安適否念念
弟在日本所購之參考書用畢
竟可寄歸家中存
父諭以告天津氣候日暖矣

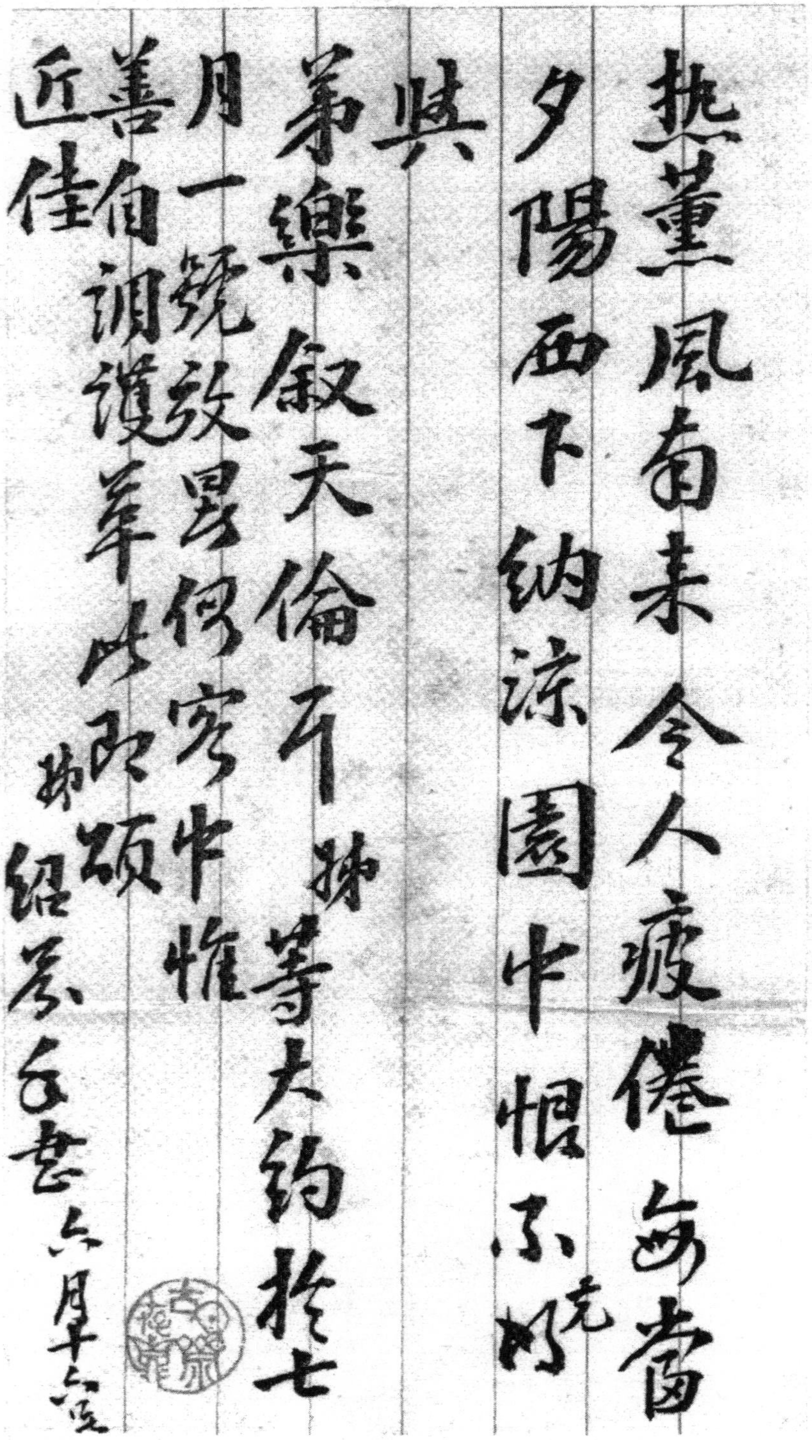

熱薰風南來令人疲倦無當
夕陽西下納涼園中恨不以克
與
弟樂敘天倫耳妹等大約於七
月一號放暑假家中惟
善自調護草此敬頌
近佳妹紹芬手書六月十六號

重光弟如談前續寄兩函諒達
覽矣頃
父親收到
弟三月廿四日之安稟祇悉一是伊
謂此次山本等照拂君
弟諸多周密已感謝不盡萬不
可再允之出旅館費也再則
Mr Hensley 介紹

弟於 Mr Stewart 之函暫不必交待
緩听信爲
雙親身體康健弟妹均佳 姊 近狀安
適堪以告
慰吾
弟迩来眠食奚若念之 此覆即问
近佳 姊 紹芬手书 三月廿四日

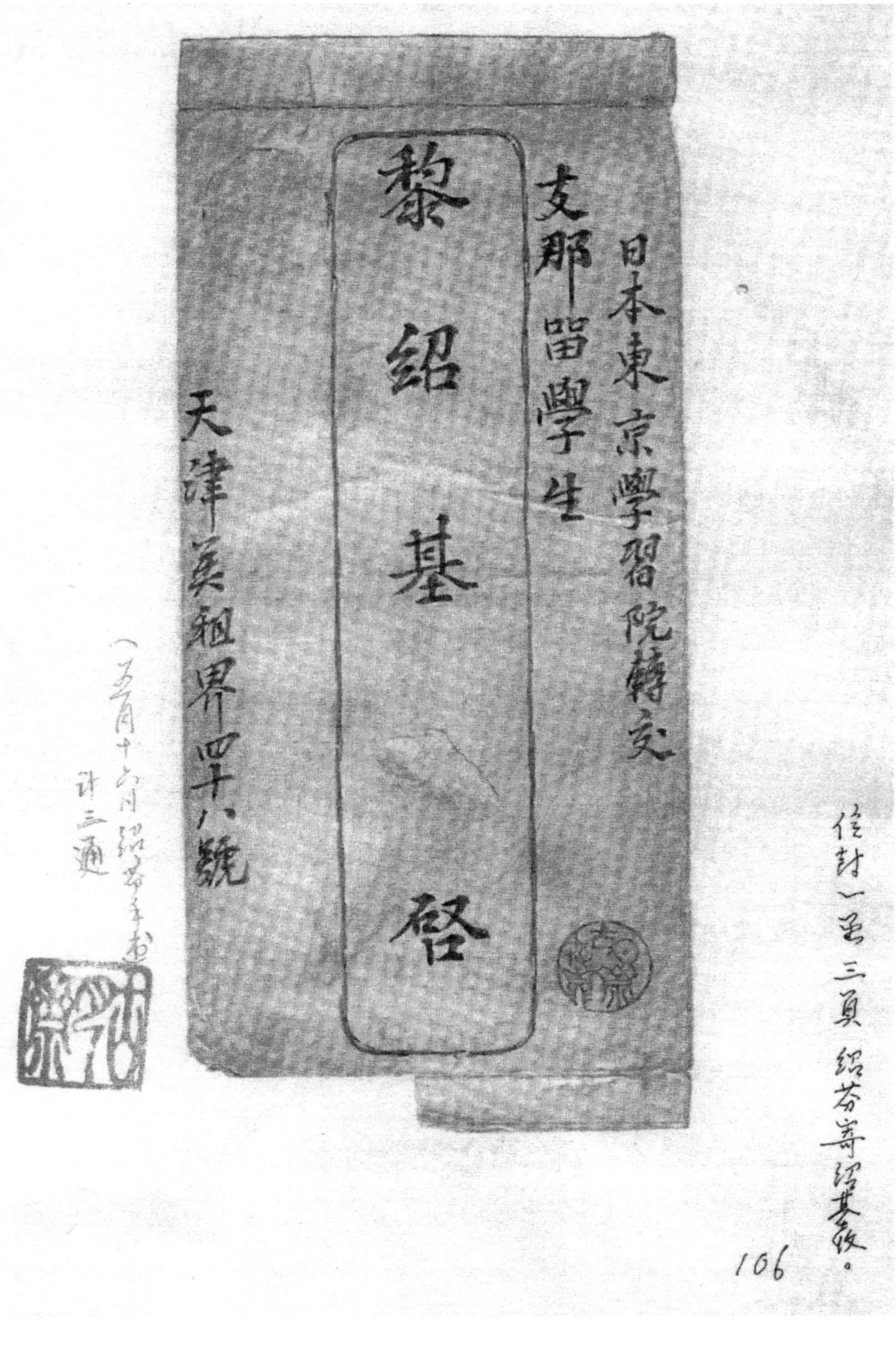

寄件人：黎紹芬　收件人：黎紹基

重光我弟足下連接兩函快同良覿
聆悉現居山下別館頗適
體欣慰莫名惟昨宵輾轉床
第反側不眠憶及吾弟寸衷怀
悵心神恍惚至子方宣唐
先生尚未返津大約不久即
起程北上見之必為致意焉據
華先生云三妹思想頗深於

作文时殊能反复考择惜朱
女士生闺在此学校能否续名
是一疑问伊曾来向姊谈耳
近来王弟功课每日多增一时
伊屡念弟殴而呼哥哥日前
曾寄一函记有职务会李谏
已入览不需再书
双亲康健妹弟均佳 姊 近状安顺

-2-

寄件人：黎紹芬　收件人：黎紹基

詮釋遠懷窮年惟善自調
護餘候再叙肅覆順頌
文祺　姊　紹芬手書　五月十六日

再啓者瑶璋上有「白璧無瑕」
四字不知用意安在望復示
為荷
姊　再啓

注：黎紹芬，周恩來大學同學，黎元洪長女生於光緒廿年（一八九四年）畢業於天津南開大學，赴美留學，經胡適介紹考入哥倫比亞大學研究院，受到美總統接見。一九二七年獲碩士學位回國，勝利後被聘任天津市政府顧問，文化大革命被迫害致死，年七十六。

（三）

寄件人：黎紹芬　收件人：黎紹基

端午思弟

重光弟手足：別來數月，馳念
無似，昨接
手書，快同良覿，欣悉吾
弟歸期在即，心為躍然。今逢
端陽佳節，惜
弟旅外不克立家暢序天倫之
樂焉。本月廿八日為
榮慶之辰，姊不克躬趨申賀

紹芬端午節給紹基弟信。一函二頁

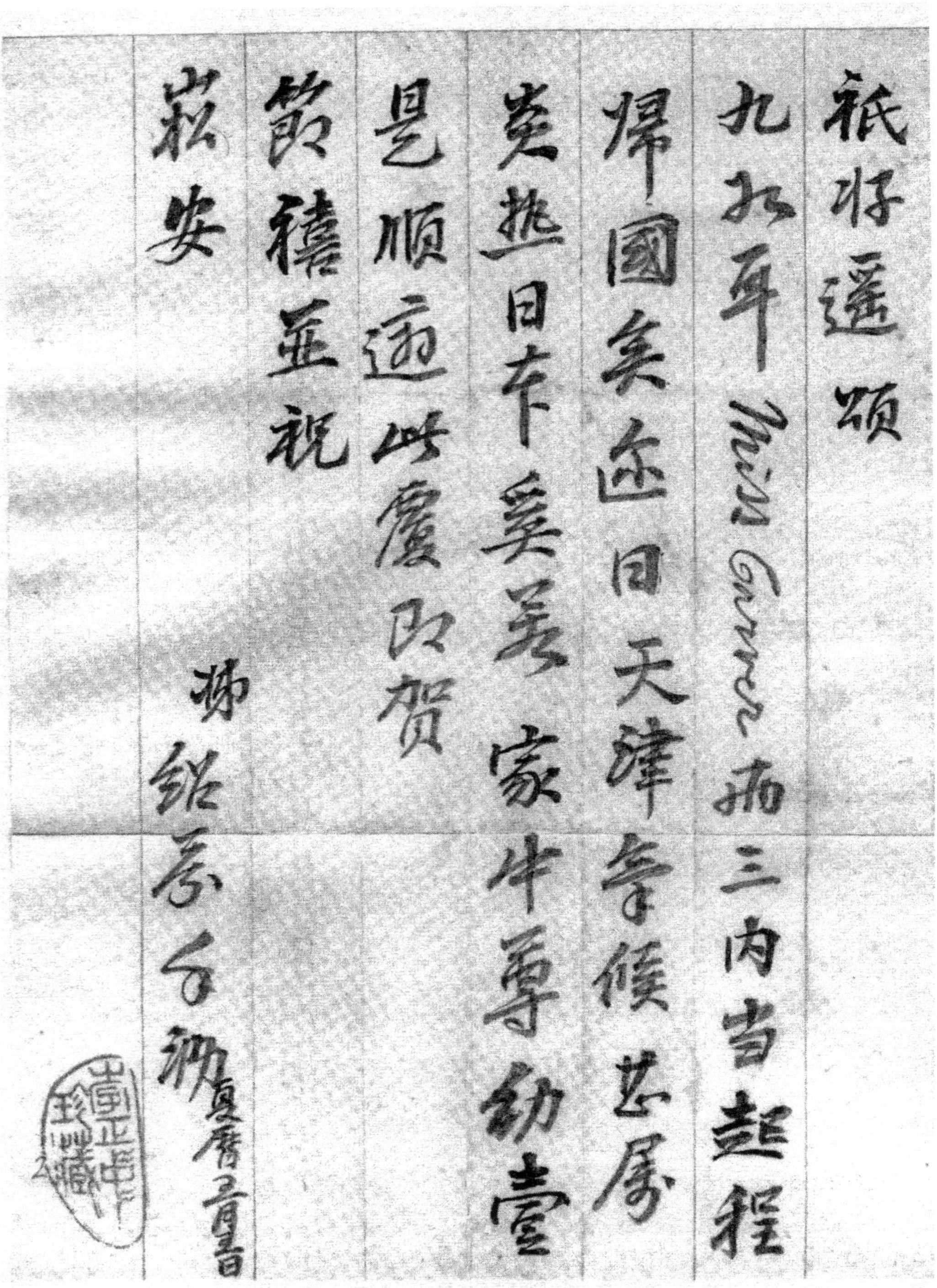
祇好遥頌
九九年 Miss Garner 兩三內當起程
歸國矣途逕日天津拿候慈屬
並請日本美美家中尊幼壹
是順適此慶以賀
節禧並祝
崧安
姊紹基手泐 夏曆二月五日

寄件人：黎紹芬　收件人：黎紹基

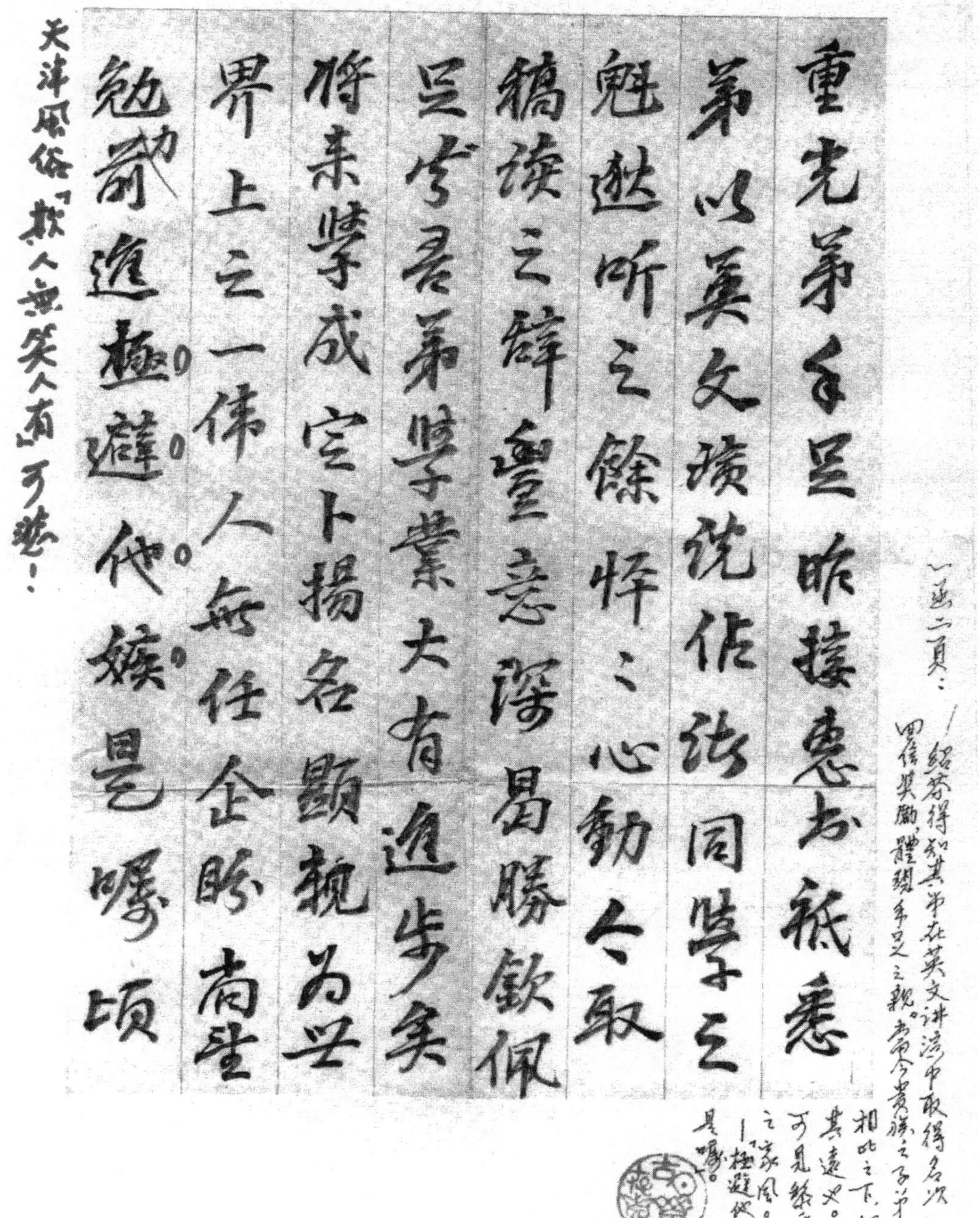

重光弟手足：昨接惠書，祇悉弟以英文演說佔諸同學之魁，欣聽之餘，怦怦心動。今取稿讀之，辭豐意深，曷勝欽佩，足見吾弟學業大有進步矣。將來學成，定卜揚名顯親，為世界上之一偉人，無任企盼。尚望勉勵前進，極避伐嫉，是囑。順頌

一函二頁：紹芬得知其弟在英文辯論中取得名次，即信獎勵，體現手足之親。當今貴族之子弟相比之下，何其遠矣。可見黎氏之家風。「極避伐嫉」是囑。

天津風俗「救人無笑人有」可悲！

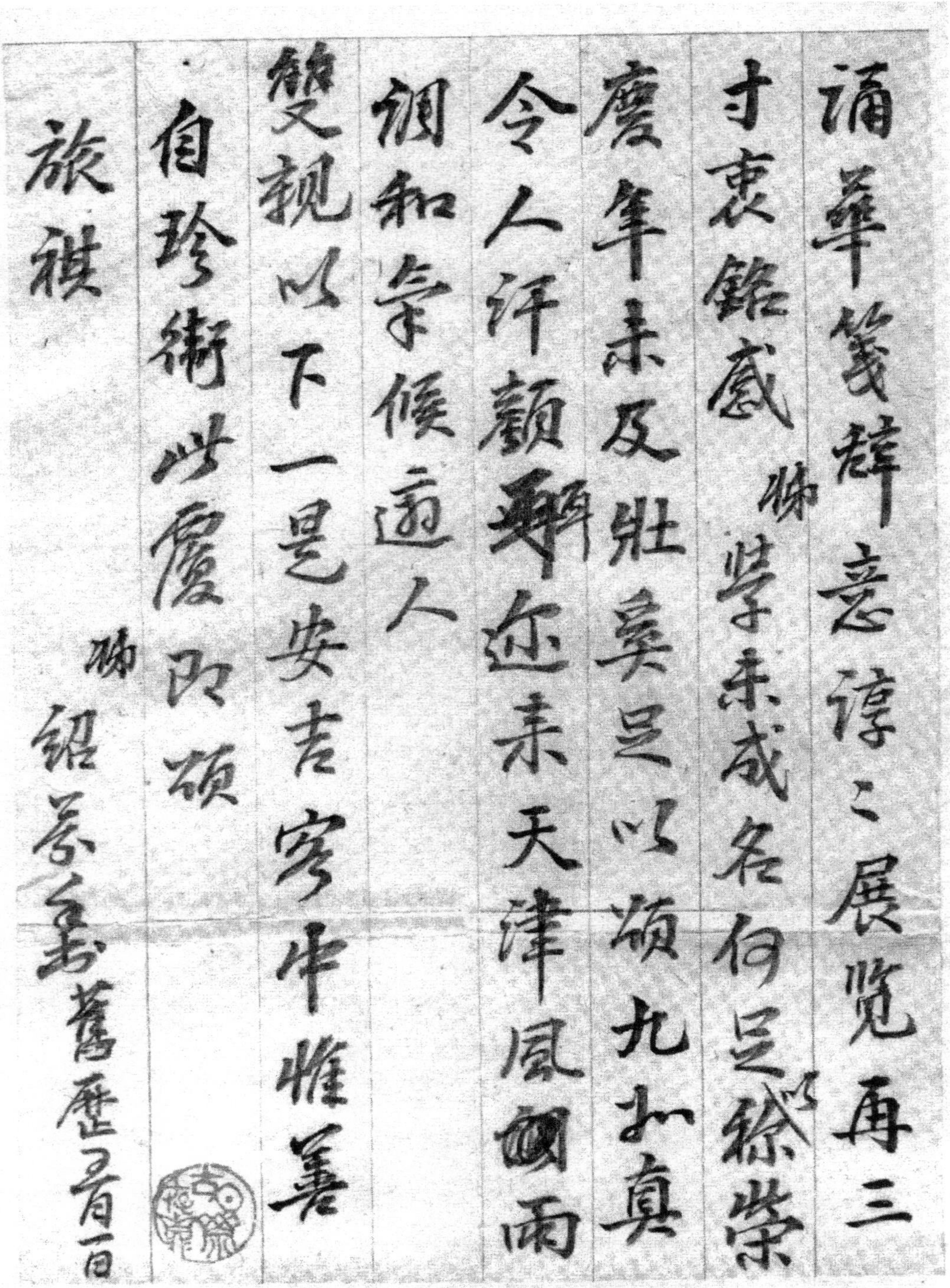
誦華箋辭意諄諄展覽再三
寸衷銘感　佛　學未成名何足以繇榮
慶年未及壯奚足以頌九如真
令人汗顏邇來天津風雨
調和幸候適人
雙親以下一是安吉寓中惟善
自珍衛以慶仍頌
旅祺　佛　紹基手書　舊曆三月一日

重光弟如握讀二十日
雲箋就悉
弟归娴在途無任欣慰想日来
温理功課預備考试晰夕孜孜無暇
休息矣惟天氣炎熱似不宜用功腦
过度以為何如　蘇姑丈於夏曆五
月初八日仙遊此次　姑母哀痛無

紹芬告知其弟，姑丈仙逝情況。
二函二頁。

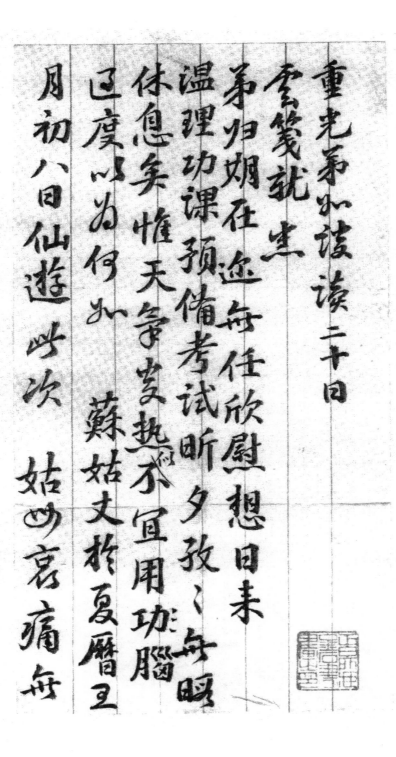

似
父親已派王桂榮管理殯殮諸事，接觀陰去
謂云今年不宜安葬，姑丈恐於姑母
不利，乃暫停棺廟中，噫，吾國人之醉
心迷信也。日昨嬸母來津在此
度夏，天氣炎熱，諸惟
善衛。把袂匪遙，佇立以待。此復，順問
近佳
姊 紹芬手書 六月三十号

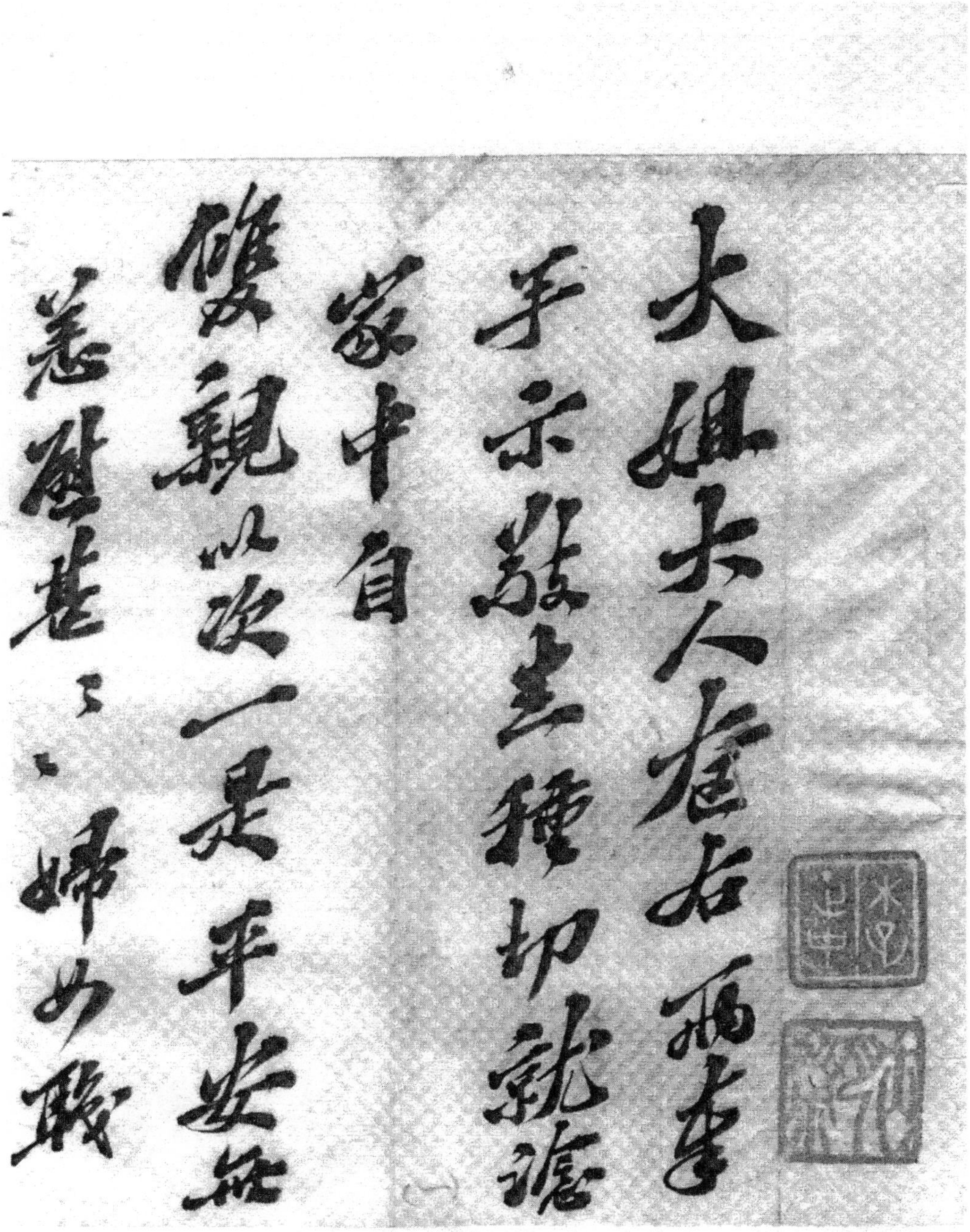
大姊大人尊右兩奉
手示敬悉種切就諗
家中自
雙親以次一是平安欣
慰甚〻。婦如職

寄件人：黎紹基　收件人：黎紹芬

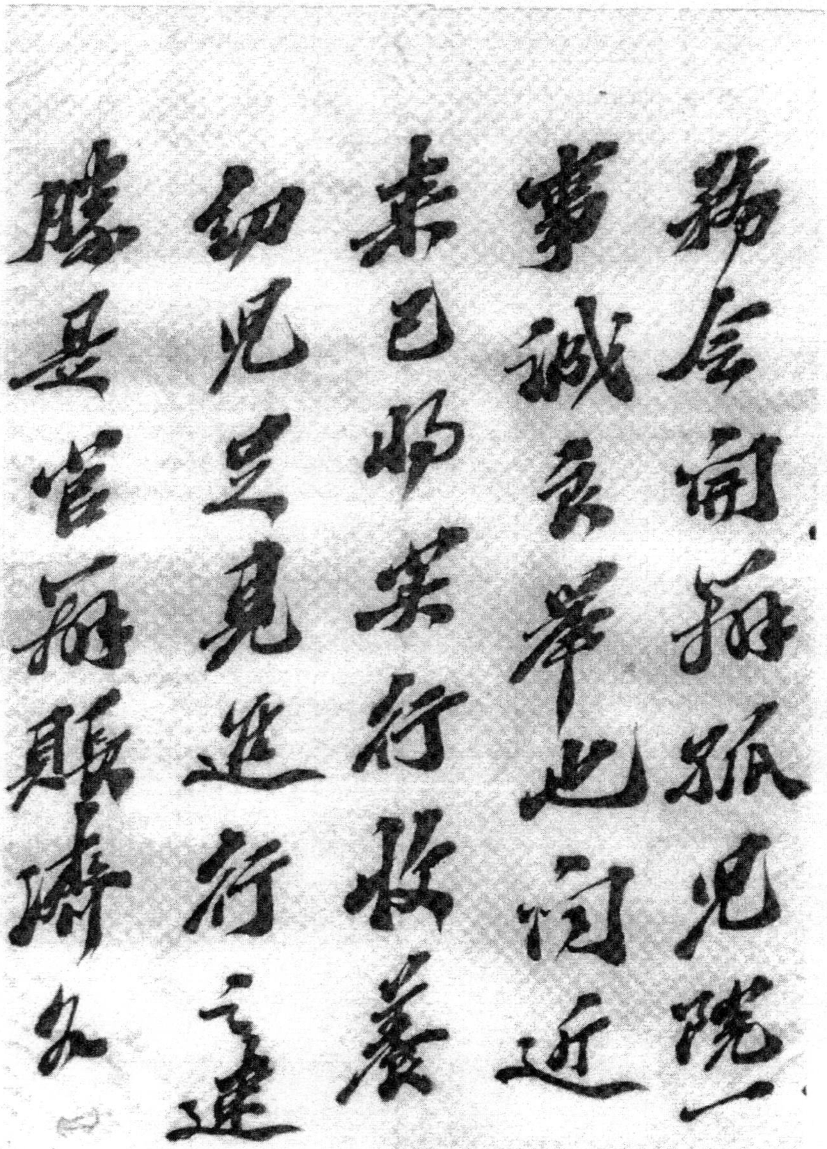
務會同辦孤兒院一
事誠義舉也河近
來已將其行收養
幼兒足見進行之速
勝是官廳賑濟外

三、黎氏家族手足情深

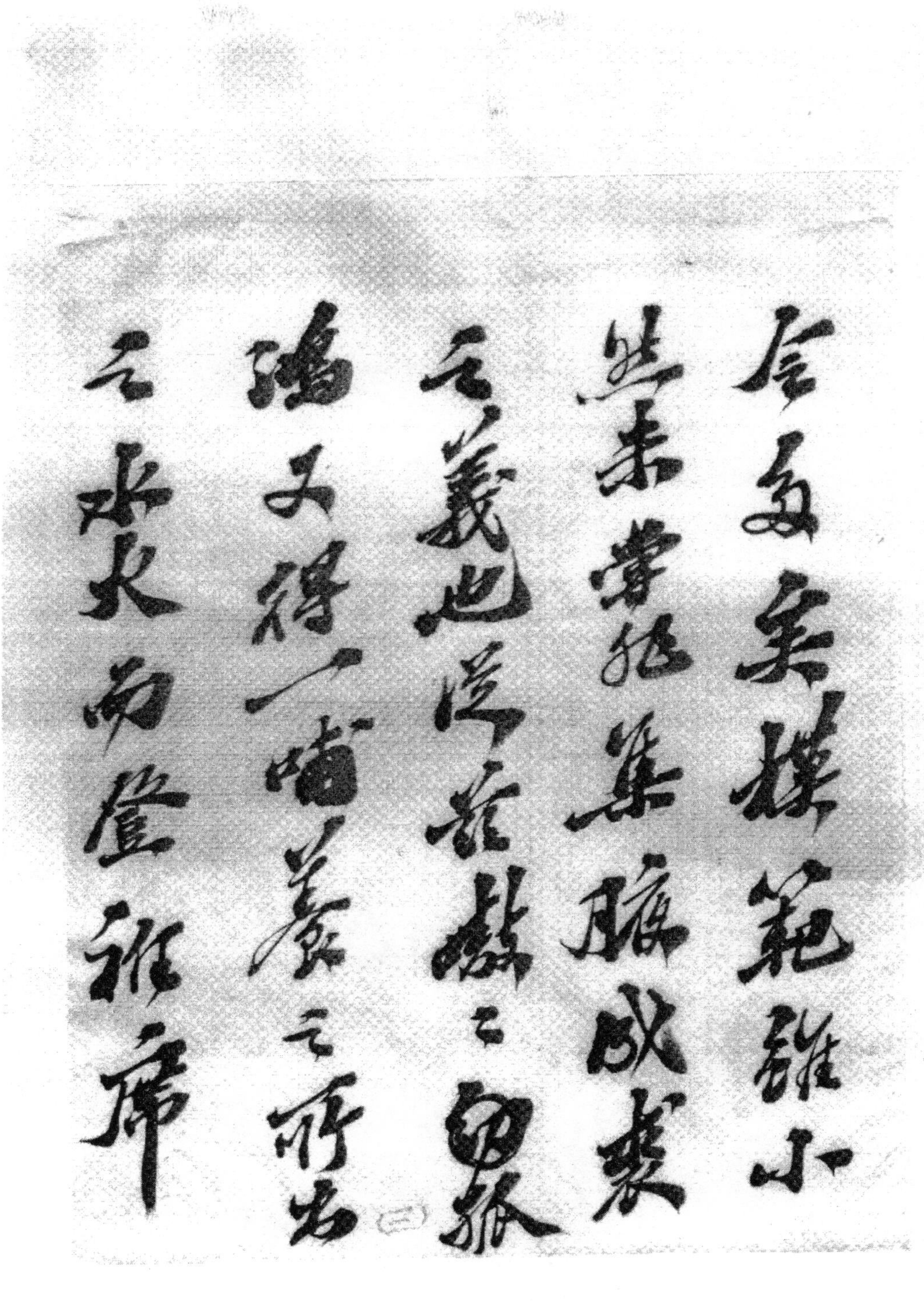
合友矣棣範雖小
然未嘗能集腋成裘
之義也從茲數之以累
論又得一墻蓋之所出
之水火而登衽席

寄件人：黎紹基　收件人：黎紹芬

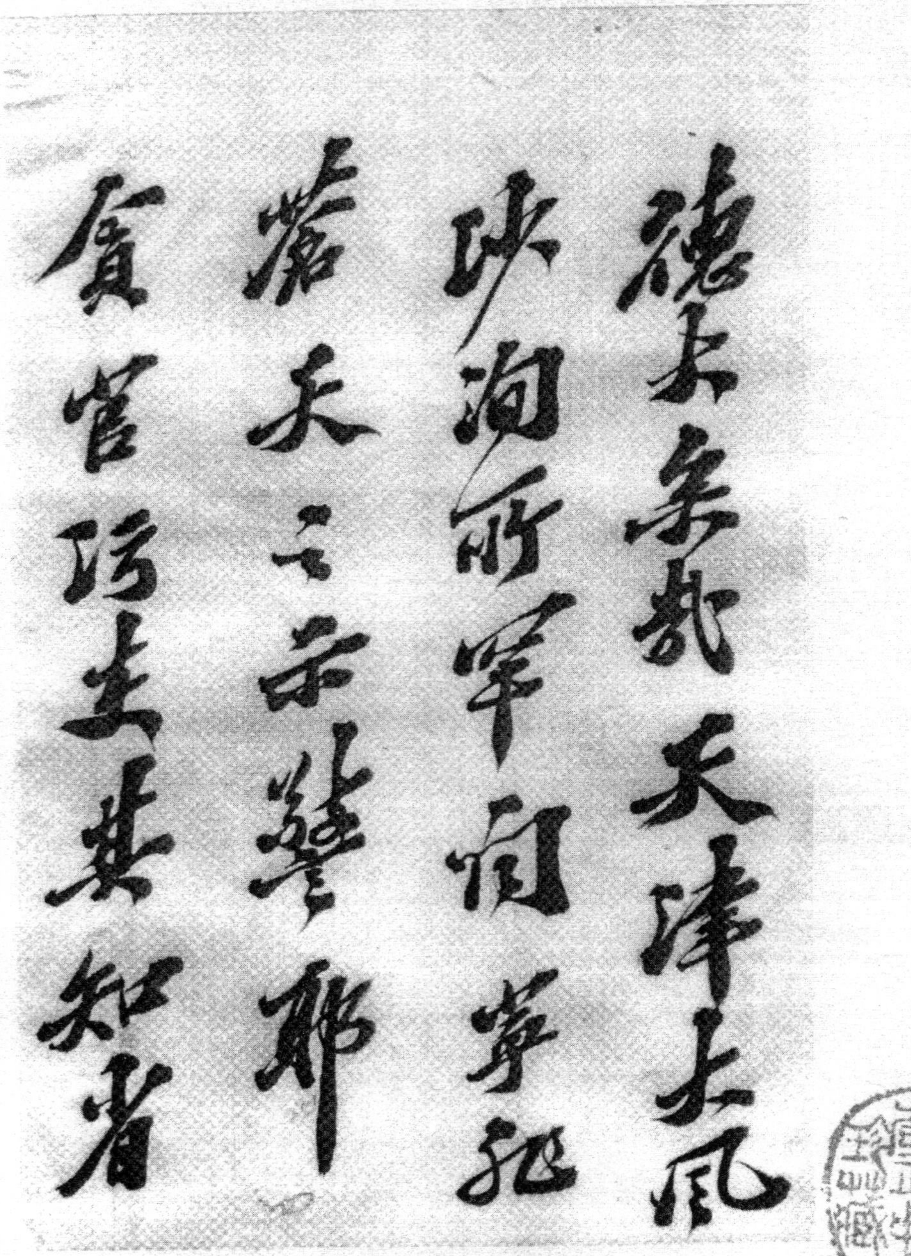

聰之參觀天津大風沙洵所罕聞莫非蒼天之示警耶負管治者其知省

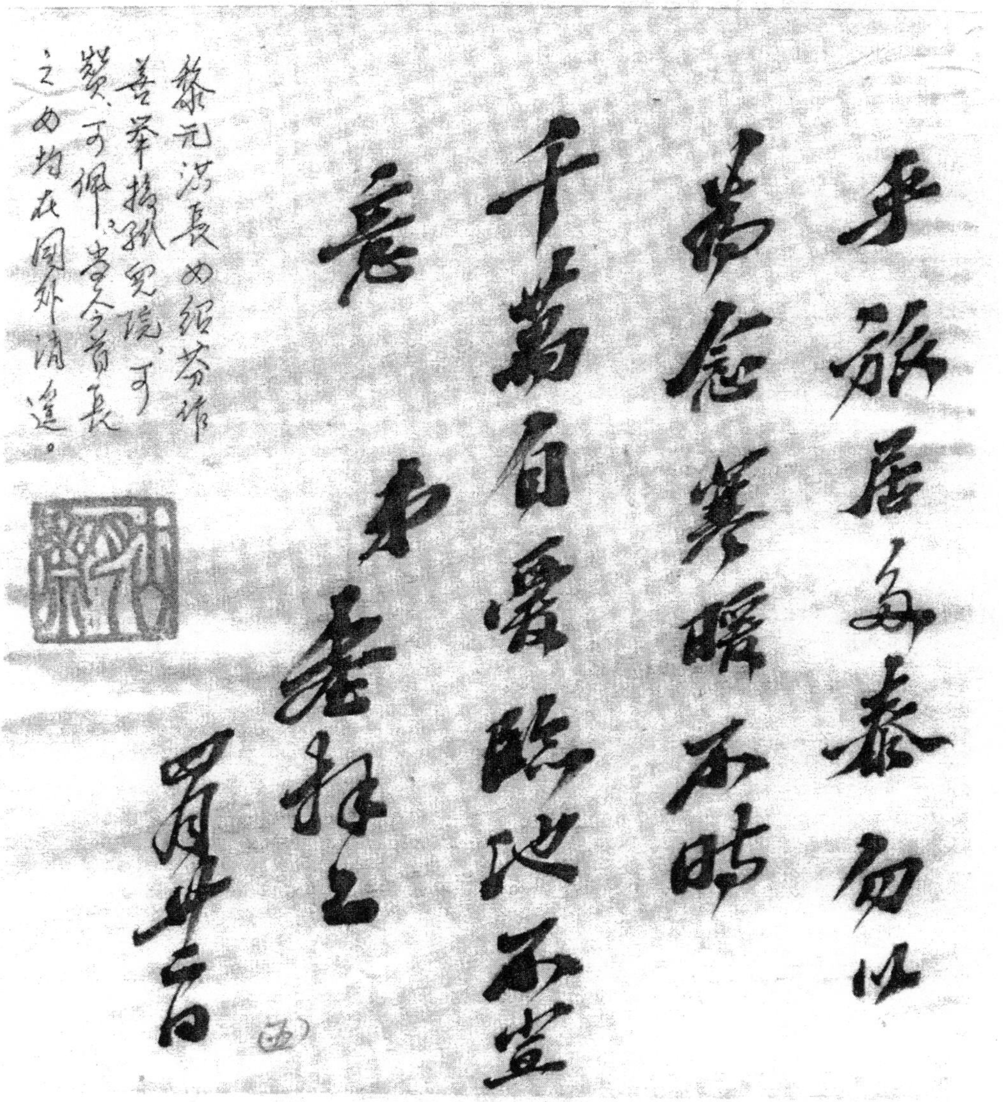

乎旅居多春，而以為念寒暖不時，千萬自愛，臨池不當意。弟　基拜上　四月廿六日

黎元洪長女紹芬作善舉捐孤兒院，可贊、可佩，當今首長之女均在國外消遣。

（五）

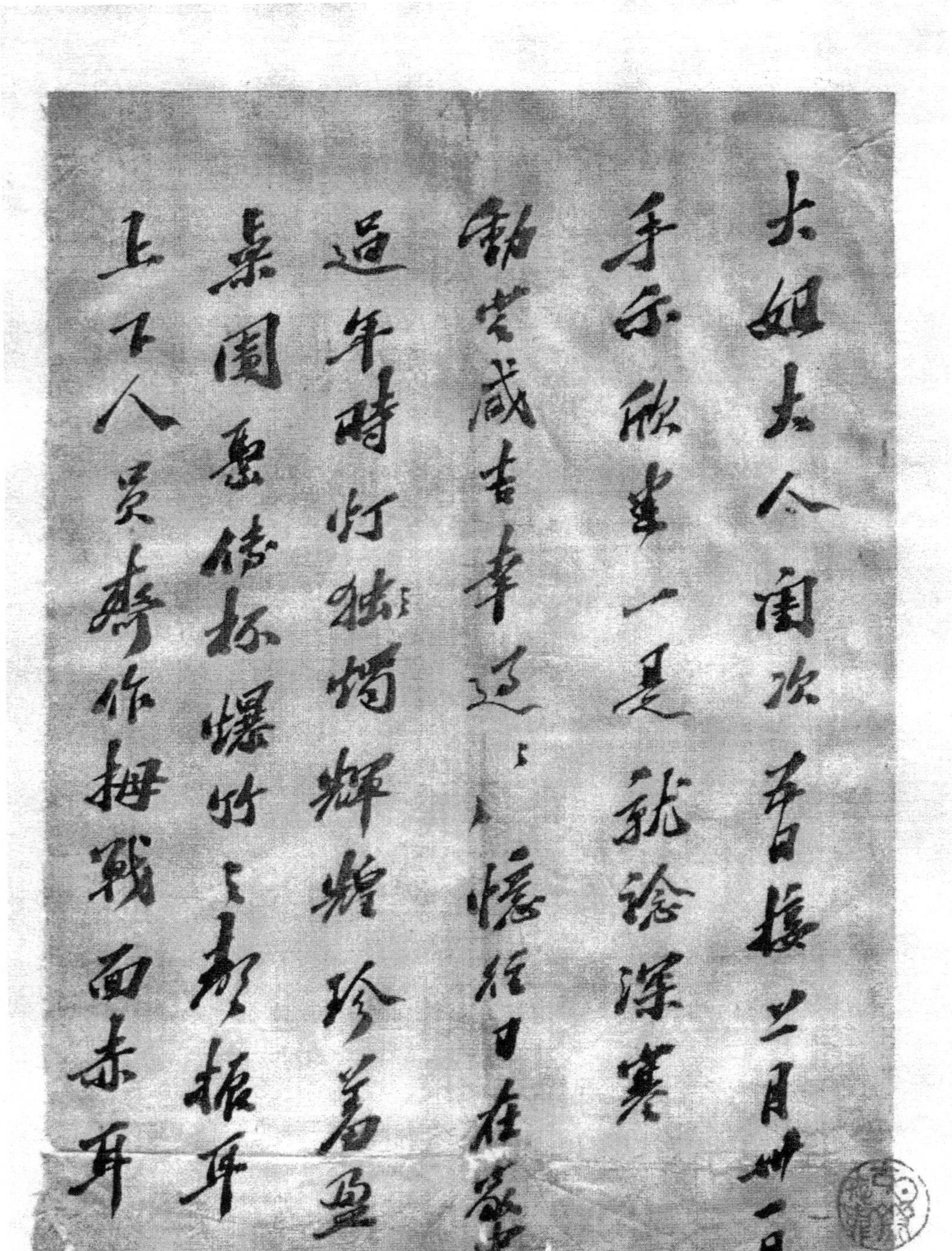
大姐大人閣次：昔接十二月卅一日
手示，欣悉一是。就諗深寒
勤勞，歲杪幸迓〻〻，懷往日在營
過年時灯燭輝煌，珍羞盈
桌，團聚傳杯，爆竹〻聲振耳，
上下人員都作拇戰，面赤耳

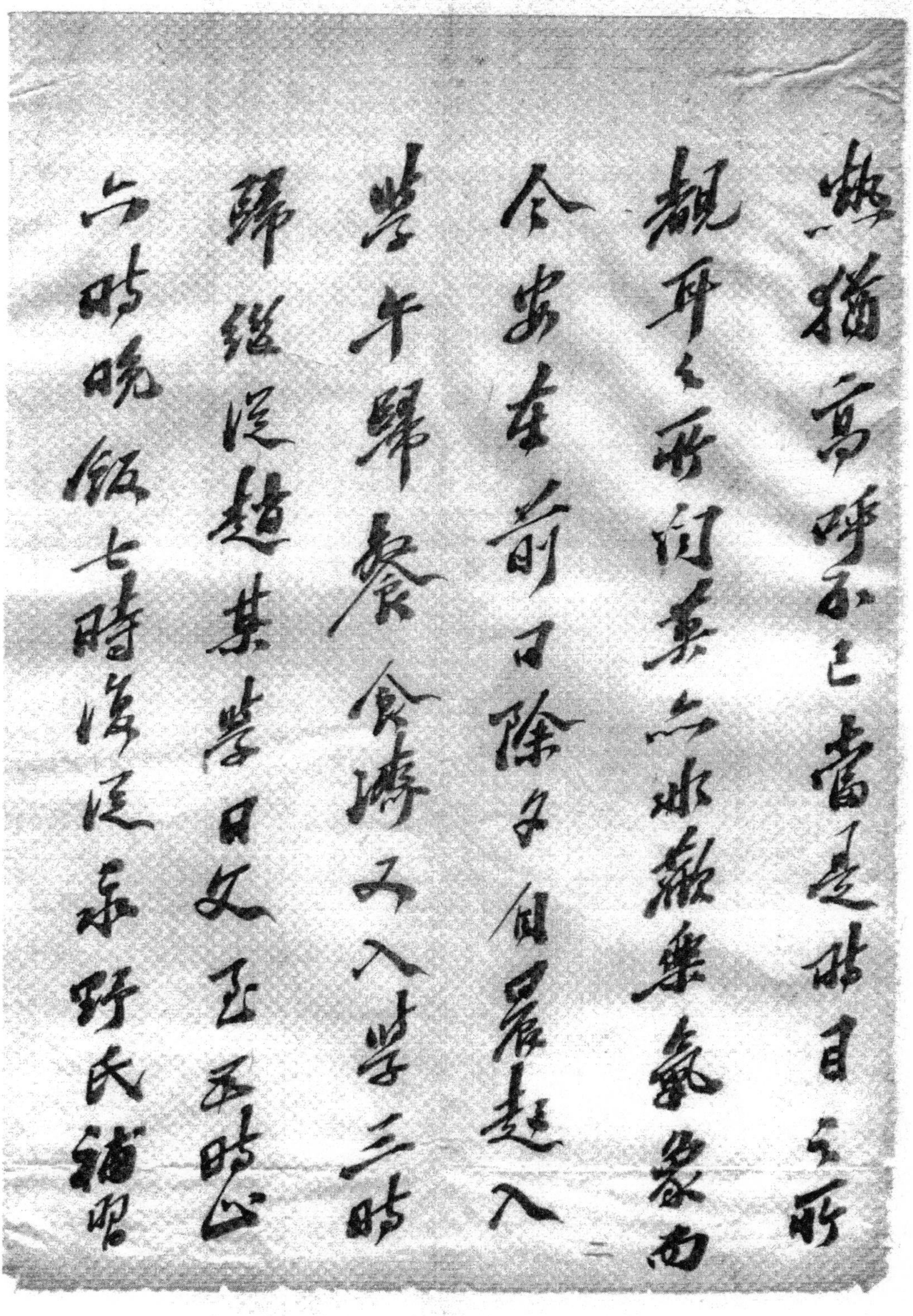
然猶高呼不已，當是時目之所
覩，耳之所聞，莫不以歡樂氣象而
今安在？前日除夕每晨起入
學，午歸餐食，濟又入學，三時
歸，繼從趙基學日文至五時止，
六時晚飯，七時後從朱野氏補習

寄件人：黎紹基　收件人：黎紹芬

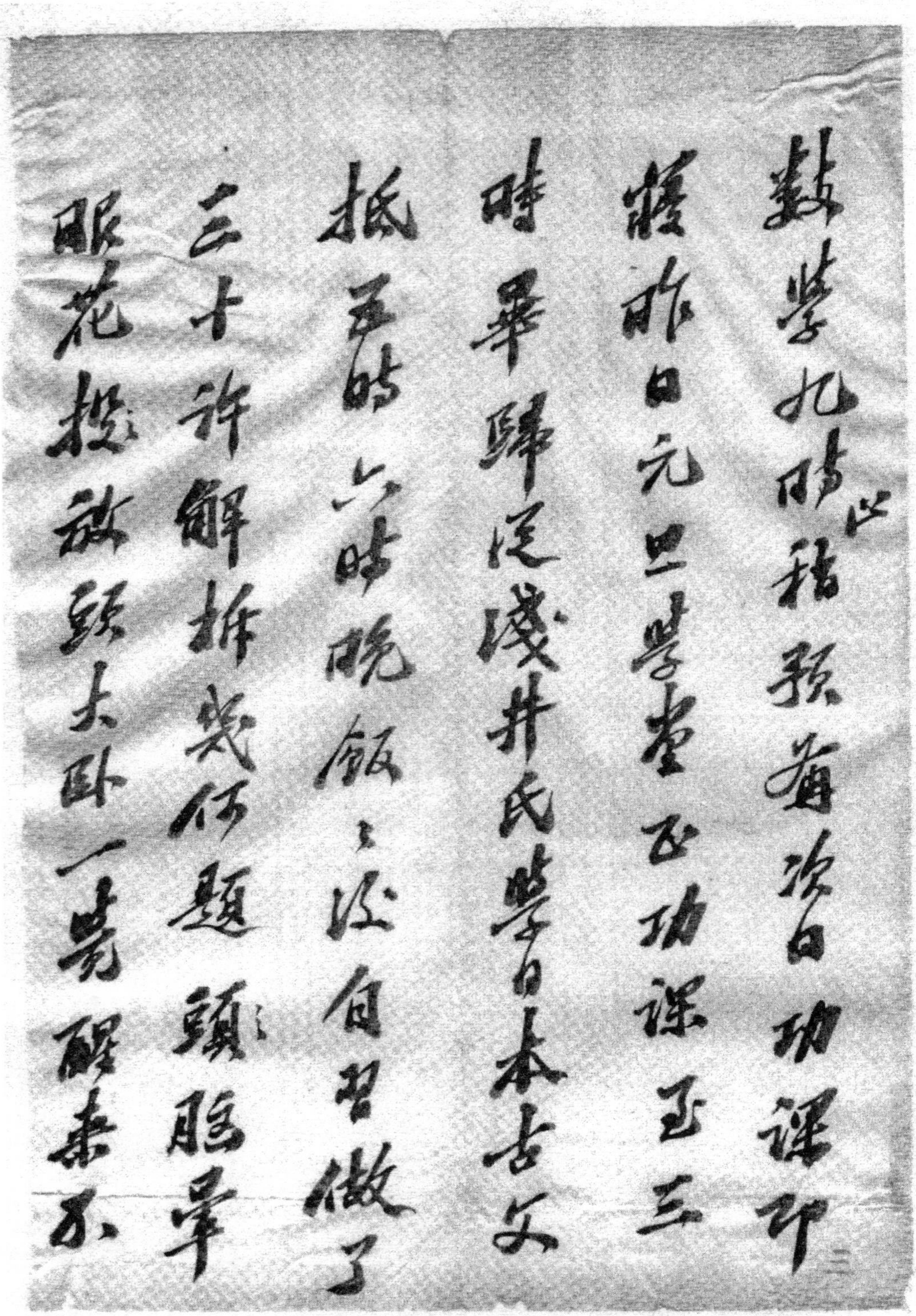

數學九時止稍預備次日功課可
讀昨日元旦學堂至功課至三
時畢歸從淺井氏學日本古文
抵五點六時晚飯飯後自習做了
二三十許解拆幾何題頭頭腦暈
眼花擬放頭大卧一覺醒來不

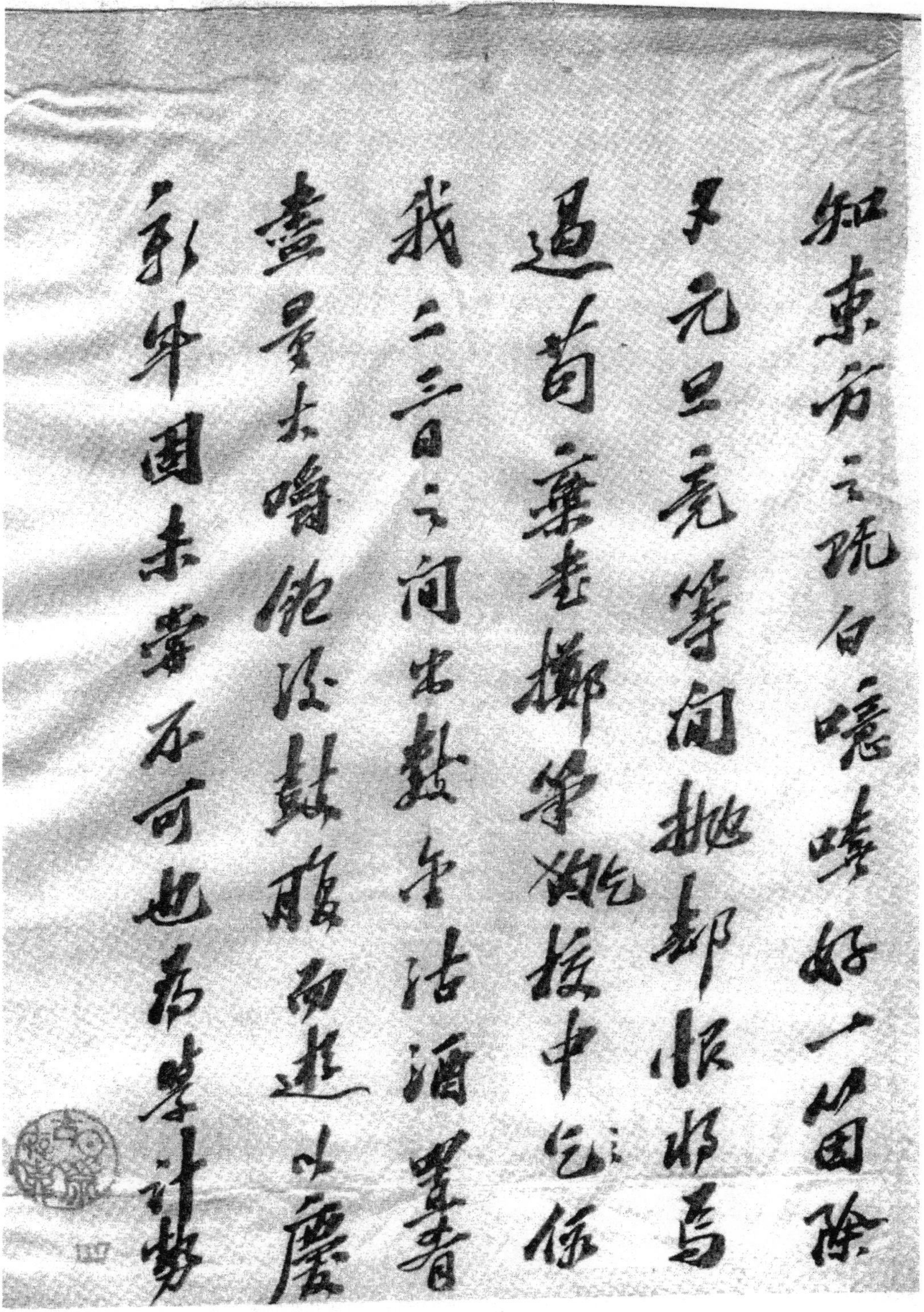
知東方之既白噫嘻好一個除
夕元旦光景等閒拋卻恨將焉
過苟棄[illegible]揶[illegible][illegible]按中乞乞係
我二三日之間出數金沽酒嘗[illegible]
盡量大嚼飽[illegible]鼓腹而進以慶
新年固未嘗不可也爲[illegible]計[illegible]

寄件人：黎紹基　收件人：黎紹芬

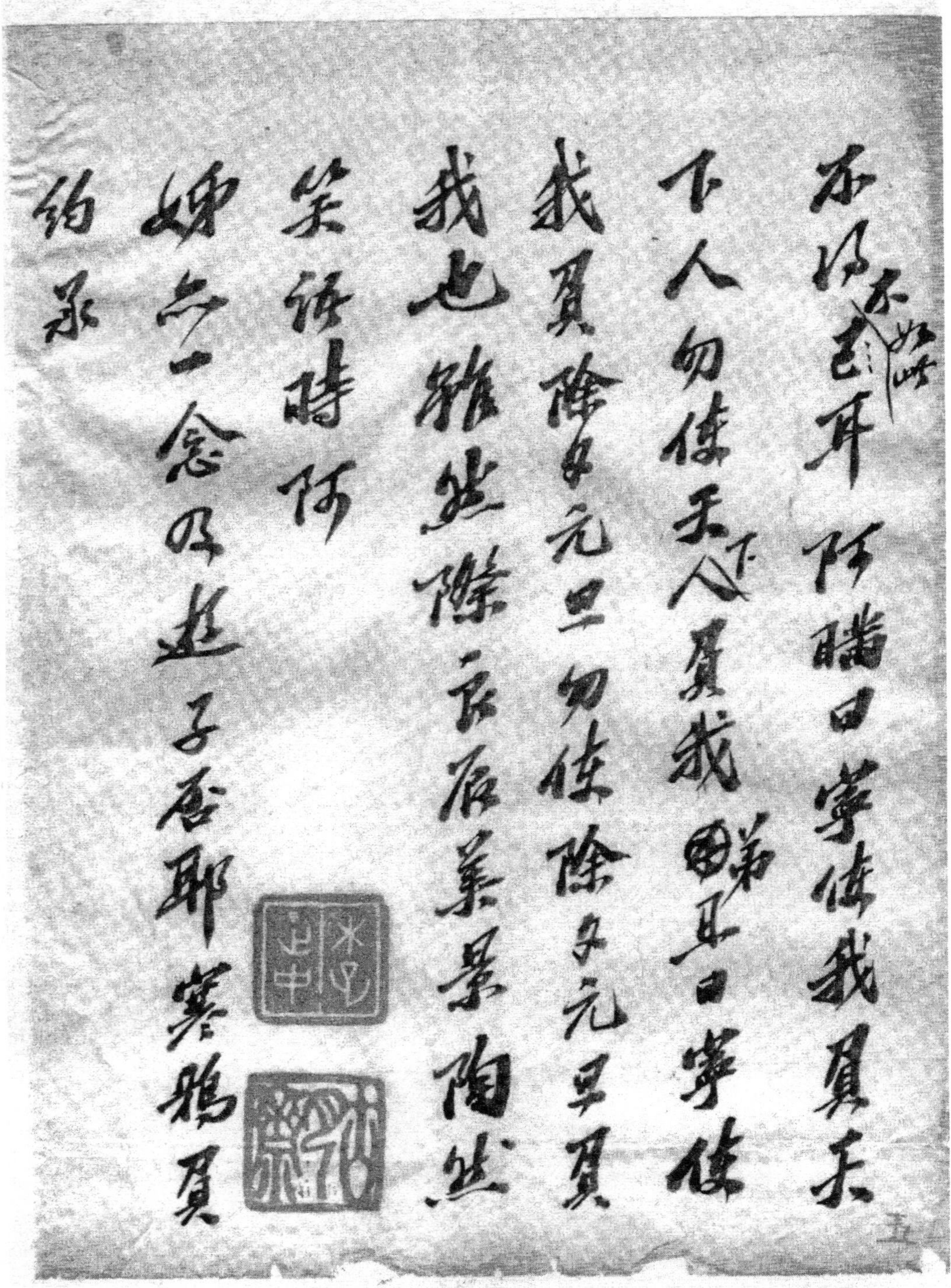

不得不去開阿瑞日等使我見天
下人勿使天下人見我國弟且日等使
我見除多元早勿使除多元早見
我也雖然除哀康慕景陶然
笑語時阿
婦為一念及遊子否耶寒鴉見
約柔

寄件人：黎紹基　收件人：黎紹芬

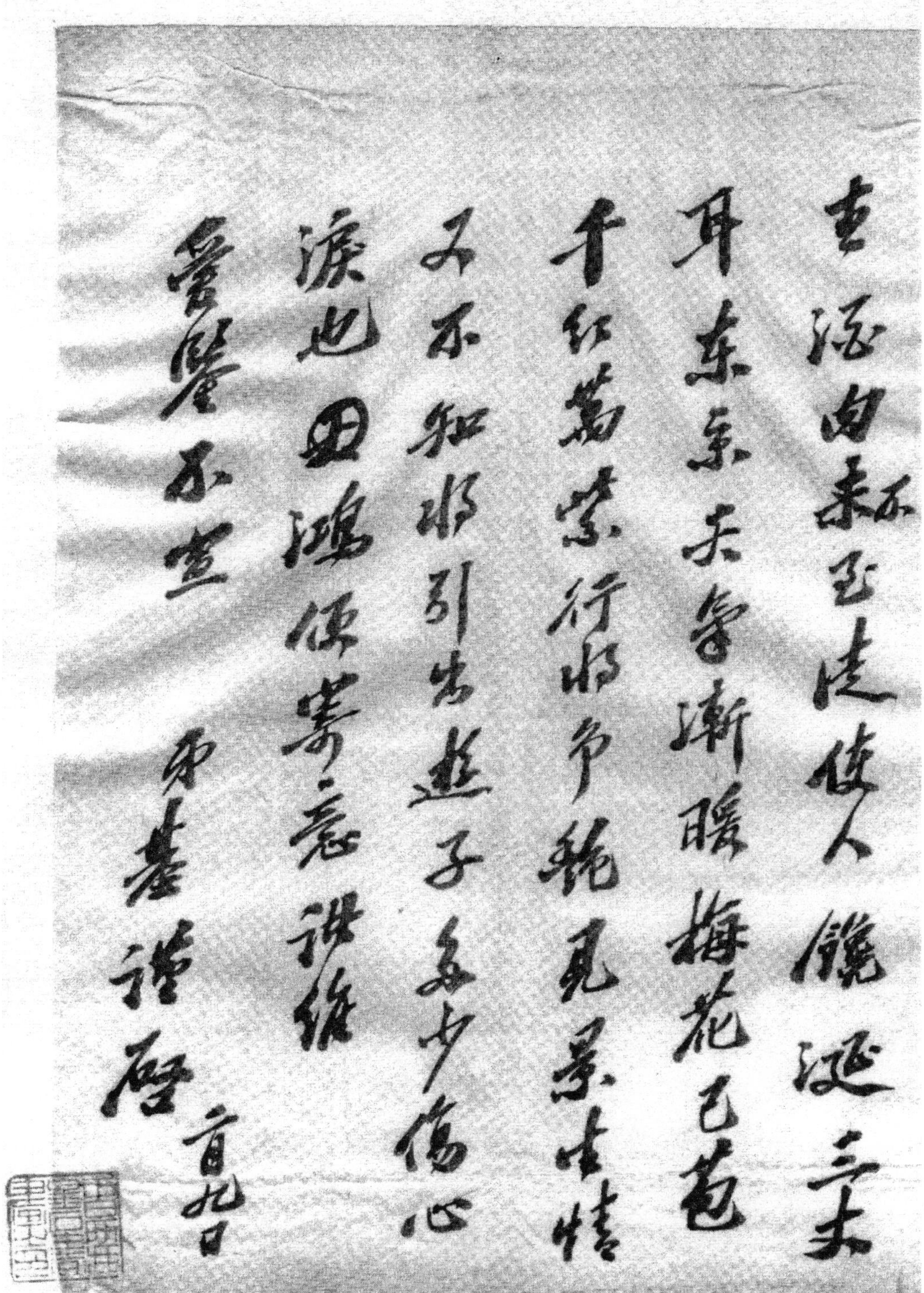
[illegible]由來不至[illegible]使人饒[illegible]之夫
耳東京冬季漸暖梅花已苞
千紅萬紫行將爭艷風景生情
又不知將引出遊子多少傷心
淚也因鴻便寄意祺綏
臺鑒不宣　弟基謹啓　十二月九日

胞兄大人青覽：大書辭指恩而春
節後數日矣，瞬接
來函，捧而讀之，藹藹
近狀安吉，慰甚慰甚。本月七日晚，有一
美國人來津辭外國胡琴家平安還
影艤人皆遂此人為世界第一美辭者
國曼日碼陰曆十二月三十日而未往至
九日晚此人復來辭於曼

寄件人：黎紹芳　收件人：黎紹基

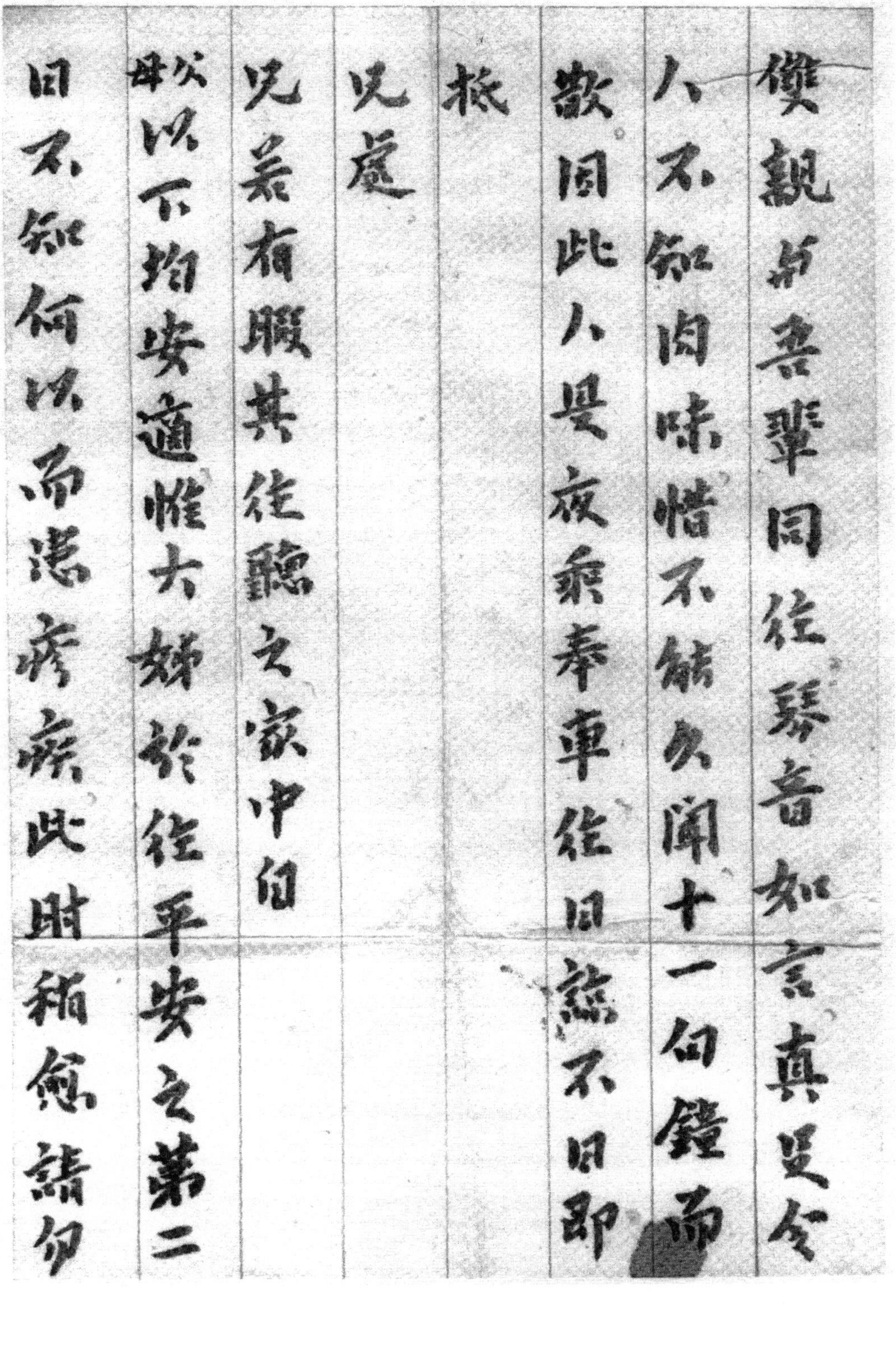

偕親弟吾輩同往琴音如言真是令
人不知肉味惜不能久聞十一句鐘而
散因此人是夜乘奉車往回總不日即
抵
兄處
兄若有暇其往聽之家中伯
父母以下均安適惟大姊於往平安之第二
日不知何以而患瘧疾此時稍愈請勿

懸念手此佈復并請
春安。妹紉芳上 二月十三日
請仰笑亂七八糟的字

總統子女兄妹情，書寫瀟洒質朴真。
當今社會錢為首，何時家書抵萬金。
古月齋題

大哥手足自別以來倏已二旬闊想
私忱與時俱積邇維
凡百如意
体安腦健為祝　妹初嘗慕人之善詩者
如是踏效捧顰之習學之於白璧無瑕此
時已為數次矣但韻多不合猶不足以
詩名之待後稍有所似即為一以呈
兄視雖稍有所似然亦能使

一函二通珍品

寄件人：黎紹芳　收件人：黎紹基

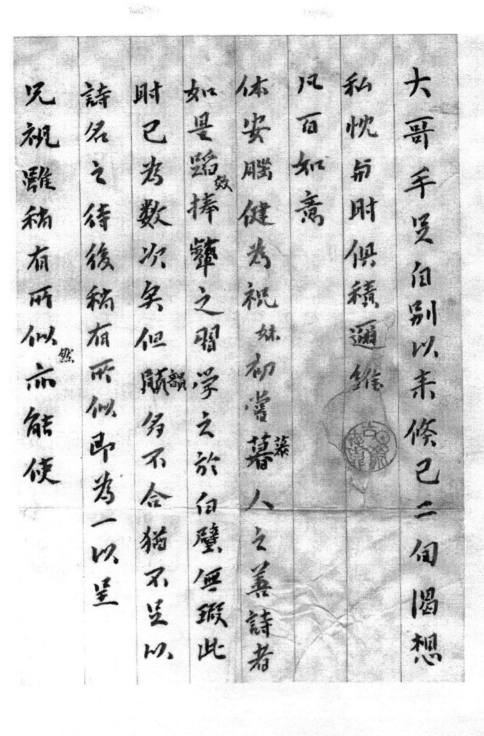

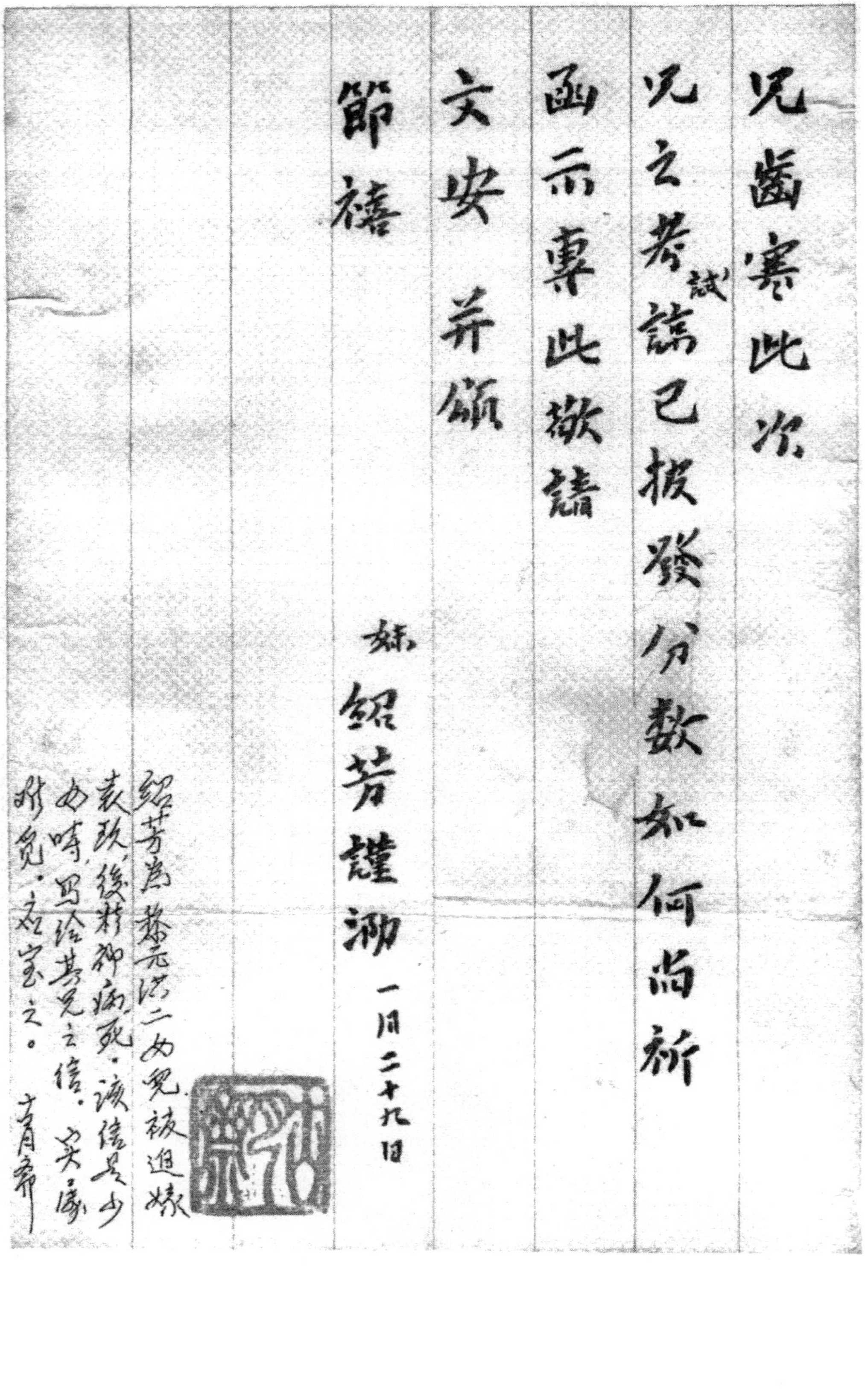

兄齒寒此次
兄之考試諒已披發分數如何尚祈
函示專此敬請
文安 并頌
節禧

妹 紹芳謹泐 一月二十九日

紹芳為黎元洪二女兒，被迫嫁袁玫，後於抑病死。該信是少女時寫給其兄之信。實屬難覓，應寶之。

士青[illegible]

寄件人：黎紹芳　收件人：黎紹基

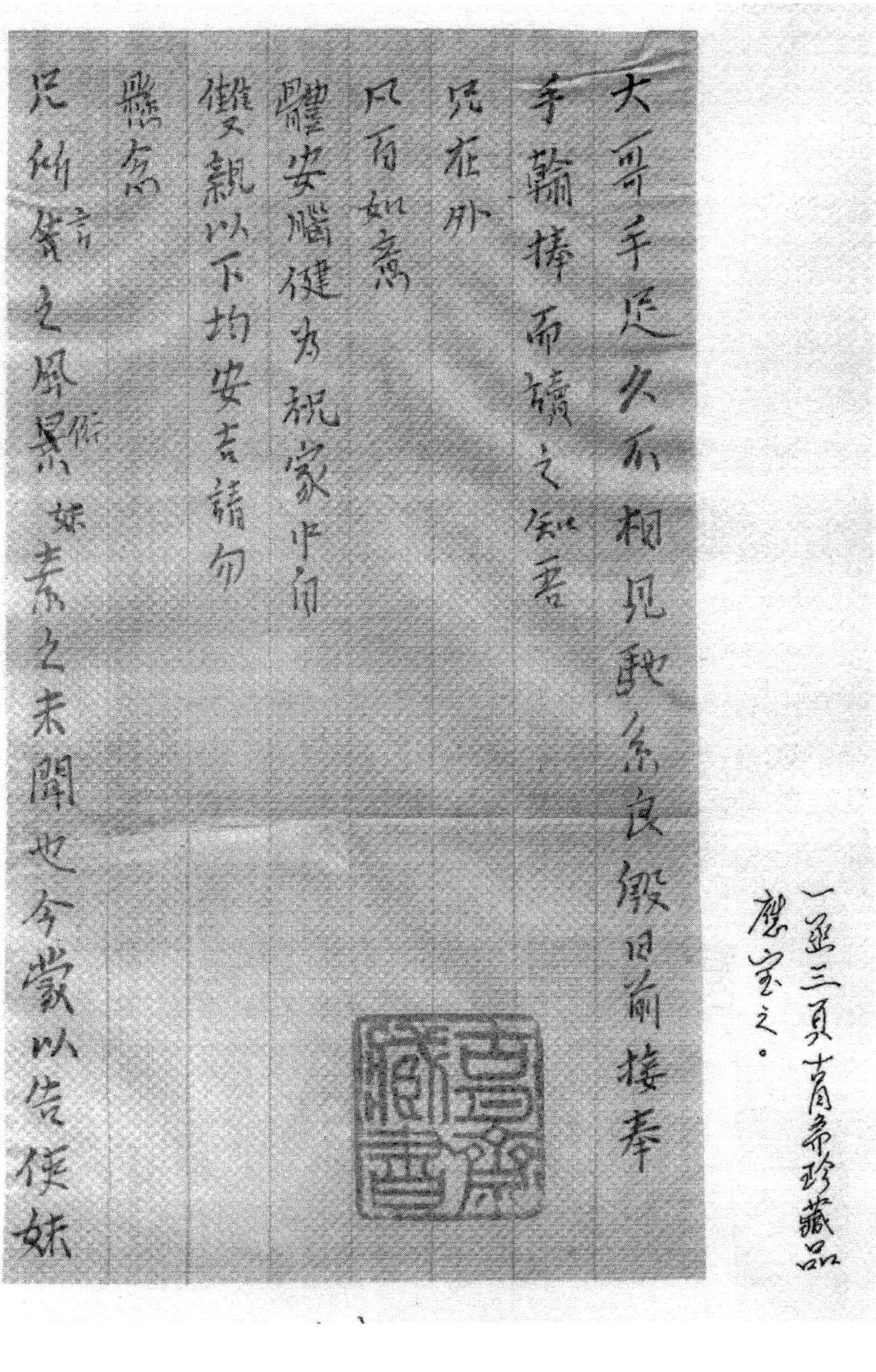

大哥手足久不相見耿耿系念良殷日前接奉
手翰捧而讀之欣喜
兄在外
凡百如意
體安腦健為祝家中自
雙親以下均安吉請勿
懸念
兄所言之風俗妹素之未聞也今當以告侯妹

一並三頁吉齋希珍藏品
應寶之。

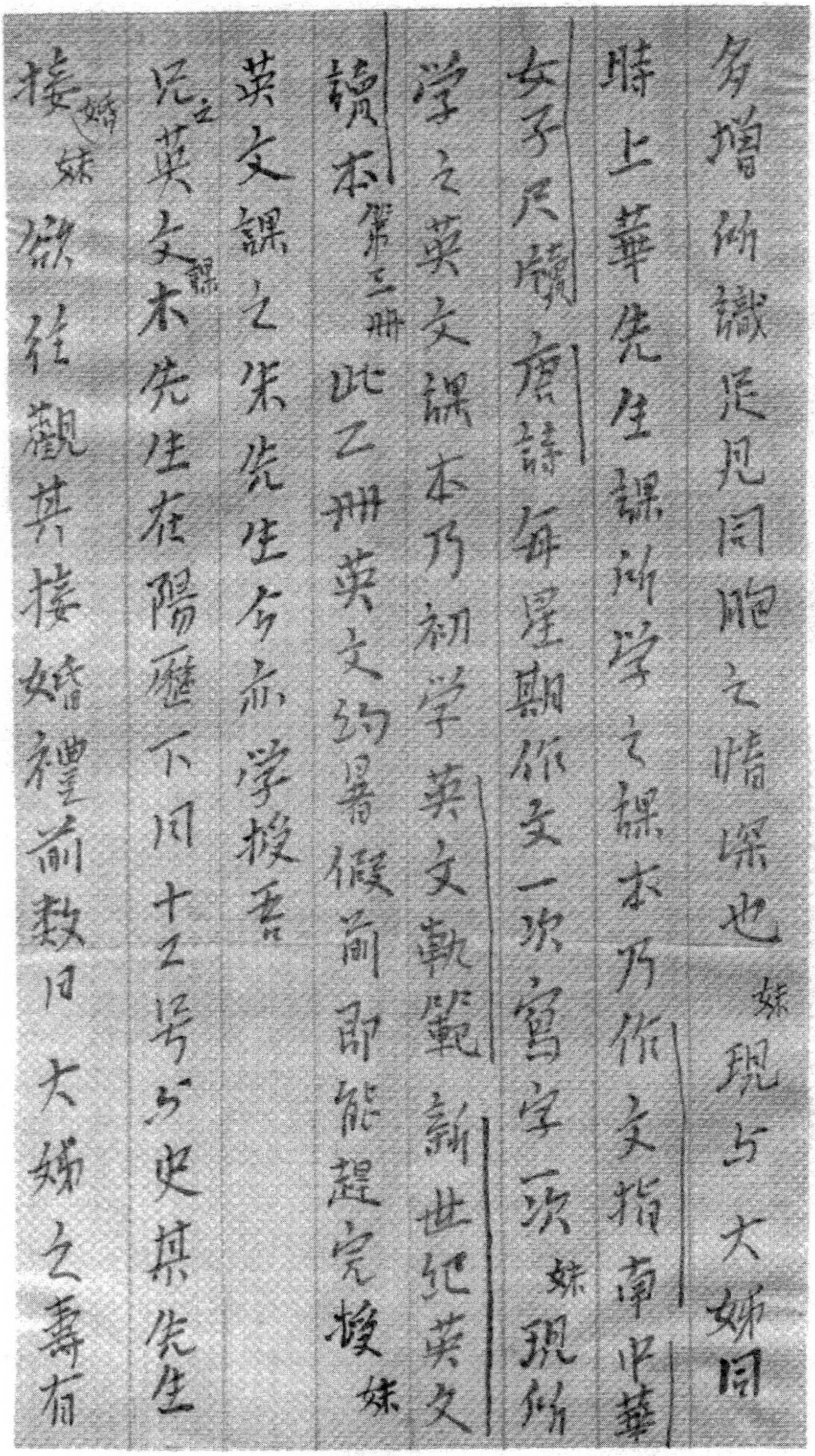

多增所識遂見同胞之情深也 妹現与大姊同
時上華先生課所學之課本乃作文指南中華
女子尺牘唐詩每星期作文一次寫字一次 妹現所
學之英文課本乃初學英文軌範新世紀英文
讀本第三冊此乙冊英文約暑假前即能趕完授妹
英文課之朱先生今亦學授吾
況之英文課本先生在陽曆下月十五号与史其先生
接婚 妹欲往觀其接婚禮前數日 大姊之壽有

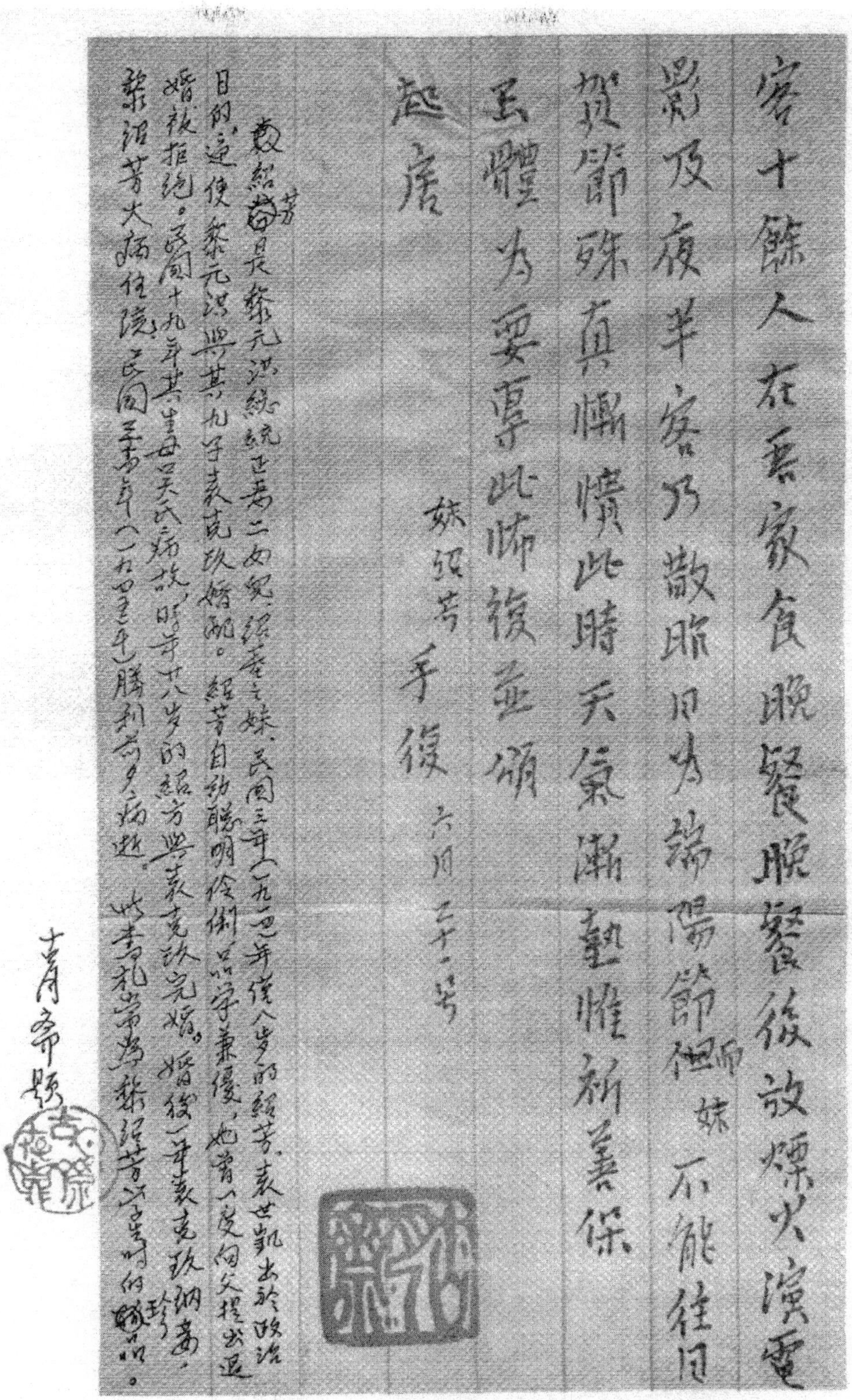

客十餘人在吾家食晚餐，晚餐後放煙火、演電影及夜半客乃散。昨日為端陽節，但兩妹不能往同賀節，殊真憾憤。此時天氣漸熱，惟祈善保玉體為要。專此佈復，並頌
起居

妹 紹芳 手復 六月二十一號

紹芳是黎元洪總統生前二女兒，紹基之妹。民國三年（一九一四）年僅八歲的紹芳，袁世凱出於政治目的，逼使黎元洪與其九子袁克玖婚配。紹芳自幼聰明伶俐，品學兼優，她曾向父提出退婚被拒絕。民國十九年其生母吳夫人病故，時年廿八歲的紹芳與袁克玖完婚。婚後一年袁克玖納妾，黎紹芳大病住院，民國三十三年（一九四四年）勝利前夕病逝。此書札當為黎紹芳少女時的作品。

青帝題

三、黎氏家族手足情深

寄件人：黎紹芳　收件人：黎紹基

大哥大人尊前
兄归(國)相處嬉戲談論經史古今甚為
樂暢且缸歡不久有竟月两圓而
兄復(妹)善在家頗覺寂寞上月二十日
接
兄自奉素之明信片一張緩又接
自回素之信一封敬悉吾
兄以安抵日喜甚〻〻於

妹紹芳給紹基兄信　一函三頁

寄件人：黎紹芳　收件人：黎紹基

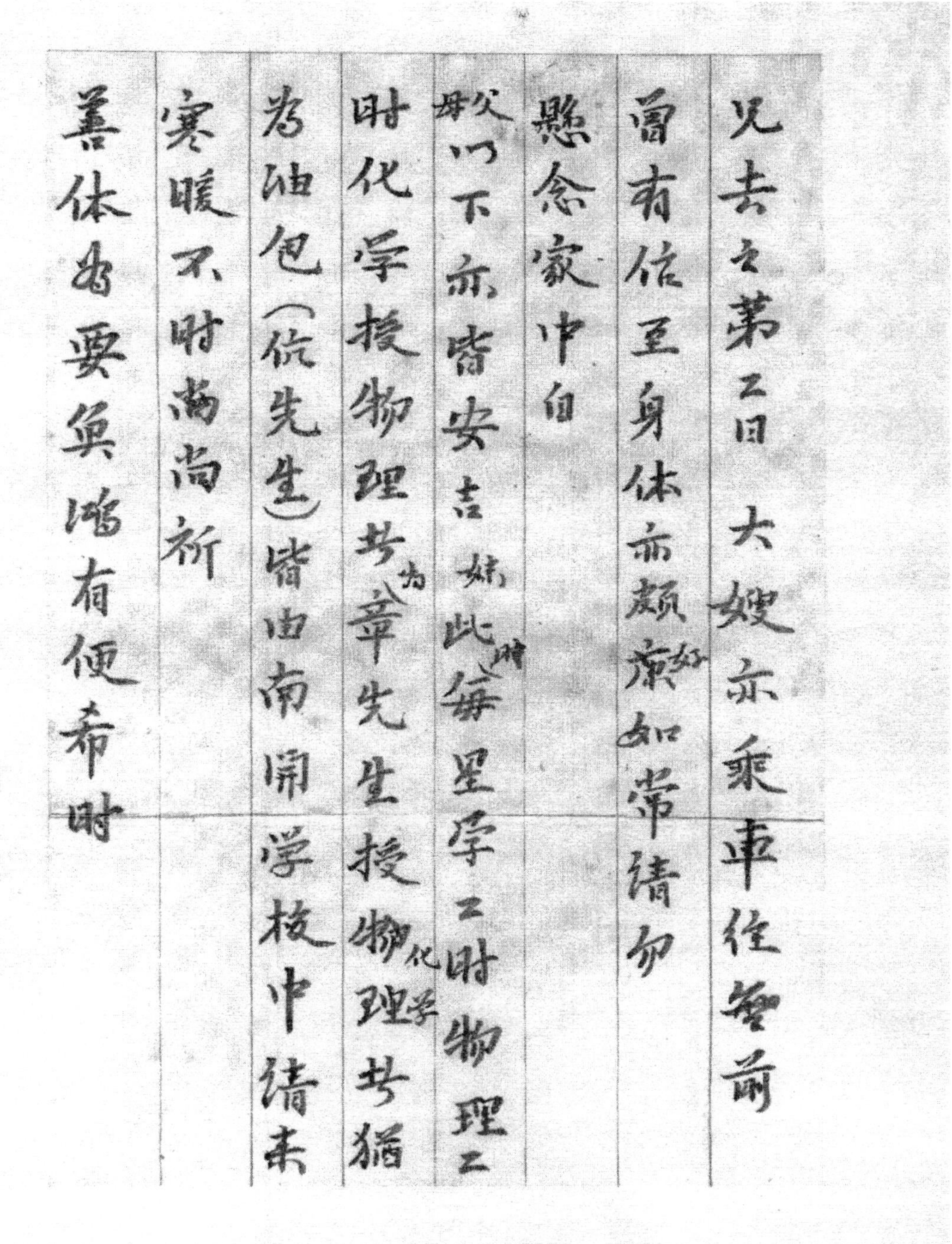
兄去之第二日大嫂亦乘車往營前
曾有信至身体亦頗康好如常請勿
懸念家中自
父母們下亦皆安吉　妹此增每星學二時物理二
時代學授物理并為章先生授物化學理并猶
為油包（俞先生）皆由南開學校中請來
寒暖不時滿尚祈
善体為要與婚有便希時

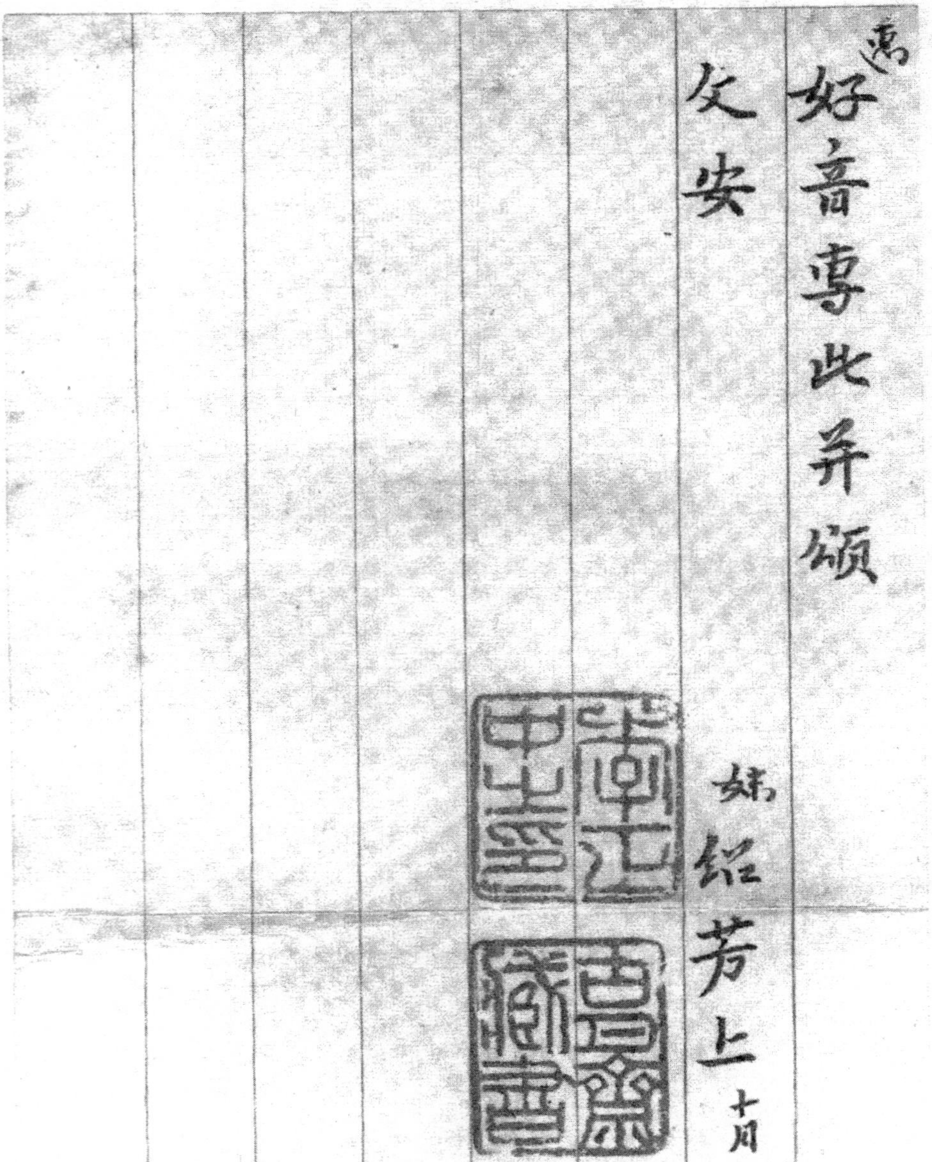

惠好音專此并頌
文安
妹 紹芳上 十月四号

大哥手足前接
来函
殷々規教愛我良深感何言妹初以
為字之用甚微而忽之於是一星期
習字不過一二次而已今覩吾
兄手教始知字不可忽遂每日習字
於科之餘他日備結有進皆我
兄之賜也専此鳴謝即請

寄件人：黎紹業　收件人：黎紹基

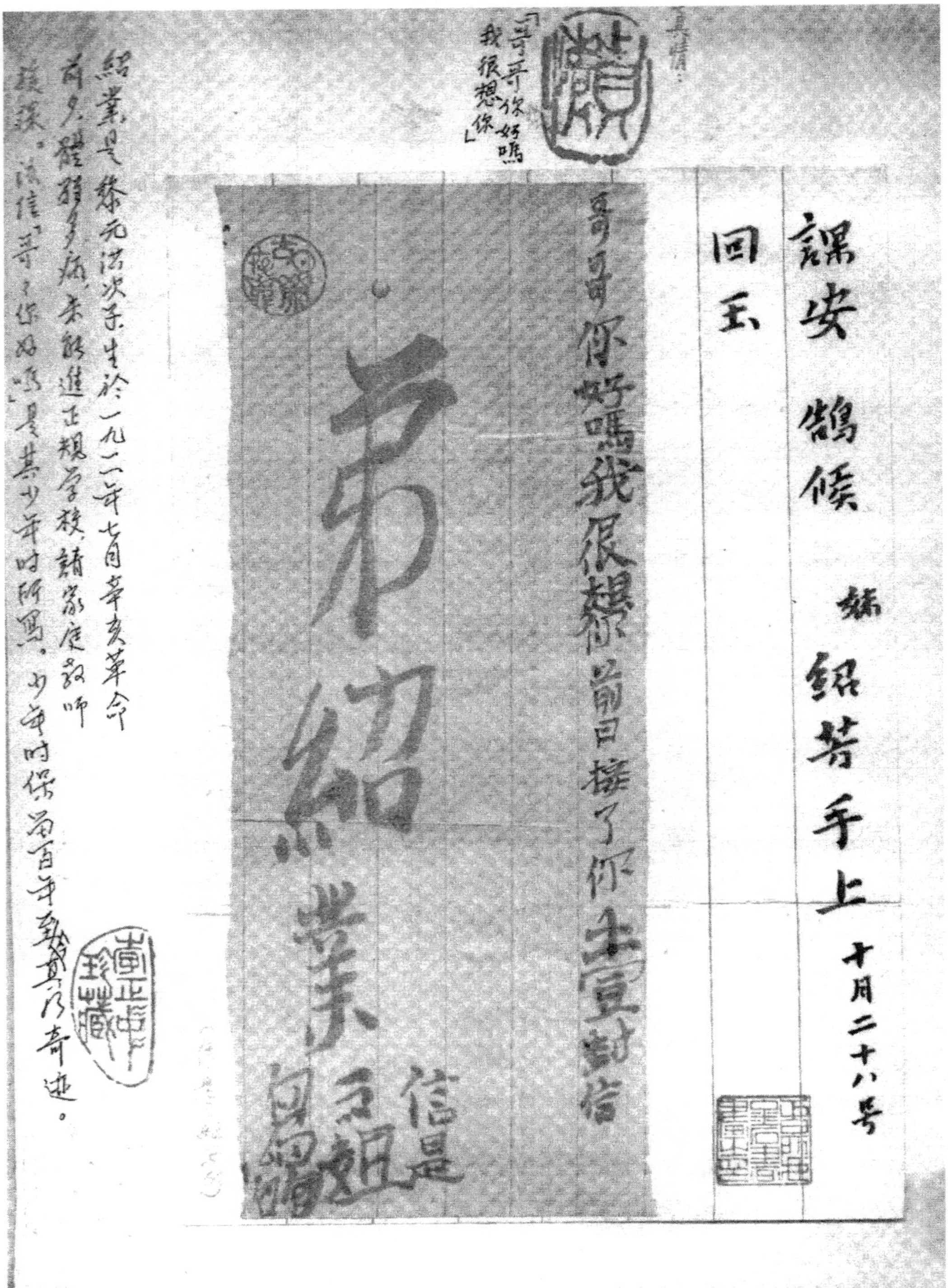
課安
鵠候 姊 紹芳手上
十月二十八号
回玉
哥哥你好嗎我很想你前日接了你一封信
弟紹業
信是
「哥哥你好嗎 我很想你」
紹業是黎元洪次子，生於一九一一年七月辛亥革命前夕，體弱多病，未能進正規學校，請家庭教師教授。該信「哥哥你好嗎」是其少年时所寫。少年时保留百年，真乃奇迹。

寄件人：黎紹業　收件人：黎紹基

一函二頁
紹業給紹基信

重光長兄鑒
母手本月十八日收兄十一年十二月三十一日與十
二年一月九日二函故弟奉
母命以覆知日本新年燈彩輝煌而兄見之
不樂而反寂寂者為孤處異國而與骨肉
遠離也雖然日月行速春暇將至而兄亦將
歸矣回思去年余輩乘腳踏車遊於園其樂
也如何夫淒何慘哉羊肉火腿知均已收

到、如欲何物可以郵寄到後乞賜覆。專此謹
稟此問邇佳。

弟紹業上 一月二十日

近中所藏金石书画之印

No. 2

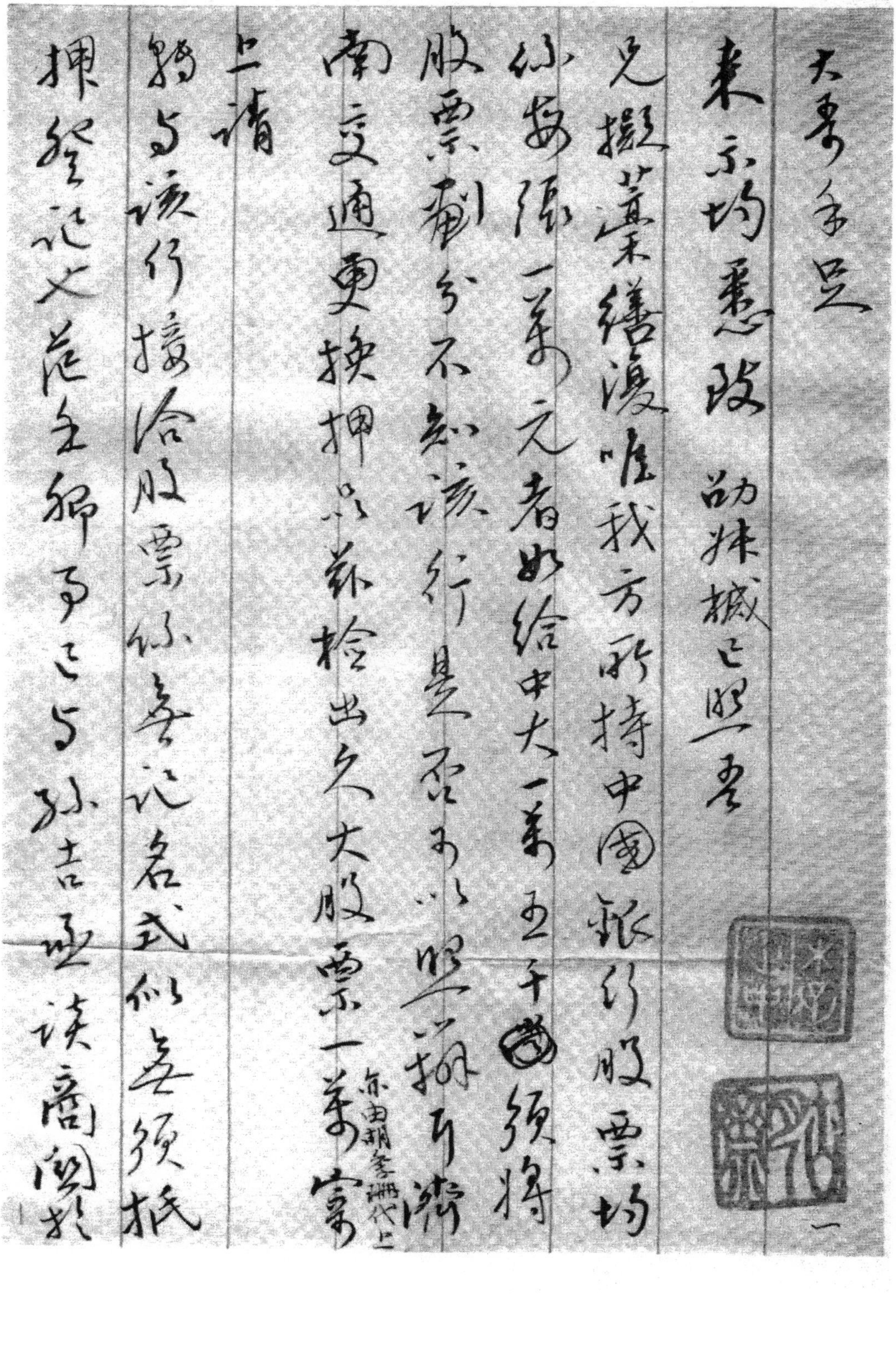
大哥手足
來示均悉　助林嫂已照與要
兄擬叢繕復唯我方所持中國銀行股票均
係安孫一萬元者如給中大一萬五千圓須將
股票劃分不知該行是否可以照辦有
關交通更換押只蘇檢出交大股票一萬元寄（係由胡念珊代上）
上請
轉與該行接洽股票係無記名式似無須抵
押登記又范生鄉弟之孫吉亞讀商關於

寄件人：黎紹業　收件人：黎紹基

衡和押一節兩有法院判決書確定之債權（李范若和撥地價亦屬違法）不能執行應付法子唯有一方向李范催繳地價一方向范律師告以認債務唯法子經過複雜須逐一詳慎數復以免貽彼口實一俟前接鄂瑞卿鐵藉荊南由李敷廣調解經李范承認讓地一百方荊南出二千六百六十六元七角我方助一千一百六十六元七角李范讓價六百六十六元七角（對我方）三方訂定合同已告了結如是則李范同應即日繳清地價若再藉故延宕儘可以背約

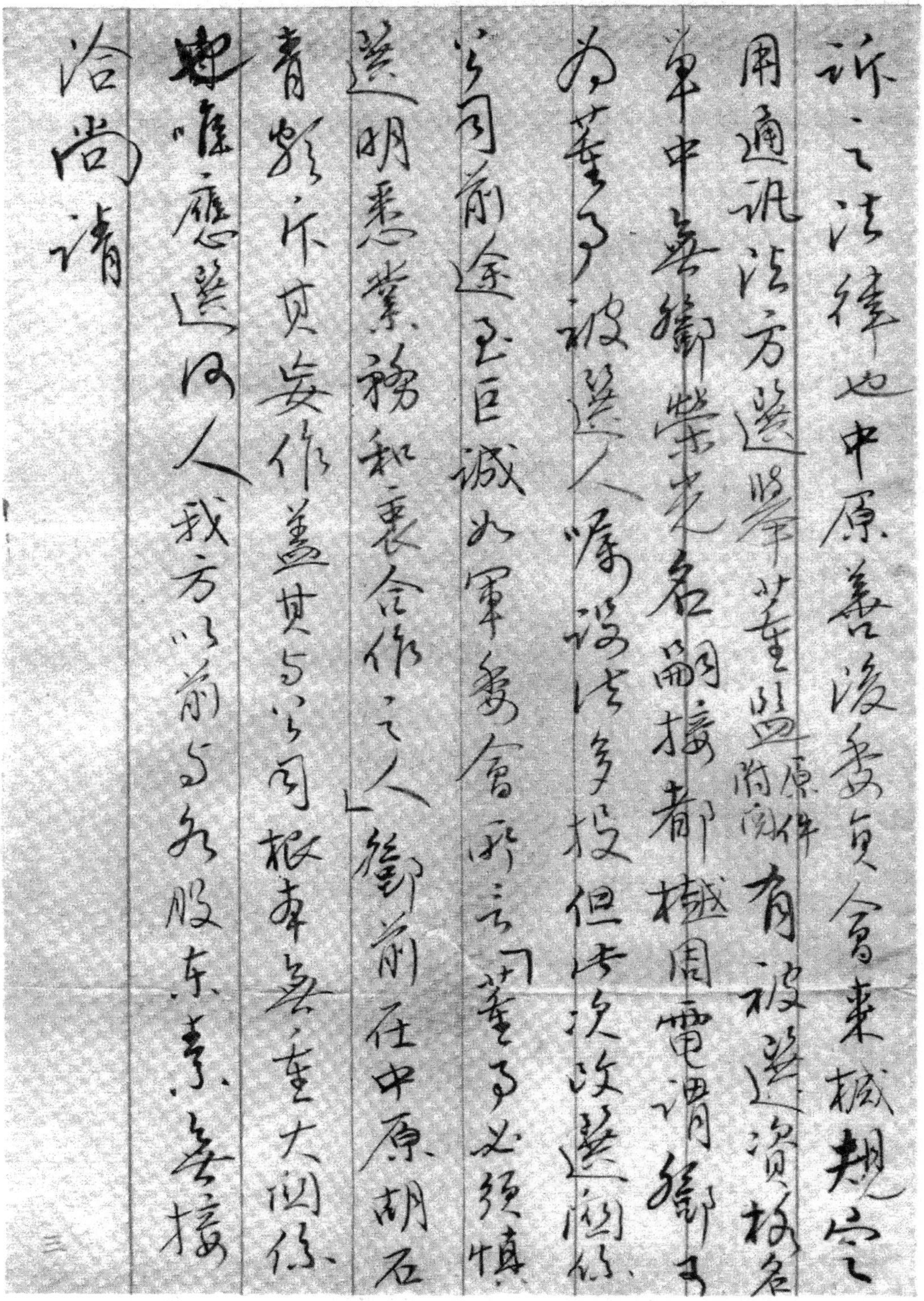

訴之法律也中原善後委員會東械規定
用通訊法方選舉照章董監有被選資格名　原件附閱
單中無鄉榮光名嗣接都機周電謂鄉兄
為董事被選人候選法多投但法改選時
以前途至巨識如軍委會所云董事必須慎
選明悉業務和衷合作之人鄉前在中原胡石
青雖亦負要作善其以前根本無董大個係
惟應選任人我方以前與各股東素無接
洽尚請

寄件人：黎紹業　收件人：黎紹基

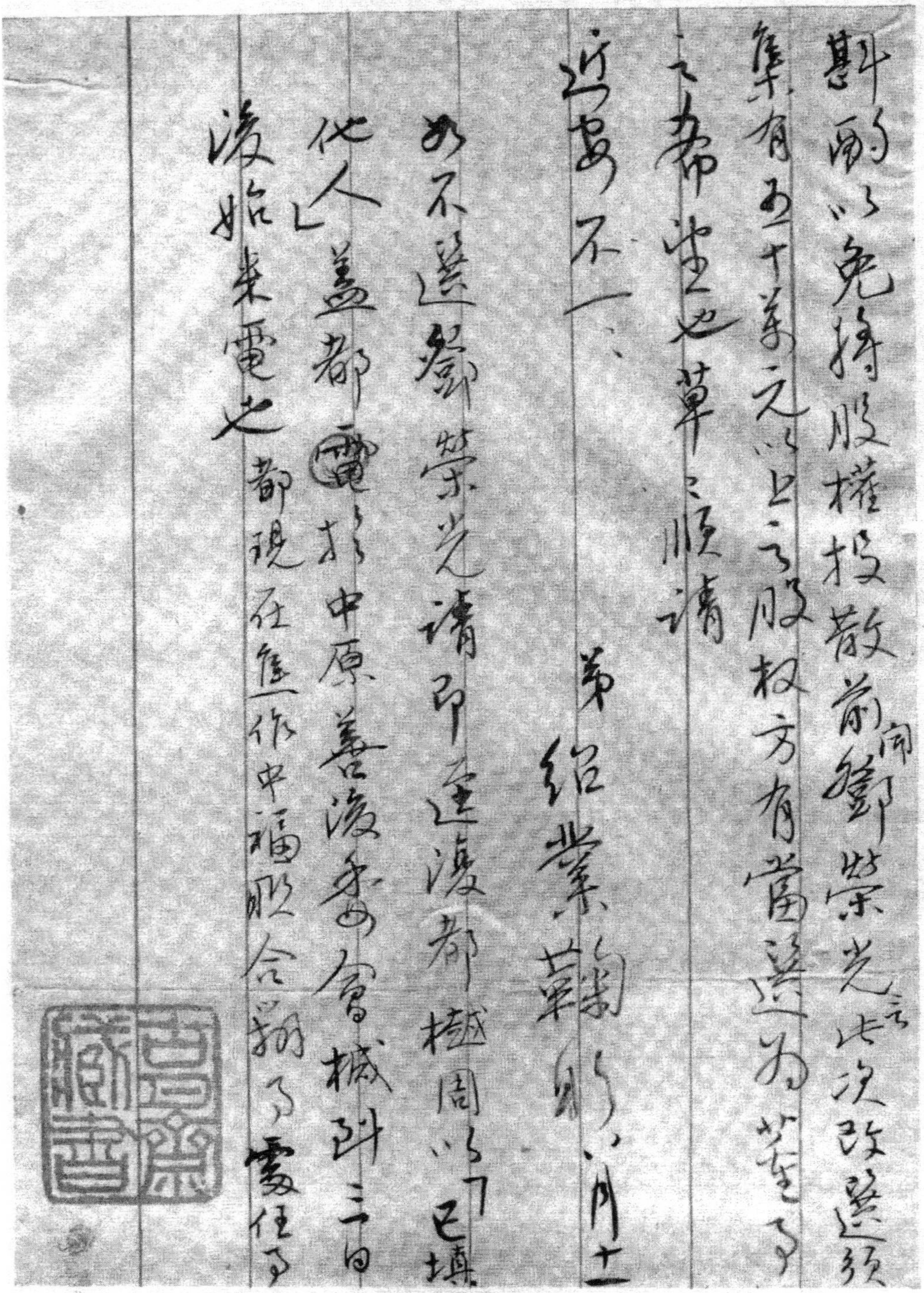
斟酌以免持股權投散前向鄧榮光云此次改選須
集有五十萬元以上之股權方有當選為董事
之希望也草草順請
近安不一　弟紹業草頓　八月十一
如不選鄧榮光請即速復鄧樾周以便已填
他人蓋都督電於中原善後委會械斜二百
後始來電之　鄂都現在匯作中福股合翻了處任了

寄件人：京津漢華孚銀行　收件人：黎元洪

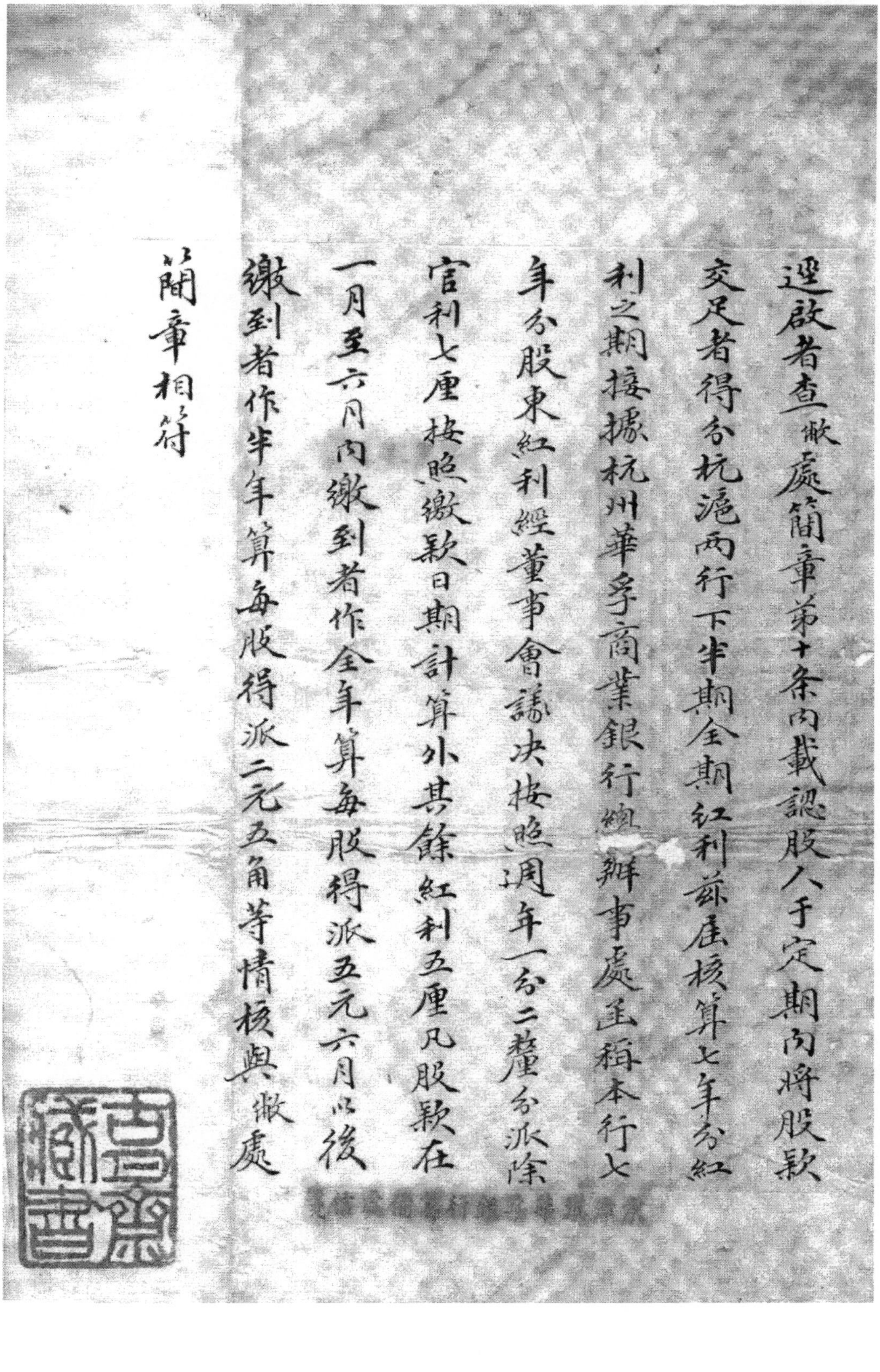

逕啟者查敝處簡章第十条內載認股人于定期內將股款交足者得分杭滬兩行下半期全期紅利茲屆核算七年分紅利之期接據杭州華孚商業銀行總辦事處函稱本行七年分股東紅利經董事會議決按照週年一分二釐分派除官利七厘按照繳款日期計算外其餘紅利五厘凡股款在一月至六月內繳到者作全年算每股得派五元六月以後繳到者作半年算每股得派二元五角等情核與敝處簡章相符

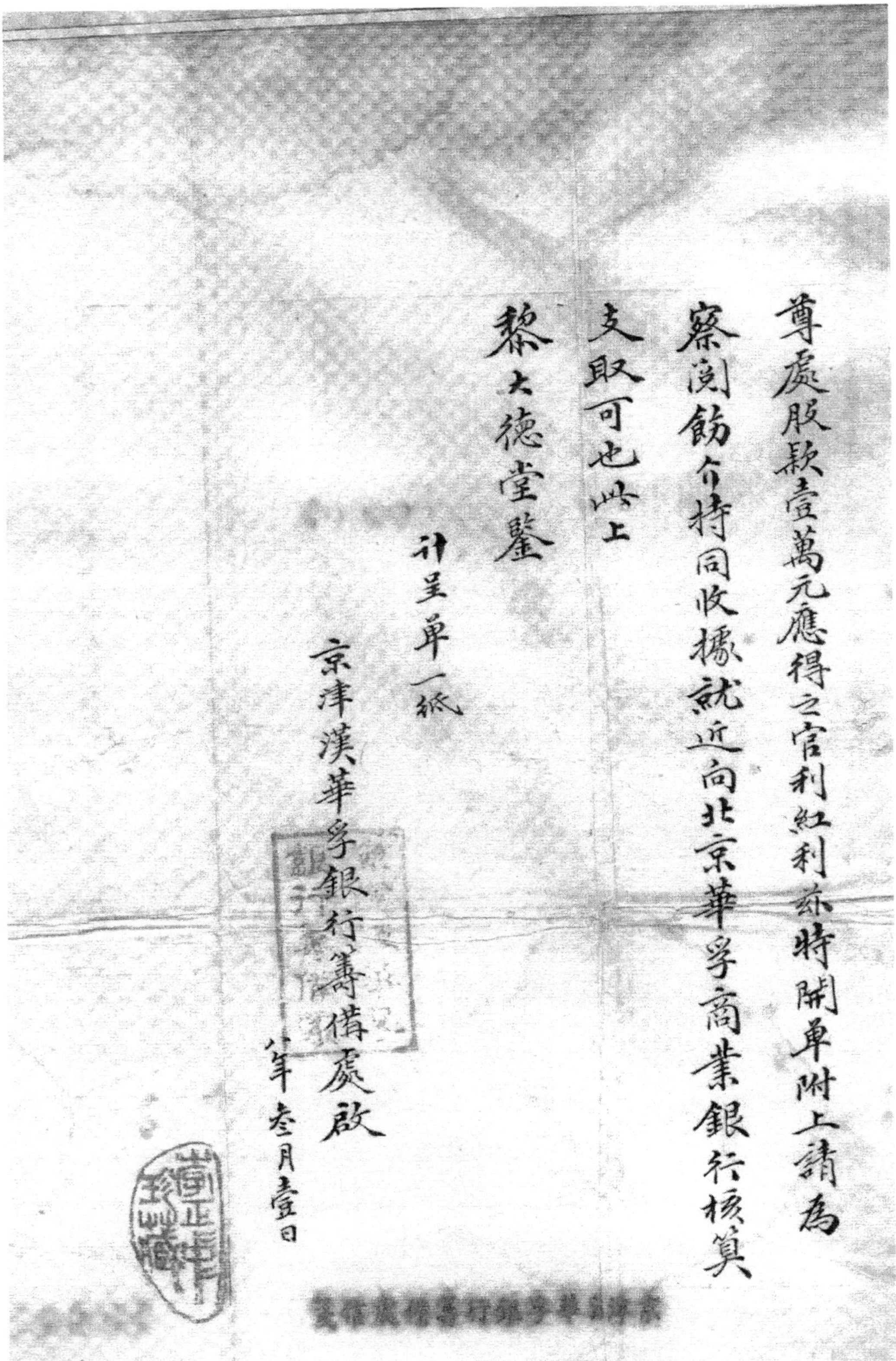
尊處股款壹萬元應得之官利紅利等特開單附上請為
察閱飭令持同收據就近向北京華孚商業銀行核算
支取可也此上
黎大德堂鑒
計呈單一紙
京津漢華孚銀行籌備處啟
八年叁月壹日

該信封為黎紹基在日留学大正时期的信封，一函二頁
在日本也很难保存這個时代的信件，具有历史價值。

寄件人：台灣銀行東京支店　收件人：黎紹基

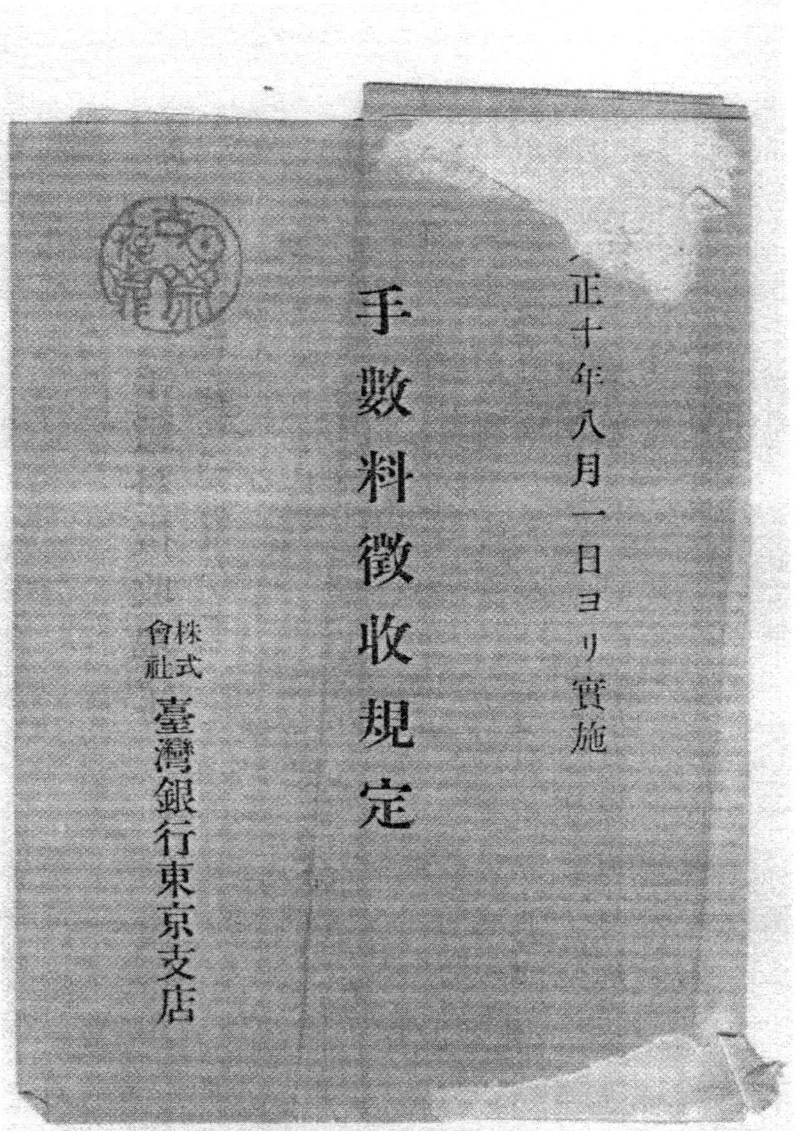
大正十年八月一日ヨリ實施

手數料徵收規定

株式會社臺灣銀行東京支店

該資料為雙面印刷。

古月斋注

此函為台灣銀行東京支店致黎重光有關手数料徵收規定事。

該規定自日本大正十年八月一日起實施，即民國十年八月一日（公元一九二一年），手数料即手續費。大正时期的資料在日本也很难保存，這是一份很珍貴資料，故收入信札中。

拜啓愈御隆昌奉賀候陳者今般當地交換所組合銀行ノ決議ニ依リ送金代金取立其他ニ對シ別紙規定ノ通リ取扱手數料ヲ申受クル事ト相成リ來ル八月一日ヨリ實施ノ事ト相成候處臺灣並ニ外國爲替關係取引ニ對シテハ別紙規定末尾ニ記載致置候通リ從來ト同樣ノ御取扱可申上特ニ臺灣向取引ニ對シテハ無手數料ヲ以テ精々御便宜御取計可申上候間右御了承ノ上不相變御懇命願度此段得貴意申候　敬具

大正十年七月

株式會社臺灣銀行東京支店

寄件人：吳曉昉　收件人：黎紹基

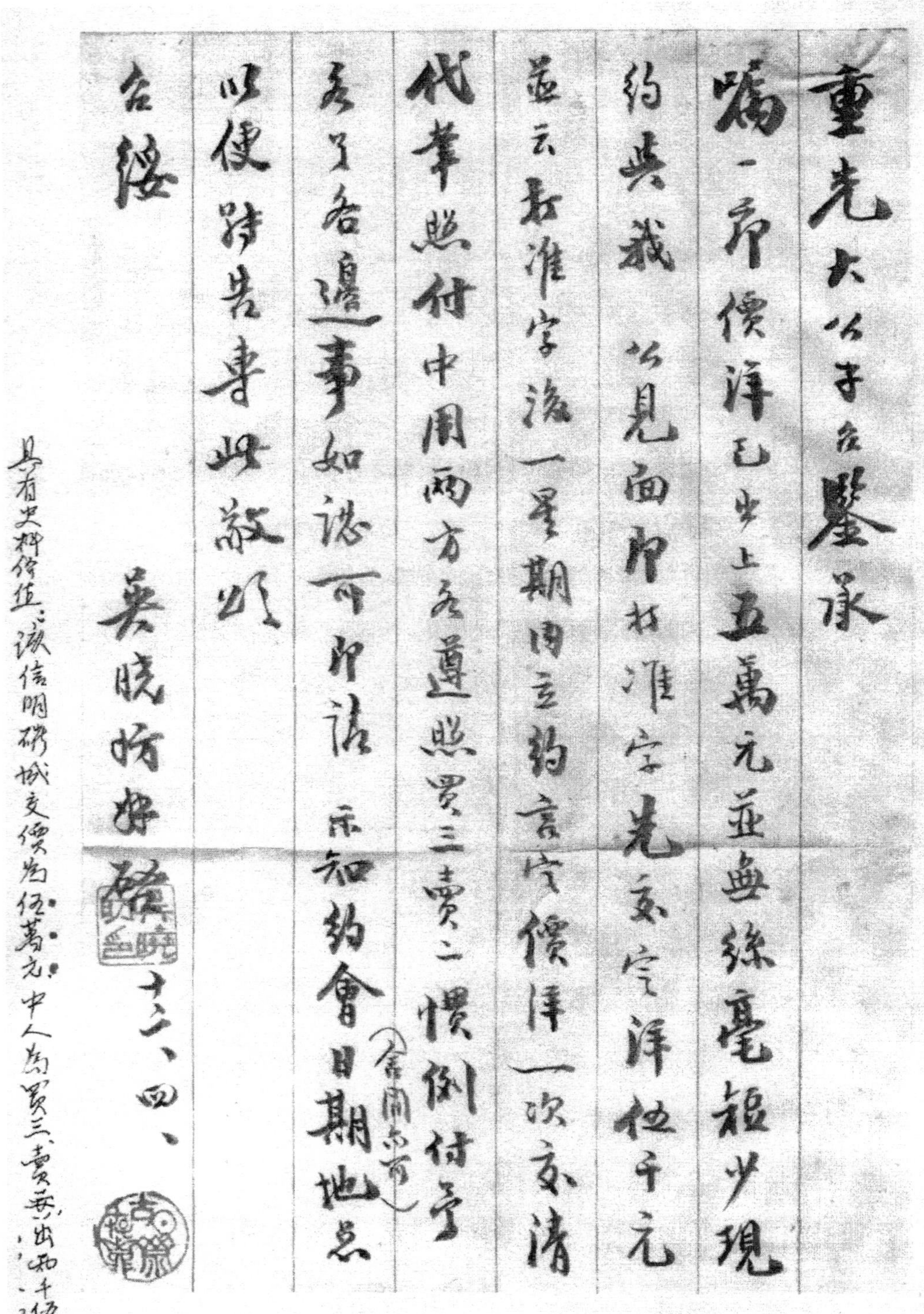

董先大公手足鑒承
囑一節價洋已出至五萬元並無絲毫短少現
約共裁　公見面即於准字先交洋伍千元
並云於准字後一星期內立約言定價洋一次交清
代筆照付中間兩方各遵照貫三壹二慣例付予
各又各邊事如議可即請　示知約會日期地點（舍間亦可）
以便時告專此敬頌
台綏　吳曉婷押　十二、四、

具有史料價值：該信明確成交價為伍萬元，中人為貫三、壹英，共出兩千伍百

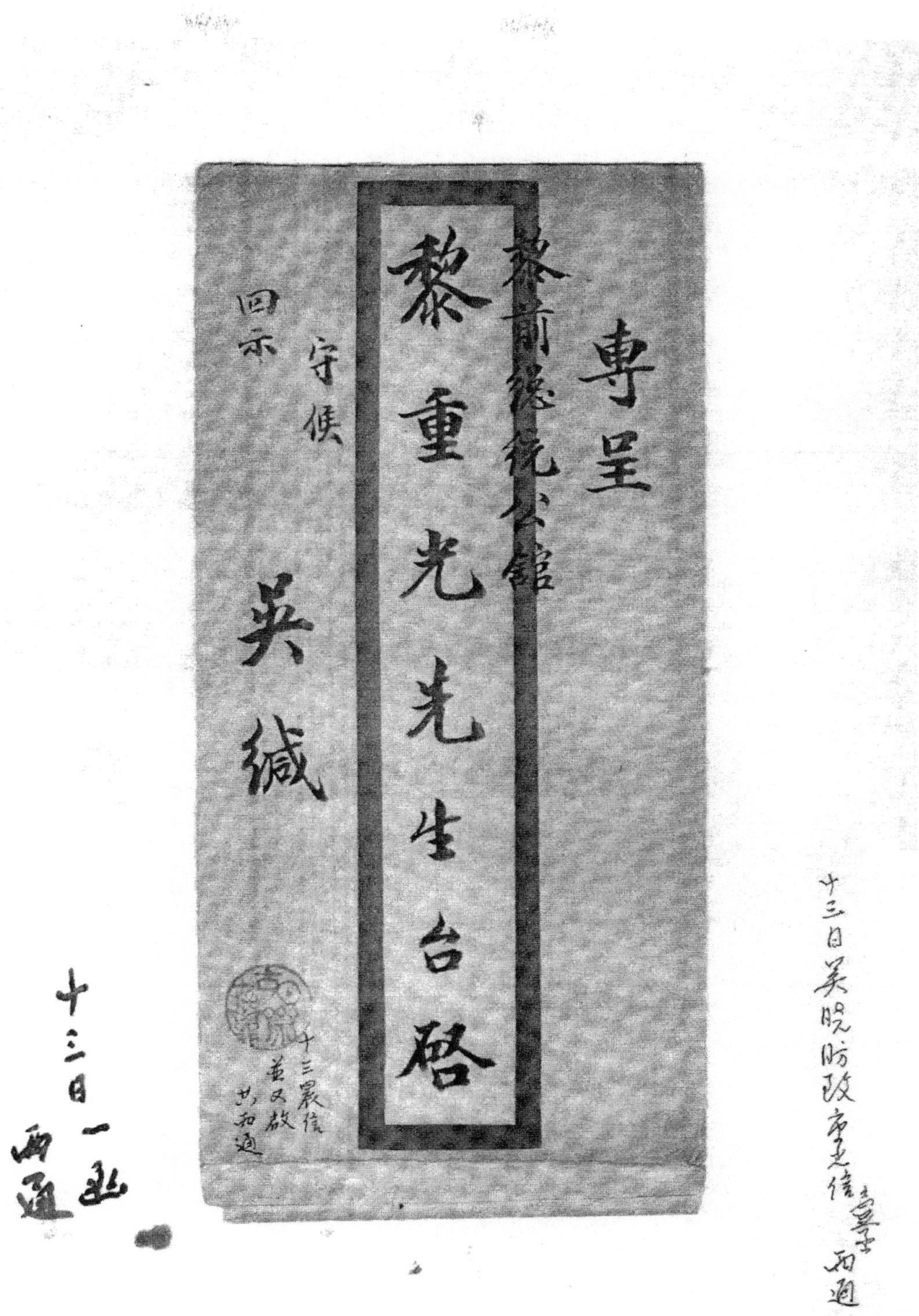

寄件人：吳曉昉　收件人：黎紹基

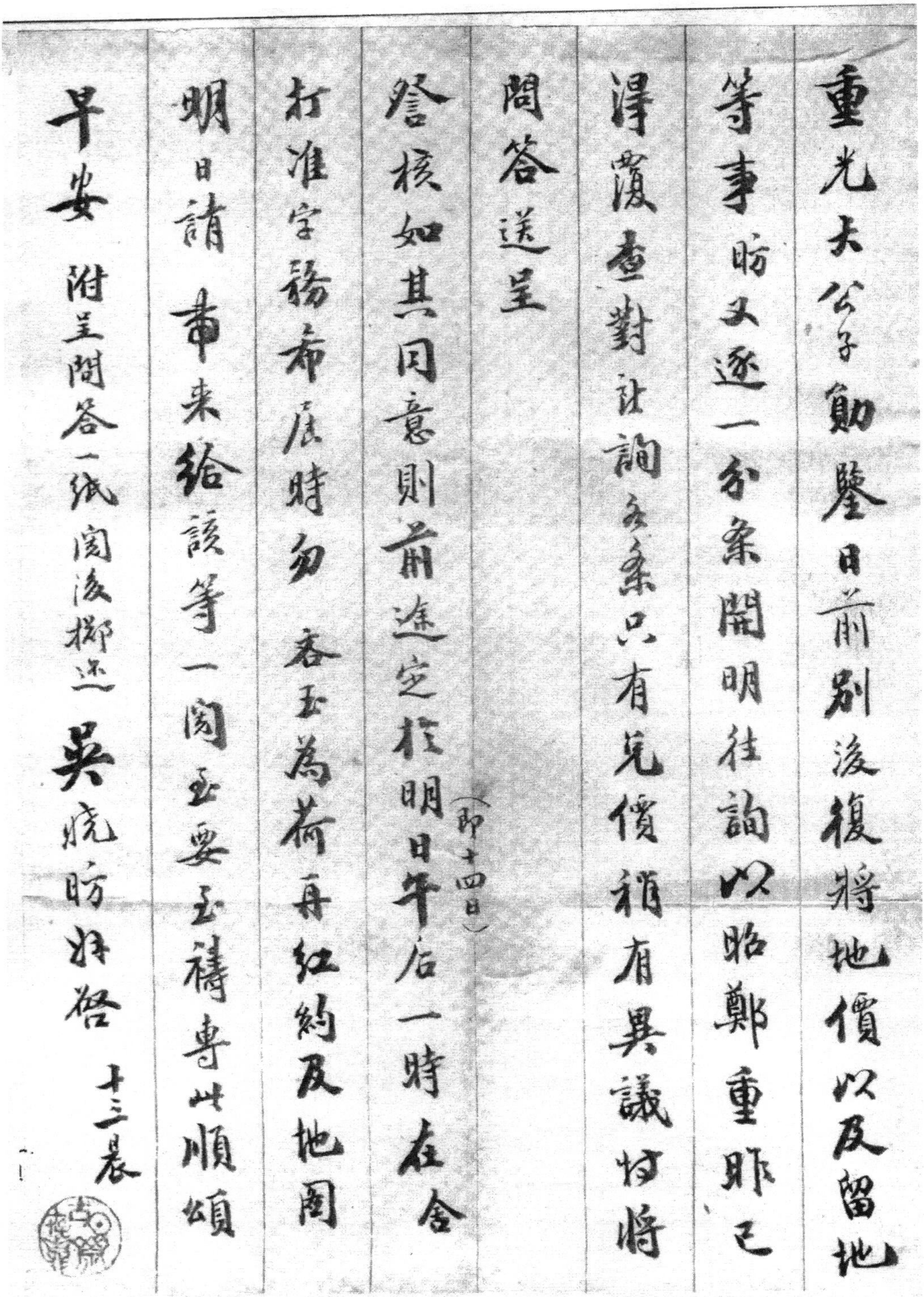

重光大公子勛鑒日前別後復將地價以及留地
等事昉又逐一分條開明往詢以昭鄭重昨已
淂覆查對計詢各条只有先價稍有異議似將
問答送呈
察核如其同意則前途定於明日（即十四日）午后一時在舍
打准字務希屆時勿吝玉為荷再紅約及地圖
明日請弟來給談等一閱並要玉禱專此順頌
早安　附呈問答一紙閱後擲还　吳曉昉拜啓　十三晨

再啓者此次中人有十九名之多該等一再託昉商請我
公將
尊處應給二分中用如數拿出一半留存
貴公館開酒一半給予衆中分潤昉因該等託請亦非分外要求故不避嫌疑代爲轉達並希查照以免臨時當面嘵瀆祗請
勛安　吳曉昉又啓

今日午前有暇請過我一談逾時昉即出門也併聞

寄件人：吳曉昉　收件人：黎紹基

本城中和門正街
黎前總統公館
黎重光先生台啓
吳緘

寄件人：吳曉昉　收件人：黎紹基

重光大公子勛鑒：昨奉
覆示，聆悉種切。
尊處既有此銀主出得最高價額，閱之不勝
欣慰也。竊轉商一層，當然不成問題，且出尔反
尔，盼尔樂為此主往成最好，否則三日內往照原
議繳處，尚可繼續履行。為
詢特復，祇請
台安

吳曉昉謹啓　十二、廿[illegible]

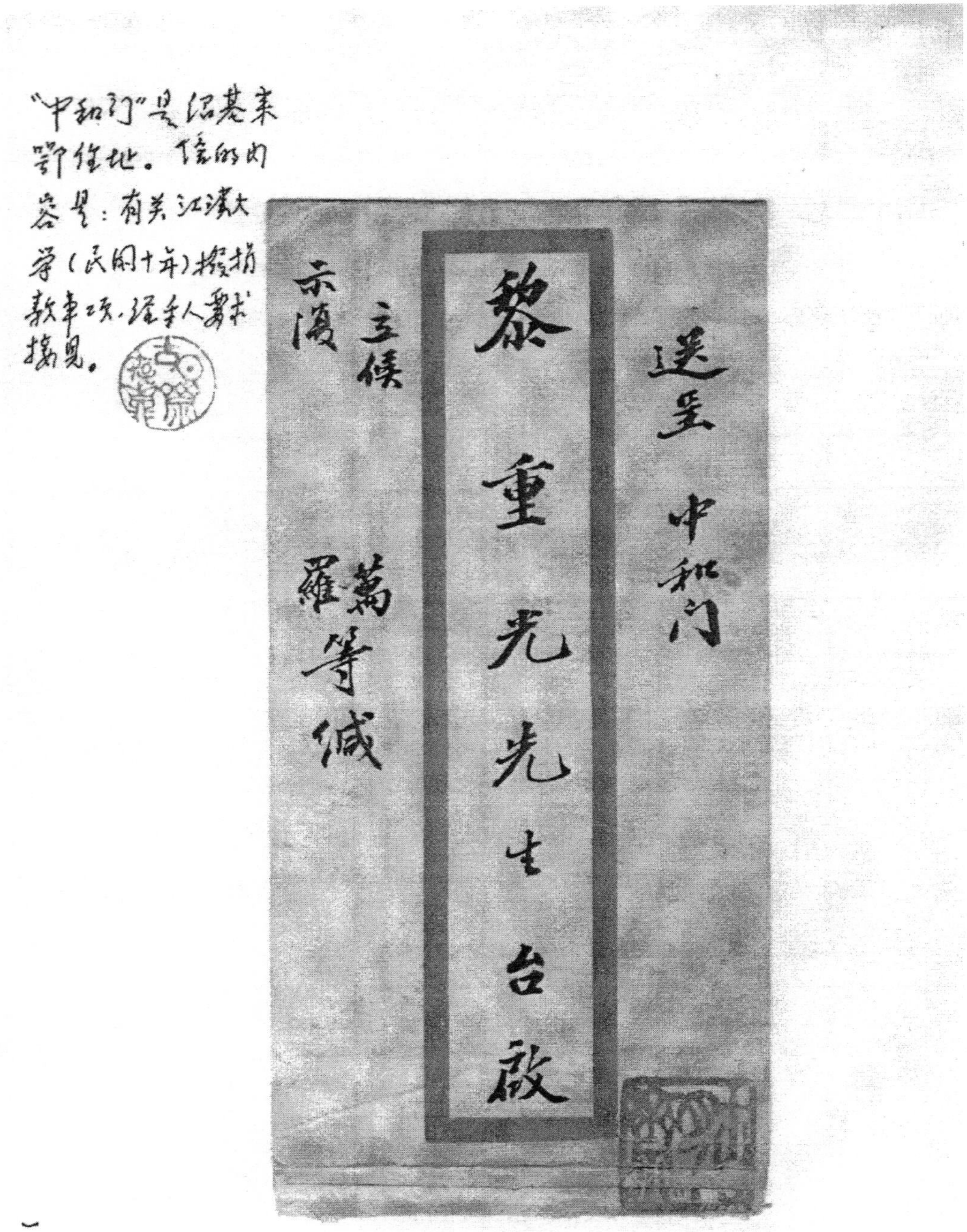
送呈 中和门
黎重光先生台啟
立候
示復
萬羅等緘
"中和门"是绍基来鄂住址。信的内容是：有关江漢大学（民国十年）拨捐款事项，经手人要求接見。
一函内三页

第一頁

重光先生台鑒敬啓者前為民國十年湖北夏前省長
撥捐江漢大學基金銀四萬兩一事曾函懇劭平英
初兩先生轉達
台端請予清算帳目登報公告以解責任迄今懸擱
未辦查此事係毓崑奉
前大總統面諭舉辦此款係樹衡等聯名呈准夏前
省長撥付由毓崑經手交漢口金城銀行息存其存摺
又由毓崑携交

中華民國　年　月　日

第二頁

前大總統收執後由英初先生奉　諭將存
天津銀行事實昭彰疊經眾手官廳有案可考
銀行有案可查近日武漢士紳時時向毓崑等詢催此
事頗有不相諒解者是此事一日不清算明白公告鄂人
則毓崑等請領經手之責即一日不能脫卸茲逢
台端回鄂之便特再奉函專達請
賜刻期清算登報公告以解毓崑等責任並定本月
五日（星期四）下午二時鐘謁

中華民國　年　月　日

第三頁

台端面叙一切屆時請
賜棲談爲荷順頌
台安不盡

萬毓昆　汪香城
羅樹衡　阮佑武　啟
阮毓菘　雷寶杏

十二月四日

中華民國　年　月　日

黎重光先生台啟
設社會局內
員會緘

寄件人：天津慈善事業聯合委員會　收件人：黎紹基

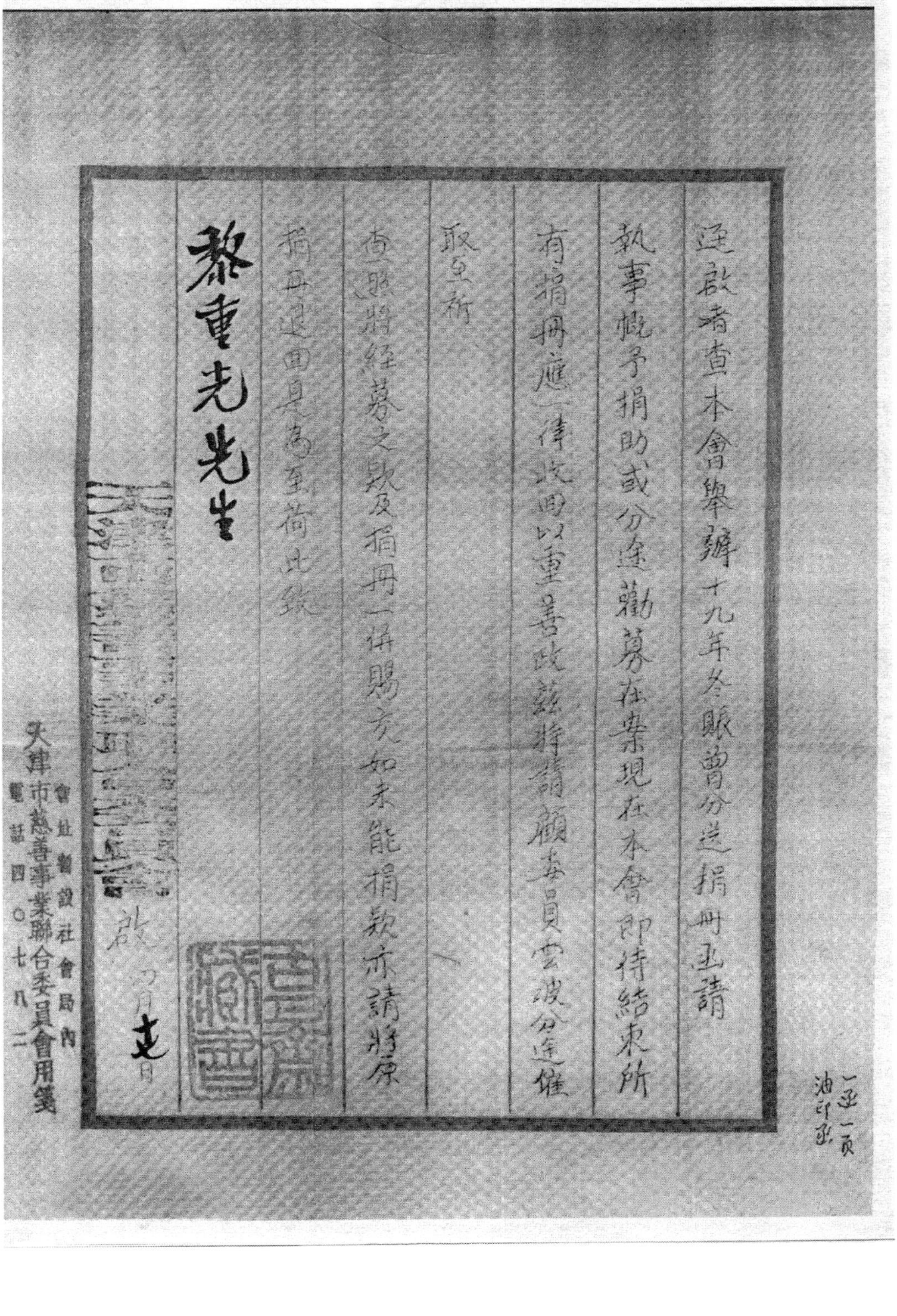
逕啟者查本會舉辦十九年冬賑曾分送捐冊函請
執事慨予捐助或分途勸募在案現在本會即待結束所
有捐冊應一律收回以重善政茲特請顧委員雲波分途催
取至祈
查照將經募之款及捐冊一併賜交如未能捐款亦請將原
捐冊退回具為至荷此致
黎重光先生
天津市慈善事業聯合委員會啟　四月[illegible]日
會址舊設社會局內
電話四〇七八二
天津市慈善事業聯合委員會用箋
一函一頁
油印函

五、黎氏家族信仰概況

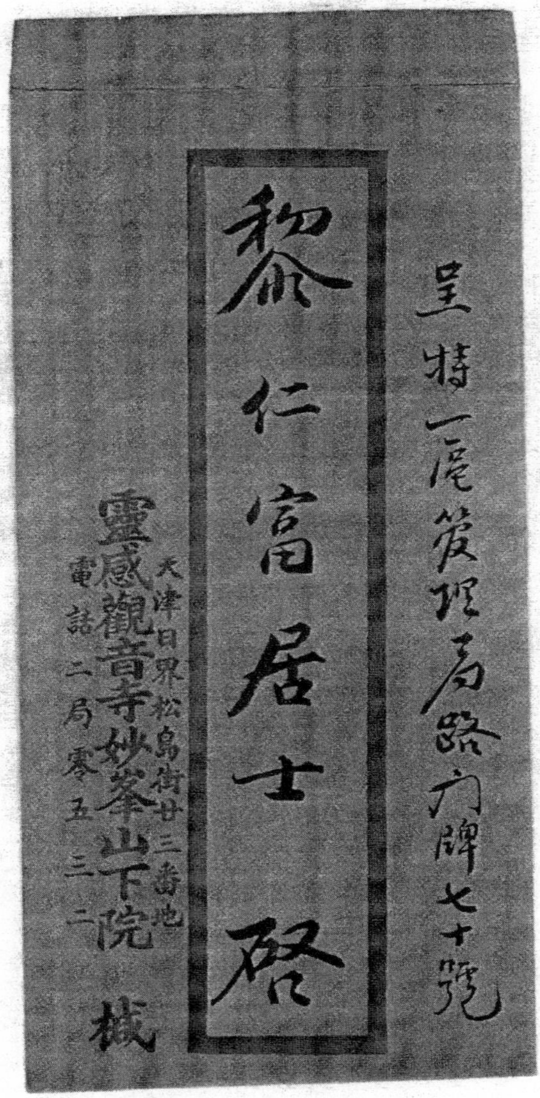

油印函
一函一頁

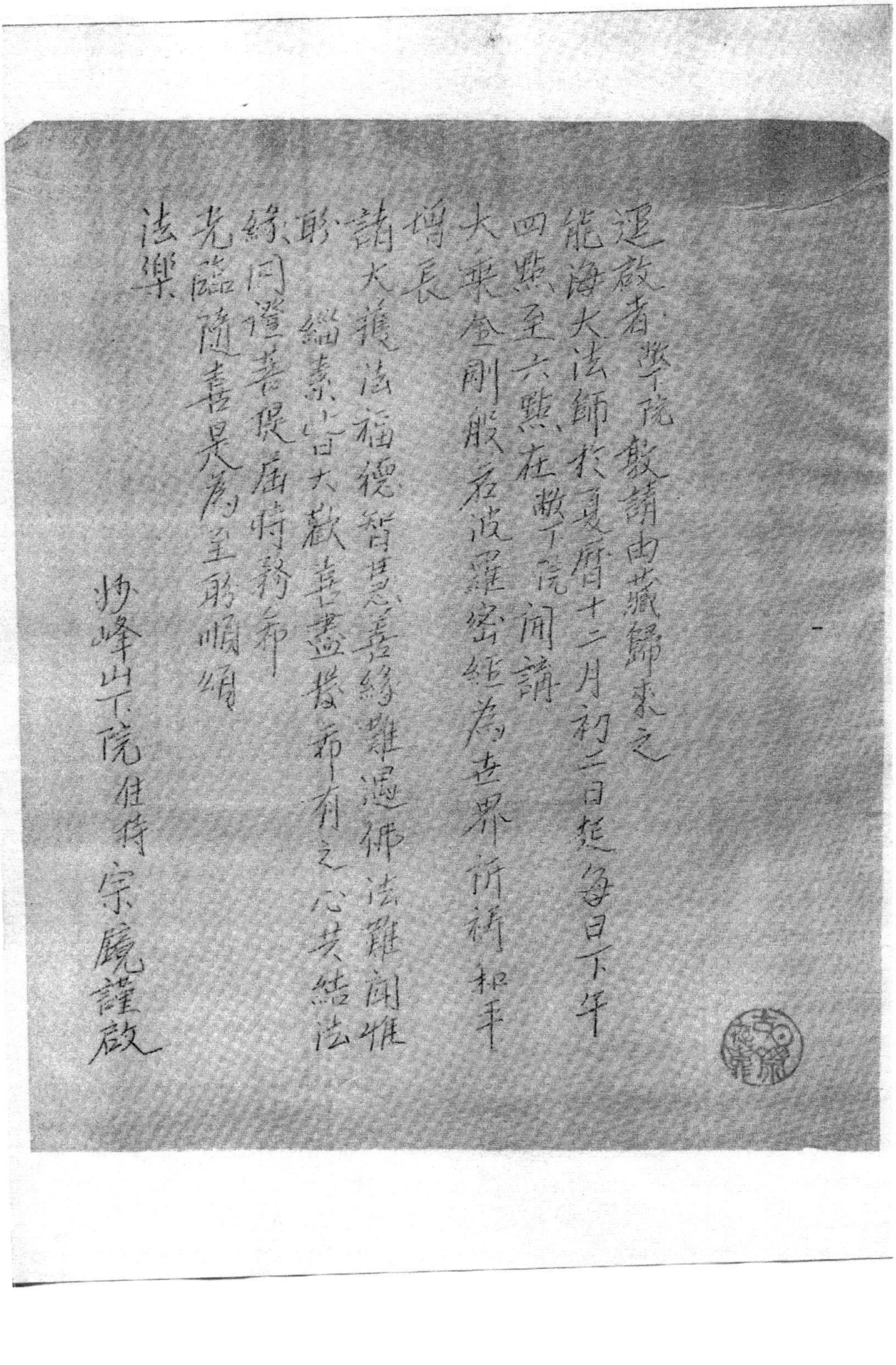
逕啟者：學院敦請由藏歸來之
能海大法師於夏曆十二月初二日起每日下午
四點至六點在敝下院開講
大乘金剛般若波羅密經為世界祈禱和平
增長
諸大護法福德智慧善緣難遇佛法難聞惟
盼緇素人等大歡喜盡發希有之心共結法
緣同證菩提屆時務希
光臨隨喜是為至盼順頌
法樂
妙峰山下院住持　宗麗謹啟

寄件人：靈感觀音寺妙峰山下院住持　收件人：黎仁富

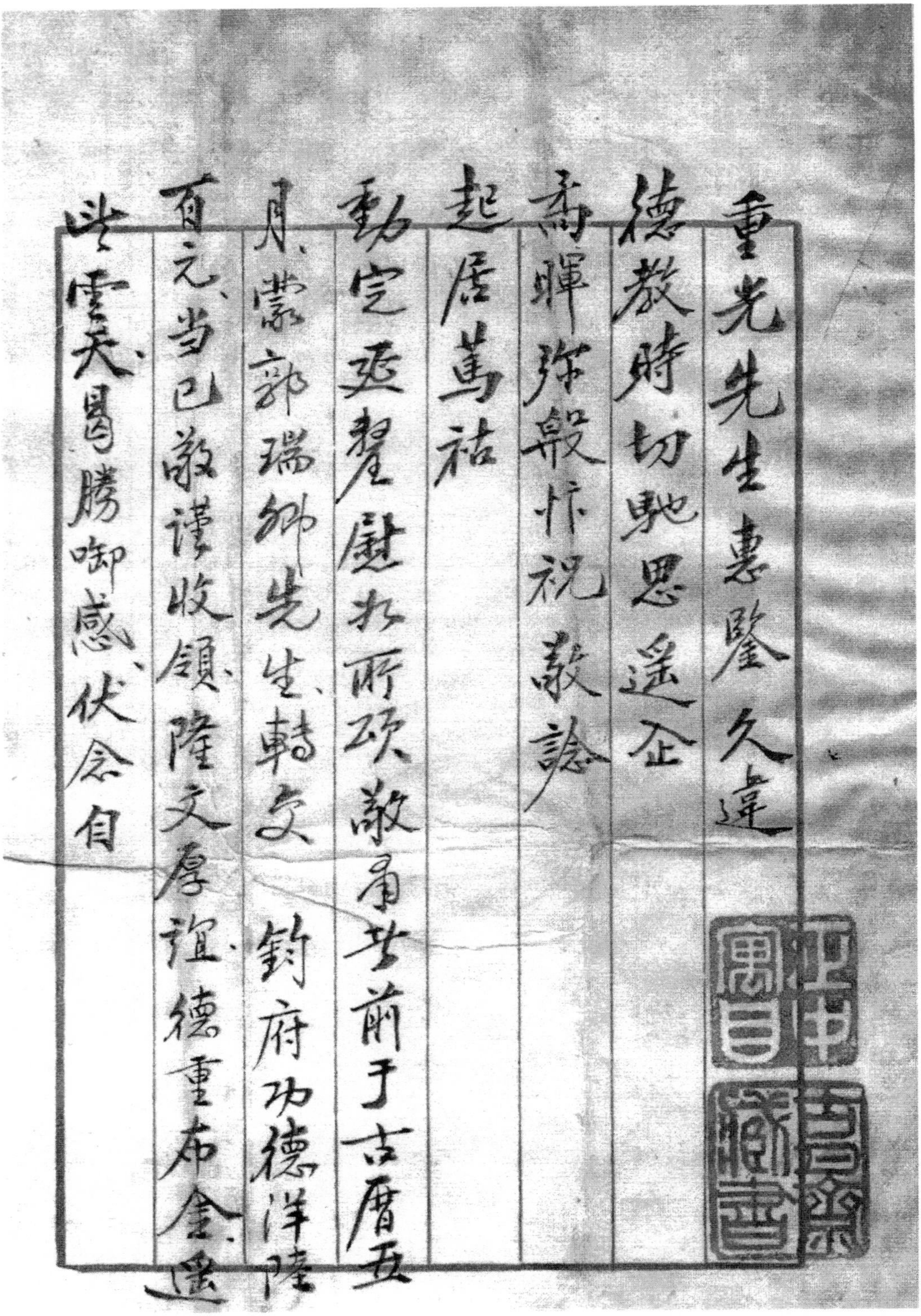

重光先生惠鑒久違
德教時切馳思遙企
喬暉彌殷忭祝敬諗
起居萬祜
動定延釐慰如所頌敬肅者前于古曆五
月、蒙郭瑞卿先生、轉交 鈞府功德洋陸
百元、當已敬謹收領隆文厚誼、德重布金遙
瞻雲天、曷勝啣感、伏念自

為了化緣
方丈必需
捧放主真
才得錢能
通神。

古月斎

林庭首創
提出四個
佛大於是
毛主席讓
他當了黨
的繼承人。

阿彌陀佛

大總統暨夫人仙櫬貴臨湫寺以來泉石生
香、雲霞献瑞、兆民瞻礼、寺國觀光、諸佛放
持、衆僧敬仰、休和吉慶、數月安居、良由赫赫之
聖靈上邀天眷、神且振振公族、允洽輿情、既承
先被之孔多、復感恩施于靡暨、銘心鏤骨
匪可言宣、乃敝寺頃因年代剝遠、么茲建佛像
大殿、勢將圮毀、又以禪堂狹隘、不能多容行者
均依僉議、從事復修、而荒歉之餘、時局不靖、

寄件人：住持　收件人：黎紹基

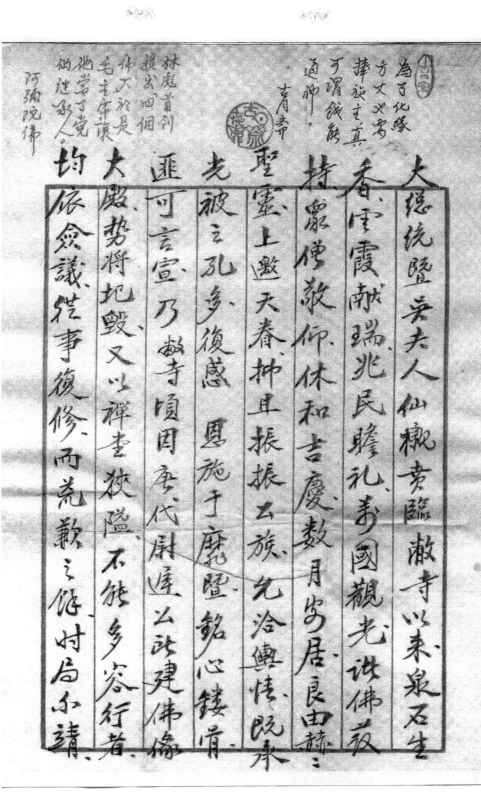

經仍停止、募化多艱、鳩工庀材、諸多棘手、伏
念歷代護法、惟皇族貴胄、乃有擎天之力、自饒
豐石之方、考諸經籍、又嘗有檀信以興立佛圖
宏願、而得數世轉輪聖王之位者、況
先大總統本以佛祖應世、故民初在副總統任內時
因佛教會籌款、其捐助超過于袁項城者二倍
之多、前因後果、良非偶然、伏念
先生好行其德、護法情殷、是以不揣冒昧、仍乞

續捐大殿禪堂二項修造費各若干，以結
勝緣而成美舉，或崇于鄰寺山城之內，查有相當
吉壤可為　龍歟奉安之所，尤願錢衆獻納以
答厚恩，想
先生善繼善述，達者可風，古人為善惟日不足，必能
致力于檀波羅蜜、惠施及七寶聚，以培後祿而
介景福也。專此，敘念，敬請
鈞安，並請
太夫人慈安
大小姐
二先生　时安

區住問安
住持永清　合十
八月廿

寄件人：住持　收件人：黎紹基

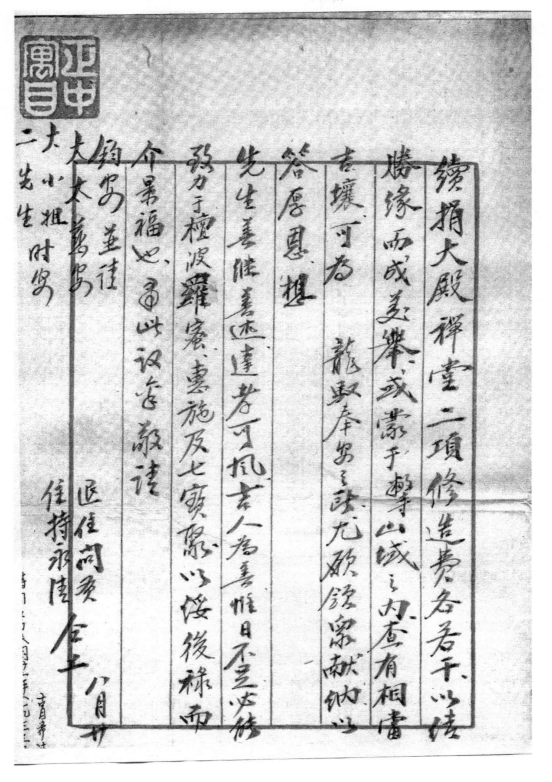

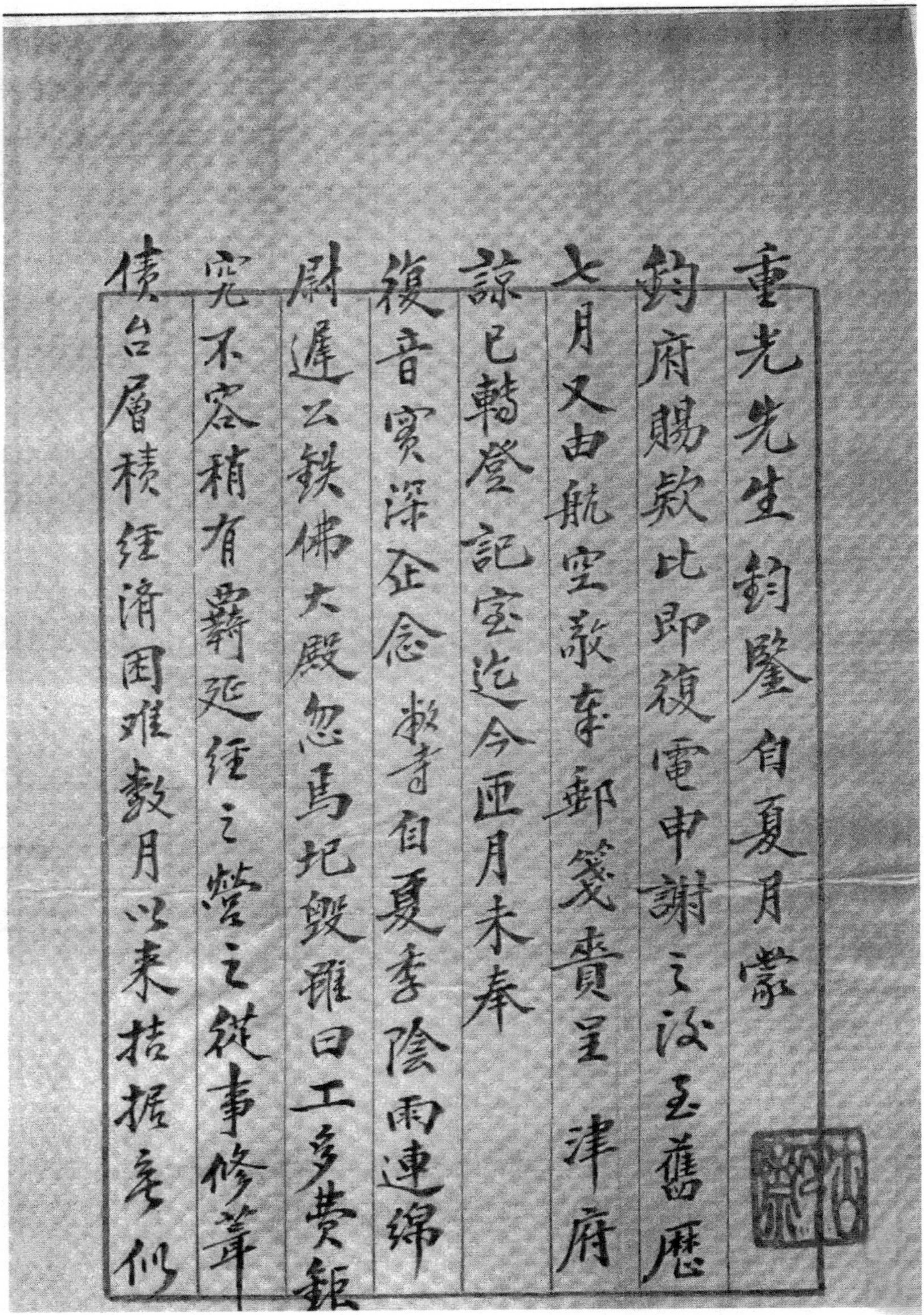
重光先生鈞鑒自夏月蒙
鈞府賜款比即復電申謝之後至舊曆
七月又由航空敬奉郵箋賫呈津府
諒已轉登記室迄今匝月未奉
復音實深企念 敝寺自夏季陰雨連綿
尉遲公鉄佛大殿忽焉圮毀雖曰工多費鉅
究不容稍有羇延經之營之從事修葺
債台層積經濟困難數月以來拮据萬狀

是以仰仗檀信募化諸方但此事係屬布施
福德必須夙根深厚饒有信心更須履厚席
豐富于財力方肯溢量佽助深結勝緣
先生佛陀應化護法情殷敝寺處此窮鄉不
得不呼籲
崇階敬求
援手伏乞
福田廣種勝果加增特沛甘霖主蘇涸

寄件人：住持　收件人：黎紹基

黎元洪先生於同治三年（一八六四）十月十九日為觀音菩薩生日，从小信仰佛教，故黎氏家族是信佛教之家族。

黎元洪夫婦二人回原籍合葬前往，棺材曾暫停存該寺。

輒即祝十方諸佛頻增俱胝數之嘉祥
並令六合僧伽永頌須達拏之功德謹
陳悃款伏冀
垂臨鑒此敬請
鈞安諸維
惠鑒不一　並祝
太太　懿安
大小姐
二先生均此請安

退住同賢
住持永清　仝上
九月二十日

正中注：時間為民國廿二年，該寺在武昌。

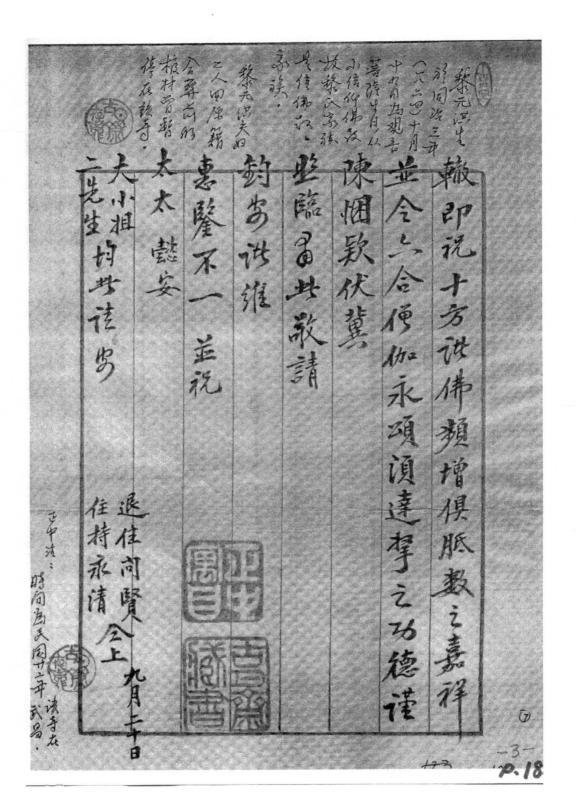

六、黎氏家族與親友信件往來

寄件人：黎仁富　收件人：黎夫人

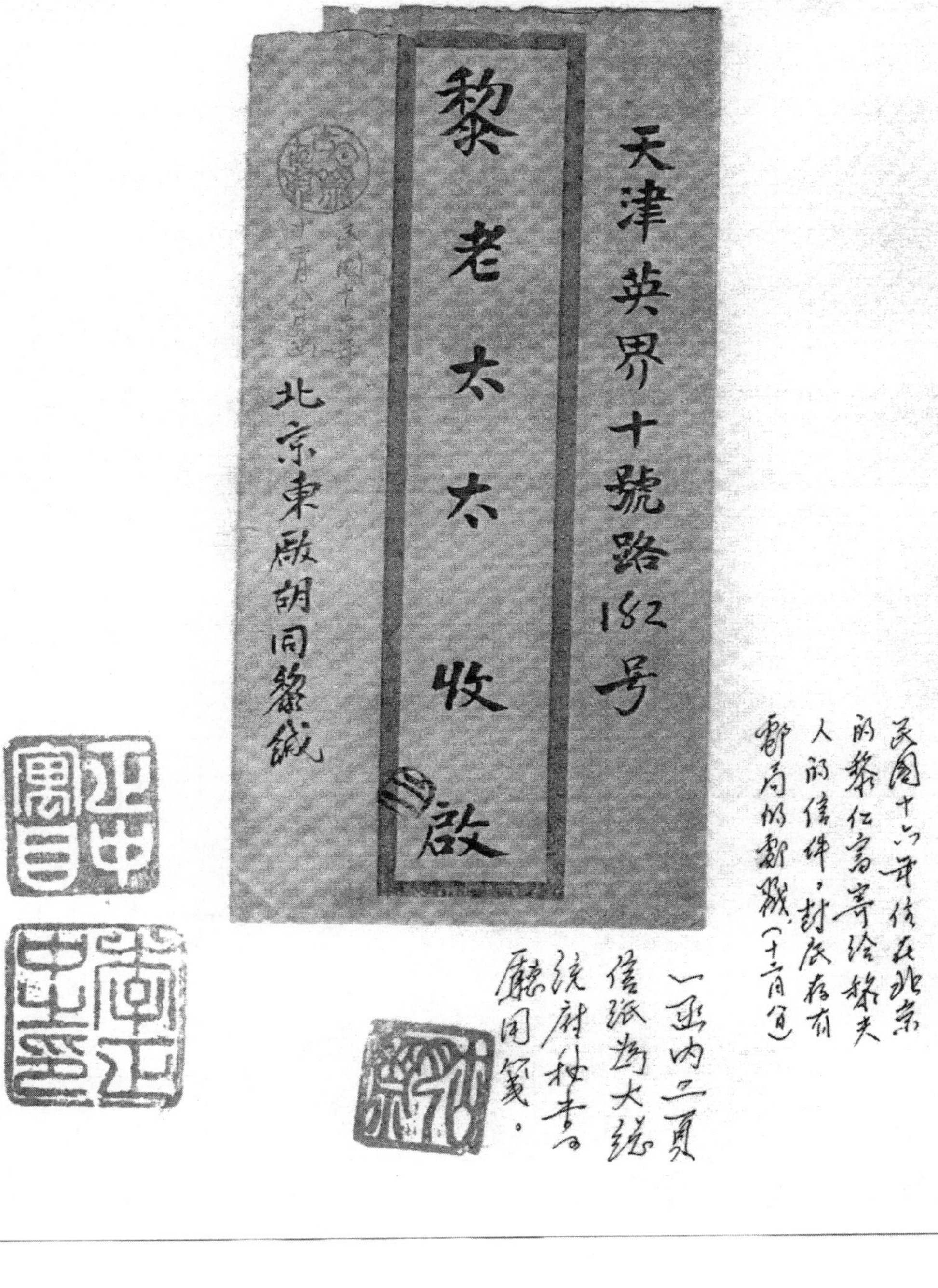
天津英界十號路182号
黎老太太收啟
北京東廠胡同黎緘
民國十六年住在北京的黎仁富寄給黎夫人的信件，封底存有郵局的郵戳（十二月1日）
一函內二頁信紙為大總統府秘書廳用箋。

大總統府秘書廳公函第　　號　一頁

大嫂粧次　自別以来甚為念念比想
起居勝常諸凡迪吉為祝　妹　前接紹基侄来
函云東廠胡同房子只可住至陽曆年後所以　妹
已於東城交道口山老胡同十號看定房子一所
内中有屋十八間半一層房二道院子因有熟人介紹每
月房價三十八元電燈自来水均在外茶錢三份未知
尊意如何幸乞急速回示手此敬頌
百福　　妹　仁富敬上

中華民國十六年十二月　八　日

寄件人：黎仁富　收件人：黎夫人

大總統府秘書廳公函第　號　二　頁

大哥安好

紹蘭附筆請安

中華民國十六年十二月七日

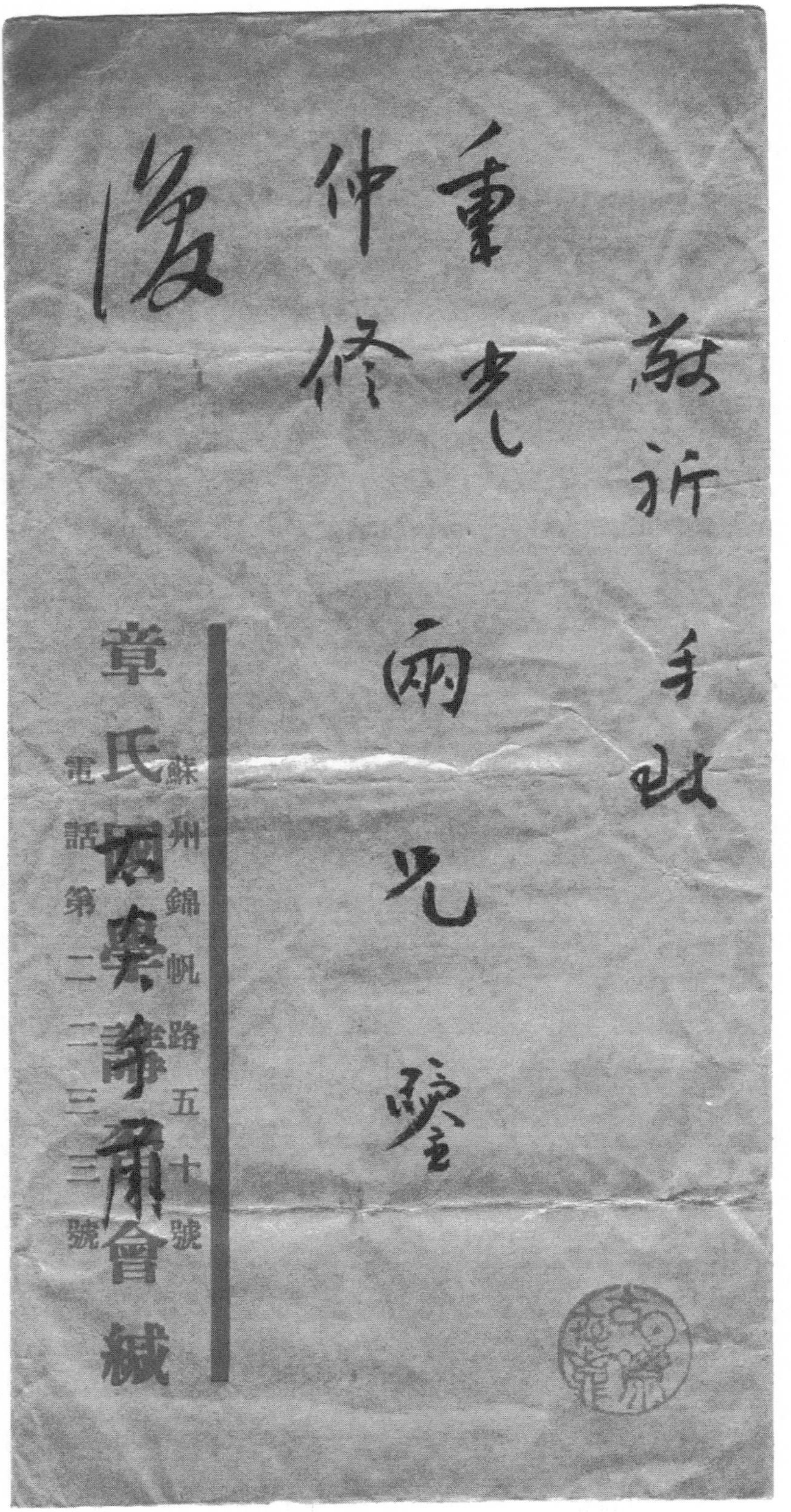
重光兩兄鑒
章氏國學講習會緘
蘇州錦帆路五十號
電話第二二三三號

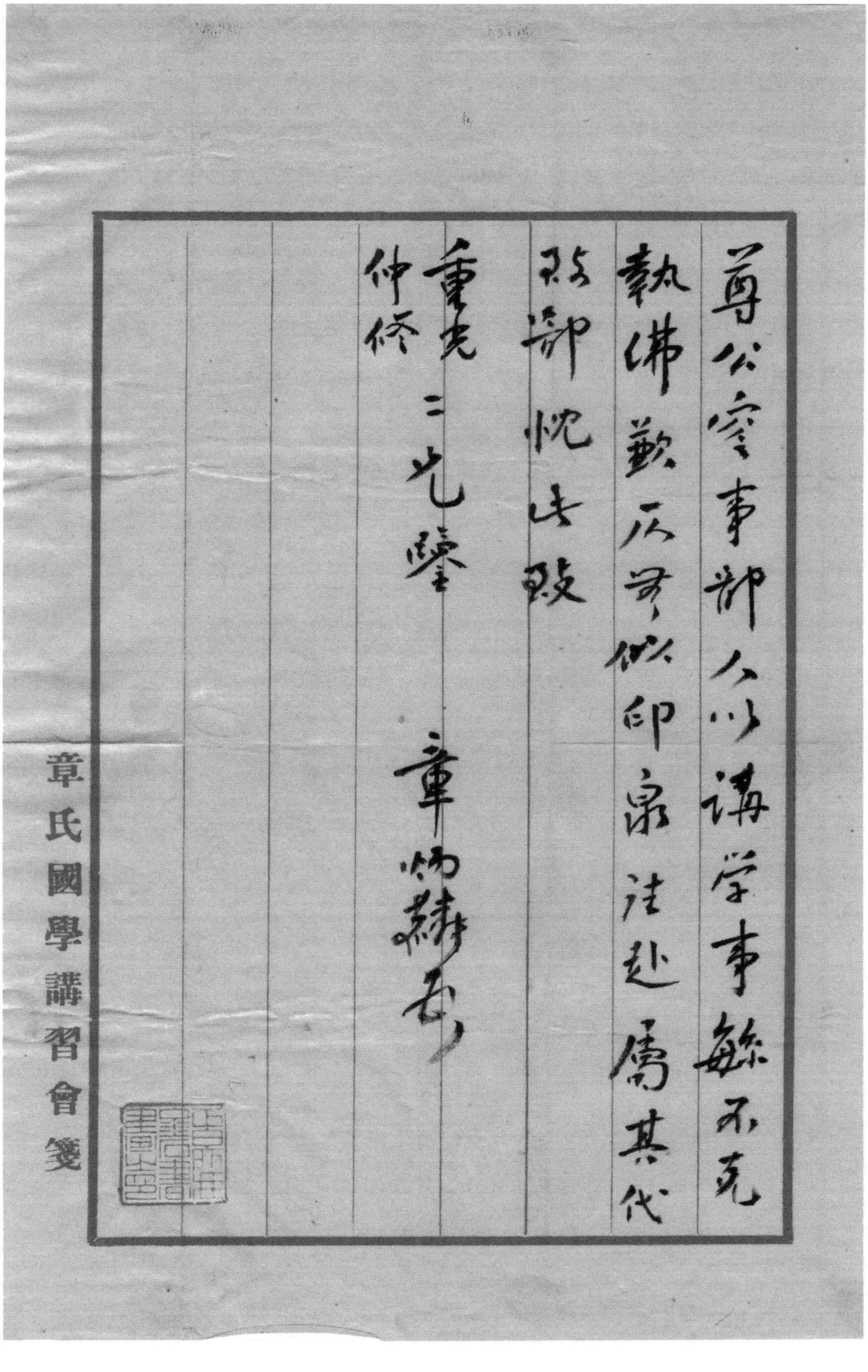

尊公喪事，鄙人以講学事繁，不克
執紼，歉仄，茲倩印泉往赴，屬其代
致鄙悃。此致
重光二兄鑒
章炳麟白
仲修

章氏國學講習會箋

寄件人：章太炎　收件人：黎紹基

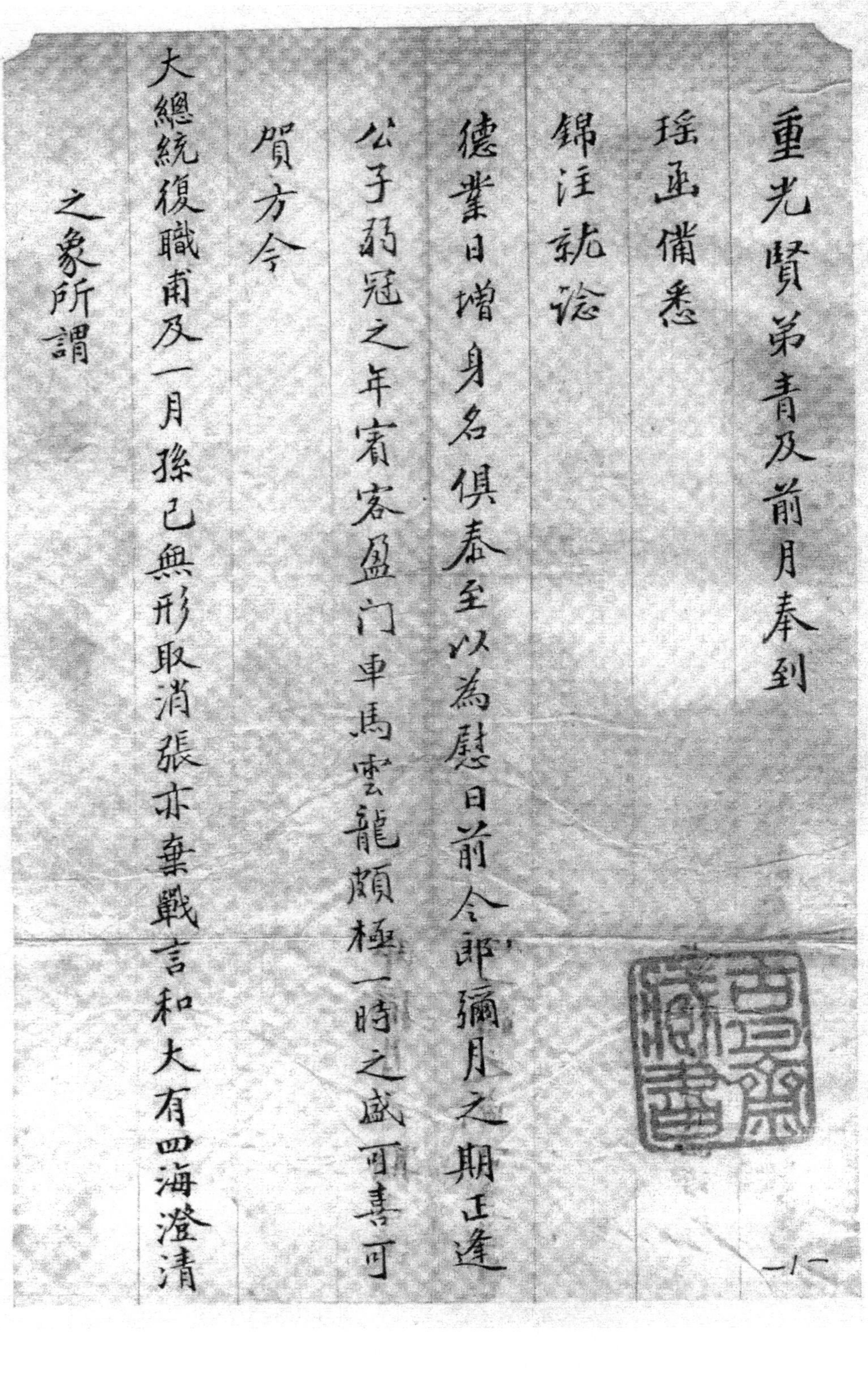

重光賢弟青及前月奉到
瑤函備悉
錦注就諗
德業日增身名俱泰至以為慰日前令郎彌月之期正逢
公子弱冠之年賓客盈门車馬雲龍頗極一時之盛可喜可
賀方今
大總統復職甫及一月孫已無形取消張亦棄戰言和大有四海澄清
之象所謂

一人首出萬國感咸寧洵不誣也胡英初仍當庶務收支亦且歸併用人極多而小子蔭桐雖蒙

允許徒口惠而實不至用懇

公子金面速

賜玉成以

仁人之言而甦小人之困則啣結不盡矣耑此敬候

時祉並希

回玉

友生王丕烈手肅

-2-

黎紹基為南開校友：

南大信函內一頁油印件

寄件人：南開大學文科學會　收件人：黎紹基

逕啓者本會訂於三月三日(星期四)午後二時
假思源堂二一一室舉行成立大會屆時務希
惠臨共襄盛舉是為至盼并請
紹基先生台鑒
南開大學文科學會啓

附告　成立會前請會員齊集秀山堂二一四本會所

天津南開大學校文科學會用箋

此為油印件(珍品)　古月齋

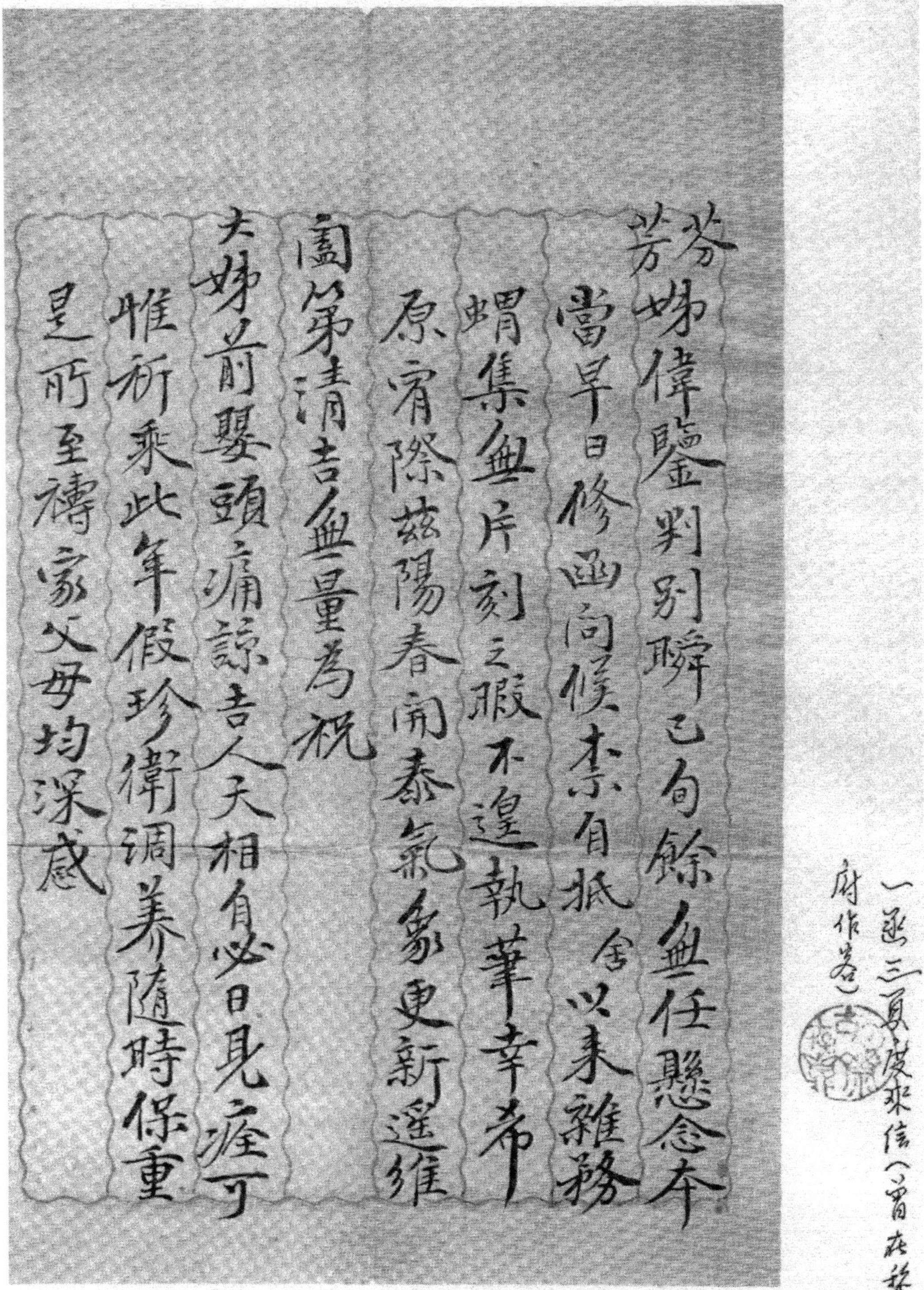

芬
芳姊偉鑒判別睽已旬餘無任懸念本
當早日修函向候奈自抵舍以來雜務
蝟集無片刻之暇不遑執筆幸希
原宥際茲陽春開泰氣象更新遙維
園第清吉無量為祝
大姊前聚頭痛諒吉人天相自必日見痊可
惟祈乘此年假珍衛調養隨時保重
是所至禱家父母均深感

一函三頁 度來信（曾在黎府作客）

總統
伯母
費神照拂容後親謝家君宿疾較前
大愈急欲奔走各方從事實業殊
乏耐心靜養但每稍籌思則精神恍
惚故醫生云尚須調養擬逾五舍弟
喜事約二月中旬方能趨謁
總統面領教益矣度在津諸承
伯母殷殷照顧沒齒不忘此次南返復賜
珍品感謝無已特年假將过不克到府

寄件人：〇〇〇　收件人：黎家

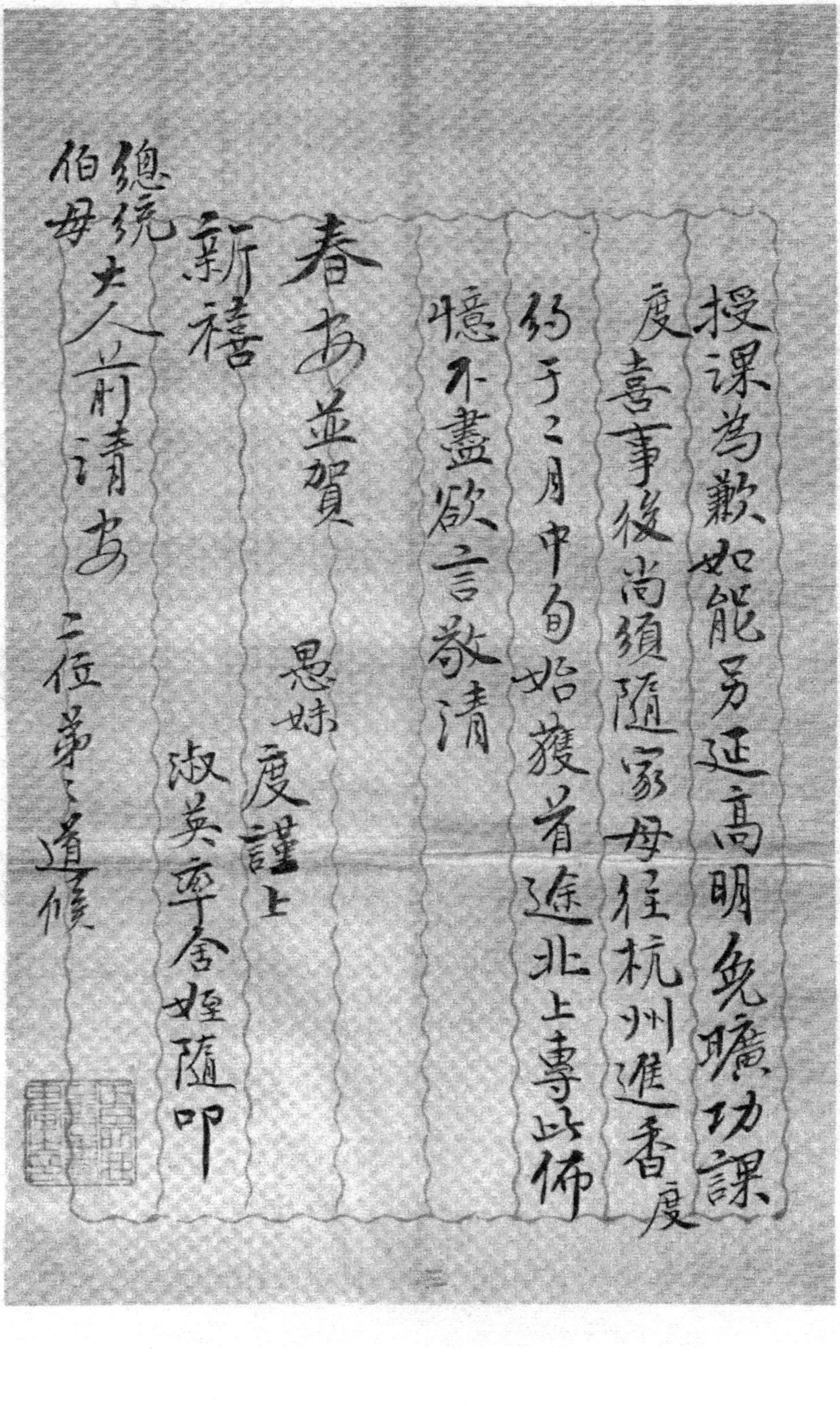
授課為歡如能另延高明免曠功課
度喜事後尚須隨家母往杭州進香度
約于二月中旬始獲首途北上專此佈
臆不盡欲言敬請
春安並賀
新禧
愚妹
度謹上
淑英率舍姪隨叩
總統
伯母
大人前請安
二位弟〻道候

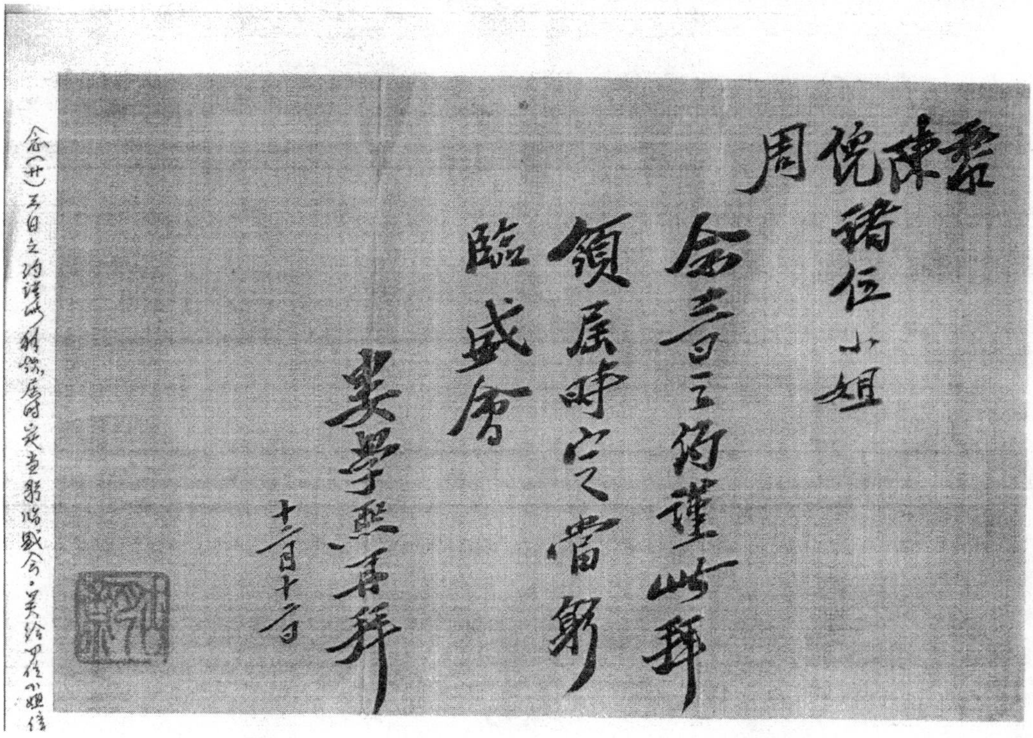

黎
陳
倪諸位小姐
周

念三日三時謹此拜
領屆時定當躬
臨盛會

婁學熙再拜
十二月十日

念(廿)三日之約謹此拜領屆時定當躬臨盛會。婁給四位小姐信

寄件人：婁學熙　收件人：黎家

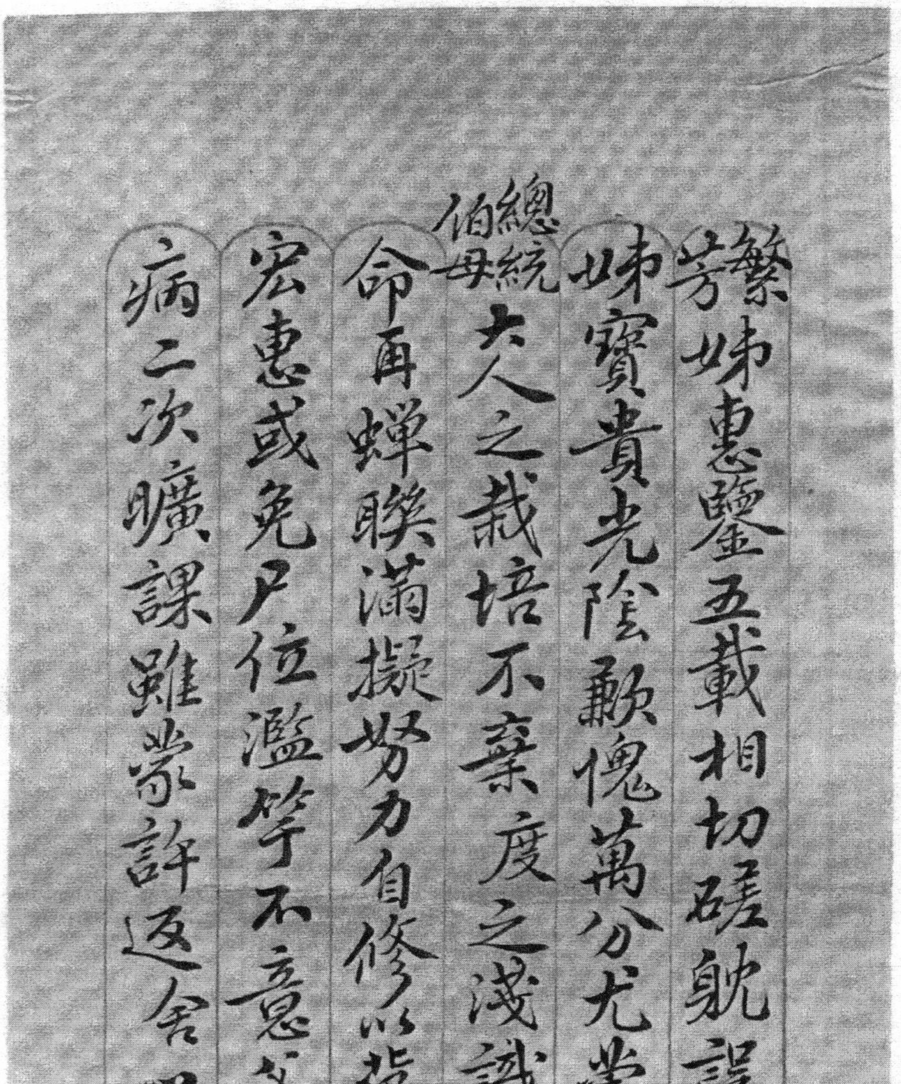
繁芳姊惠鑒五載相切磋躭誤吾
姊寶貴光陰歉愧萬分尤蒙
總統伯母大人之栽培不棄度之淺識陋才
命再蟬聯滿擬努力自修以冀不負
宏惠或免尸位濫竽不意父病已
病二次曠課雖蒙許返舍心實抱

唐閑度札 一至四通

寄件人：唐閎度　收件人：黎家

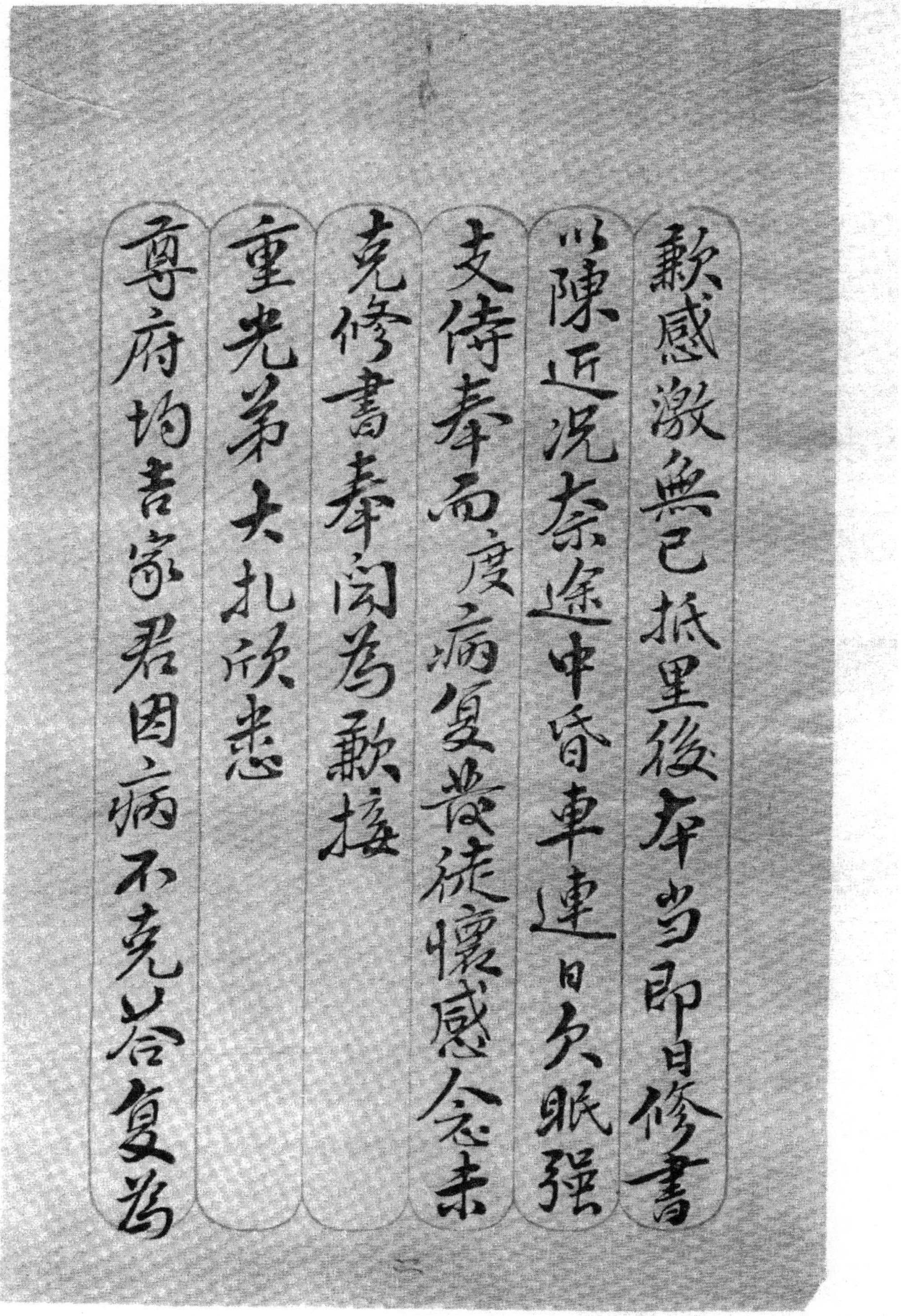

歉感激無已抵里後本当即日修書
以陳近況奈途中昏車連日欠眠強
支侍奉而度病復發徒懷感念未
克修書奉聞為歉據
重光弟大札欣悉
尊府均吉家君因病不克答復為

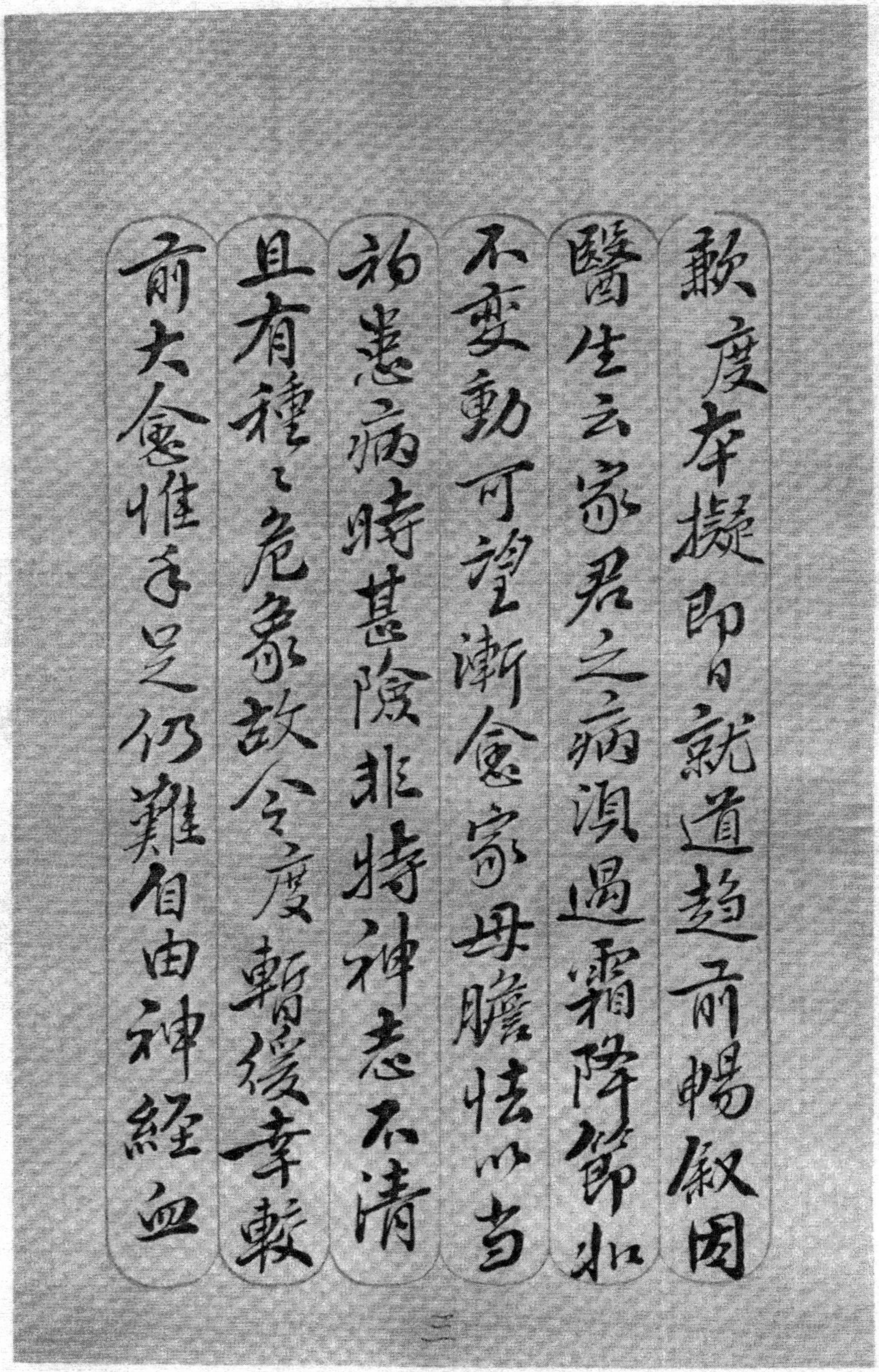

款度本擬即日就道趨前暢敘因
醫生云家君之病須過霜降節小
不變動可望漸愈家母膽怯以當
初患病時甚險非特神志不清
且有種種危象故令度暫緩幸較
前大愈惟手足仍難自由神經血

三

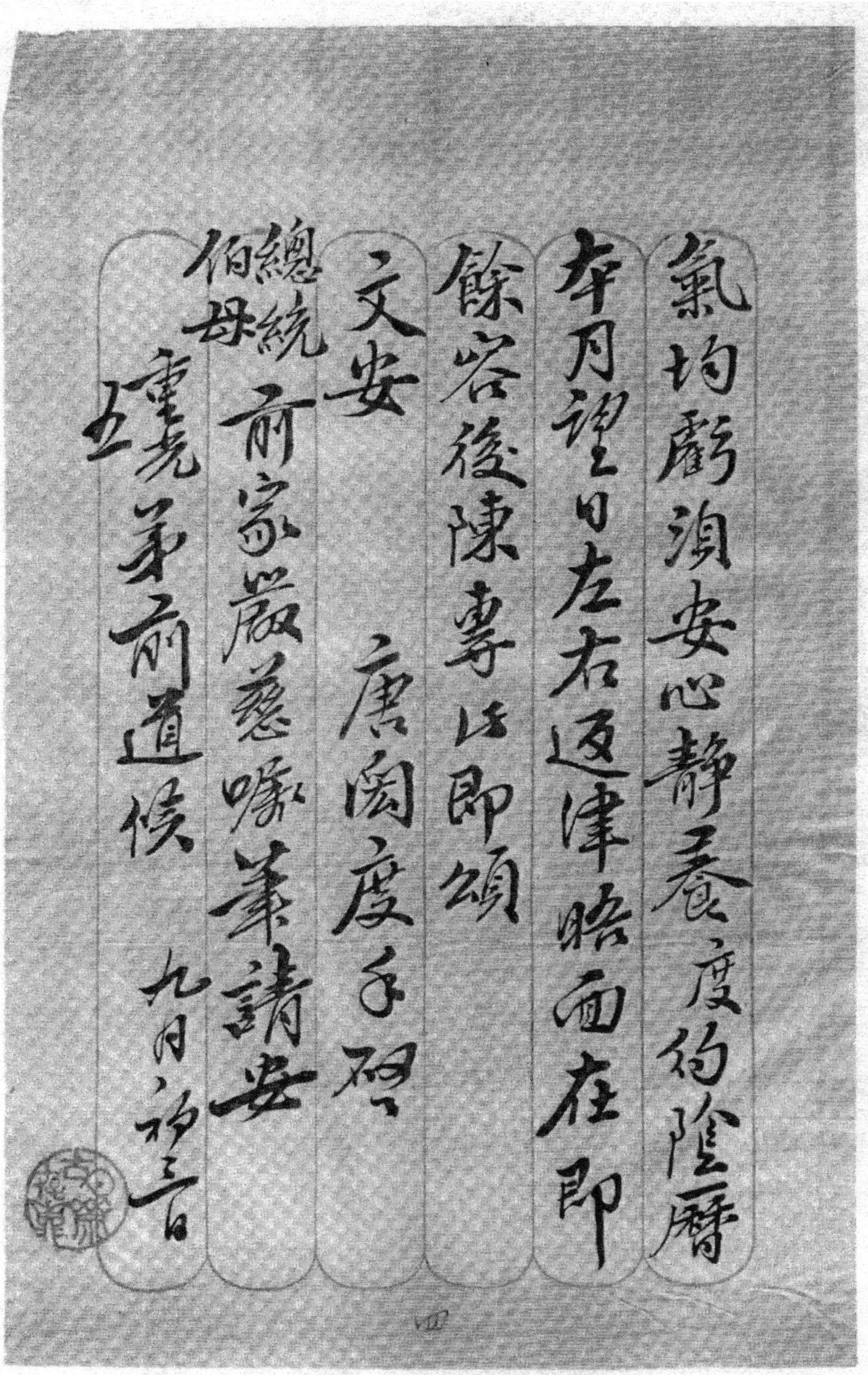
氣均勝洵安心靜養度約陰曆
本月望日左右返津晤面在即
餘容後陳專此即頌
文安　唐閎度手啓
總統前家嚴慈囑筆請安
伯母　壎光弟前道候
九月初三日

寄件人：唐閎度　收件人：黎家

此信於民國廿二年（一九三三）十月寄到天津，而那時黎重光正在湖北要辦事務，故又轉寄武昌。

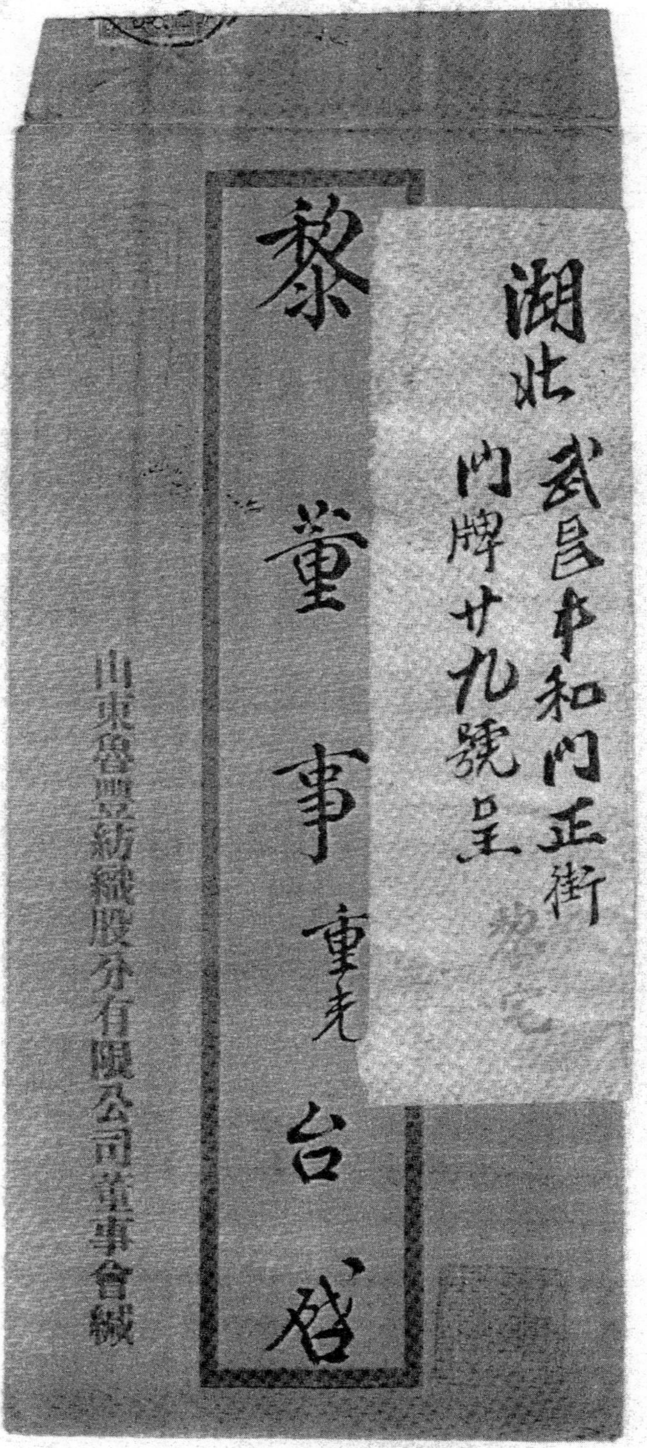

一五三通

山東魯豐紡織股份有限公司總管理處用箋

董字第廿七號第一頁

總管理處 天津 英租界十九號路仁壽里二號 電話南局一五六三 電報掛號四九二〇

敬啓者查本公司危難情形曾於十月廿日第十三屆董監聯席會議經眾公推潘董事馨航杜常務董事助廉馬監察子貞共同與民生銀行接洽在案嗣經潘董事委託陶蘭泉君代表赴濟會同馬監察與民生銀行洽商當經山東建設廳呈請韓主席指定辦法三條茲特抄錄送請查照即定於十一月二十五日(星期一)下午二時在本總管理處召集會議討論進行期限迫切事關重要屆時務請蒞臨至為企盼此致

中華民國廿四年十一月廿一日

公司 濟南 商埠緯五路 電話 [illegible]
工廠 濟南 林家莊 電話 [illegible]
電報掛號四七八四

138

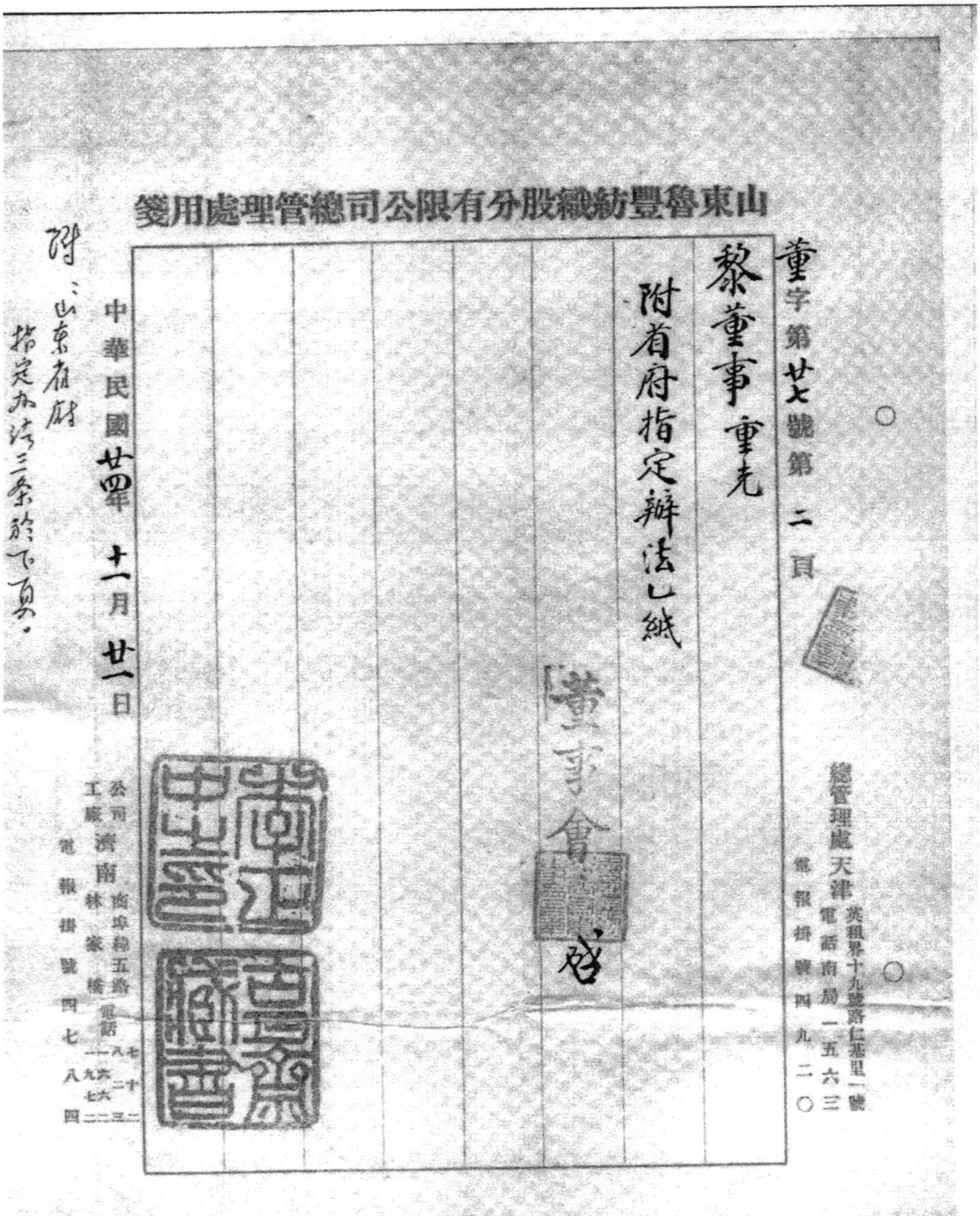

山東魯豐紡織股份有限公司總管理處用箋

董字第廿七號第二頁

黎董事重光

附省府指定辦法乙紙

董事會啟

中華民國廿四年十一月廿一日

總管理處 天津 英租界十九號路仁德里一號 電話南局二五六三 電報掛號四九二〇

公司 濟南商埠緯五路 工廠 濟南林家橋 電話 [illegible] 電報掛號四七八四

附：山東省府指定辦法三条於下頁。

附件：

山東省府指定辦法三條

（一）限期二十日在濟召集股东會議同時並請建設廳市政府派員監視

（說明）在一星期內由董事會規定開會日期登报公告

（二）如開會不成或會議無結果即由民生銀行根據合同接管產權

（三）在股东會並未出司暫行停工所有工人應由公司負責照發工資

十一月九日

從書札中見到當時民間企業家經營的艱難，從省主席韓復榘三條指定的考據，如能與文史對比，使得出何等結論。

3

紅十字會天津分會，該會是為傷病員募捐。
但從社會角度折射出民國時期軍閥混戰，
給人民帶來的災難，該信具有史料價值。

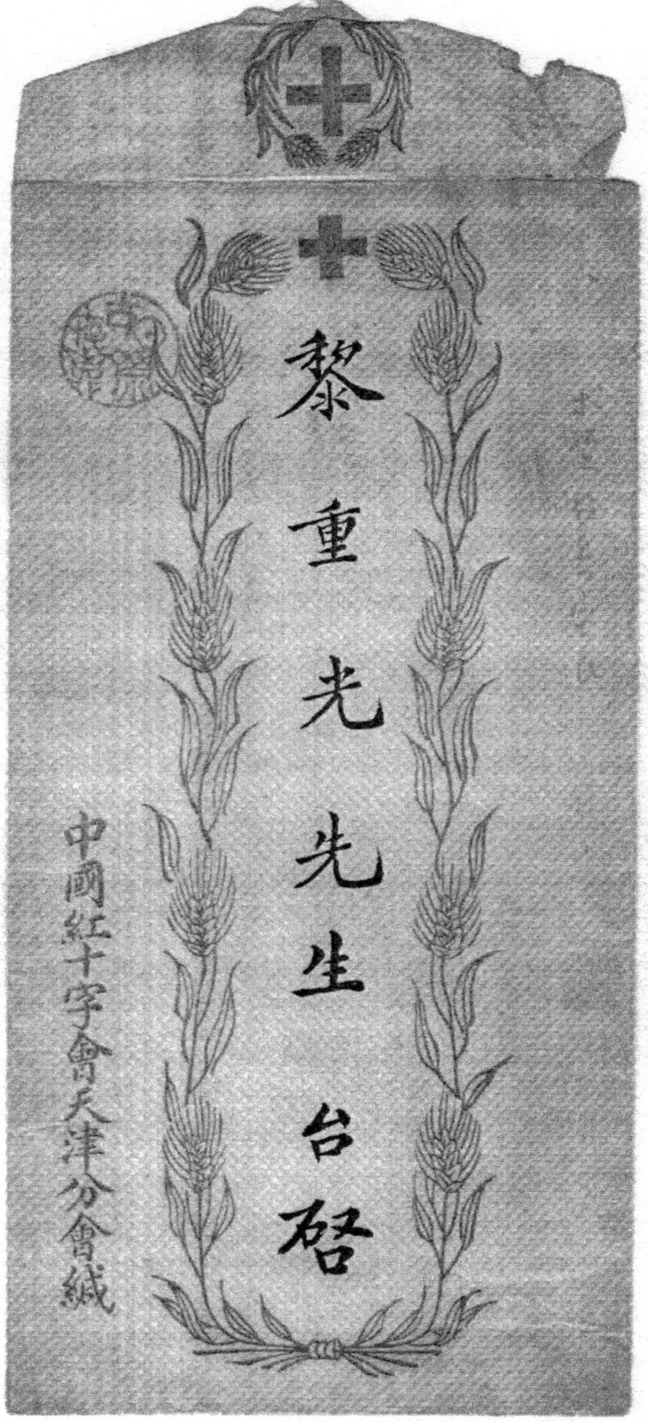

中國紅十字會天津分會用箋

第一頁

敬啓者茲值時局緊張地方不靖灾黎載道露宿風
餐會派救濟隊先後十數隊冒險出救並備婦孺留
養所三十餘處以資收容計已收容七八千口兼以
直魯孫軍退却軍院職員悉數逃亡傷兵數百饑餓
呻吟無人關顧敝會目睹心傷奈難坐視特就河北
陸軍醫院地址設置臨時分醫院以備盡數療養惟
敝會辦理救濟救護需款浩繁日以數百計亟應籌
備巨款以資維持夙仰

年　月　日

中國紅十字會天津分會用箋

第二頁

先生熱心公益當仁不讓茲特送呈捐册 本籲請

廣爲勸募俾策進行則造福難民傷兵無量矣

此頌

黎重光先生台祺

附捐册壹本

「九·一八」事變後，熊希齡先生致電

張学良、馮玉祥等人，呼吁堅持抗日。

並於一九三二年任世界紅十字會中華

總會會長。天津紅十字分會是在熊希

齡先生支持下建立的。 六月希敬頌

年 月 日

寄件人：久大鹽業公司　收件人：黎紹業

逕啟者：公司定於十一月廿六日下午二時在津召開股東臨時會，前會通函並登報公告各在案。茲定本月廿四日下午四時，在天津第一區赤峰道六十一號本公司，舉行董監聯席會議，會後即在公司聚餐。屆時

敬希

撫臨為幸。此上

黎監察仲修

久大鹽業公司董事會謹啟

字第　號　頁

一九五〇年十一月十四日

久大鹽業公司

天津一區赤峰道六十一號

電報掛號七七六七

電話

總經理室 三三九三五

財務部 三二三一六

書務部 三四八六五

總務部 三五六七八

一九四九年新中國成立，一九五〇年私企還

[illegible]

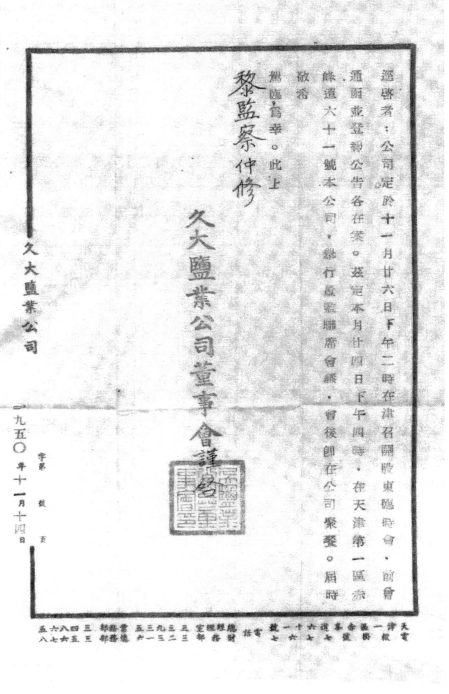

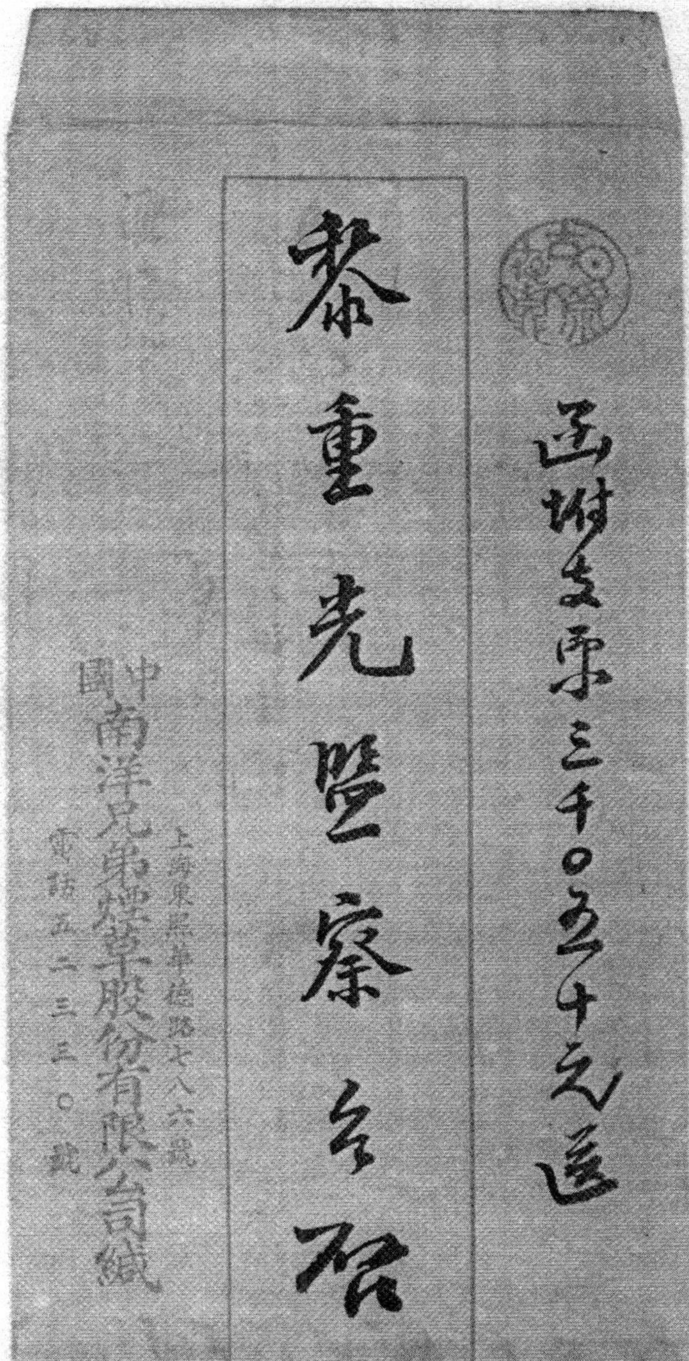

寄件人：南洋兄弟煙草公司　收件人：黎紹基

中國南洋兄弟煙草股份有限公司
總辦事處公事箋

類第　號第　頁

逕啓者本公司致送監察人依屆例送夫馬費各壹千元又第十五屆獎金董事監察人每人各得貳千零伍拾元兩共叁千零伍拾元茲特專人送上即希查收是荷此致

黎重光監察

附支票叁千零伍拾元

南洋兄弟煙草有限公司

民國廿四年十月廿五日

上海東西華德路七八六號

電報掛號有線無線一七一七　電話五二三三〇號

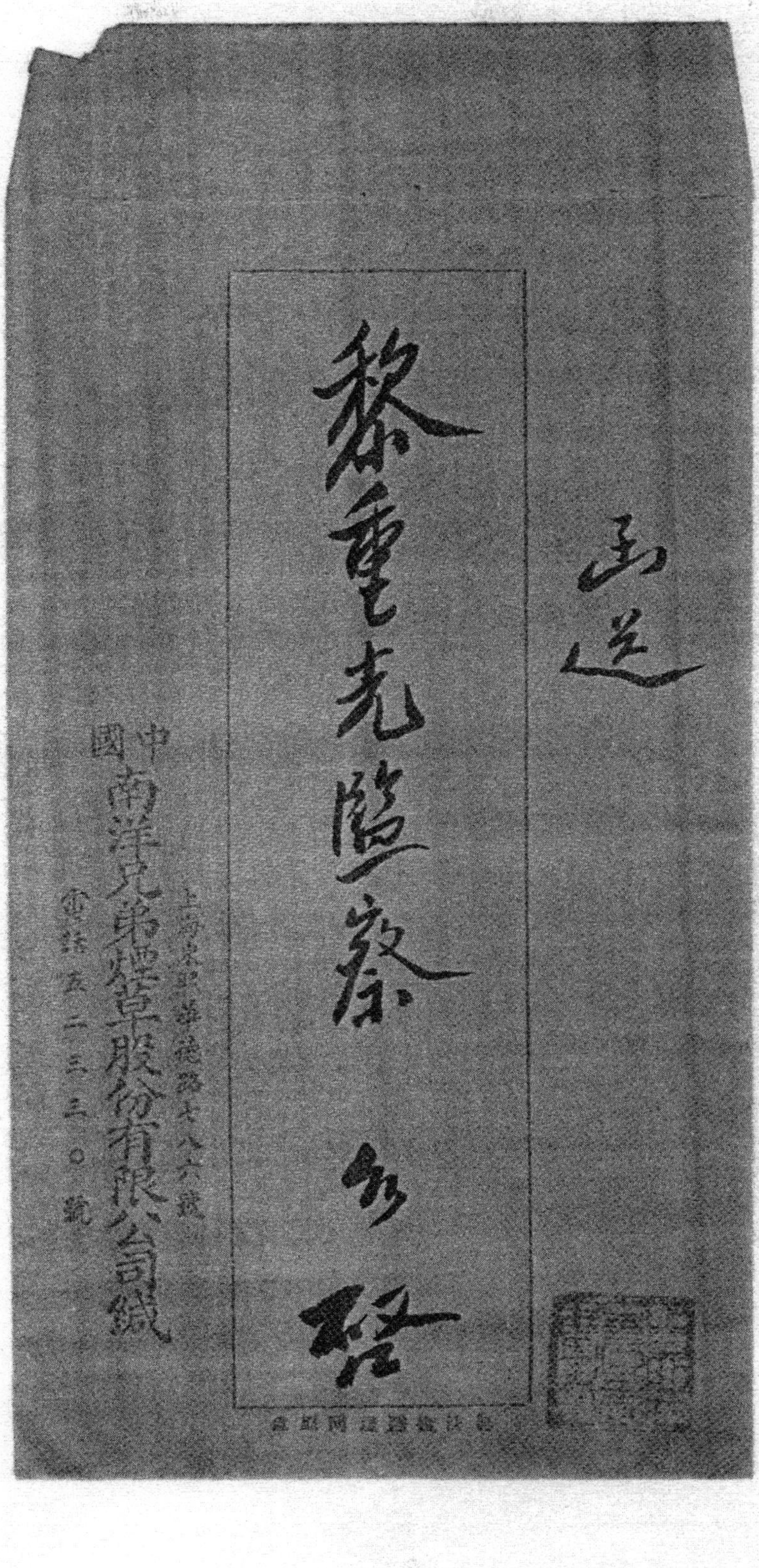

寄件人：南洋兄弟煙草公司　收件人：黎紹基

中國南洋兄弟煙草股份有限總公司
總辦事處公事箋

類第　號第　頁

逕啓者本月二十三日本公司召集第十五屆股東常會並選舉第十六
屆董事及監察人開票結果
執事以九萬五千七百七十三股權當選第十六屆監察人當場宣布全
體歡呼用特函達
台端務希
俯就公司前途至深嘉賴此致
黎重光監察人
股東會主席

南洋兄弟烟草股份有限公司董事會

民國廿四年十月廿四日

上海東西華德路七八六號

電報掛號有線無線一七一七　電話五二三三〇號

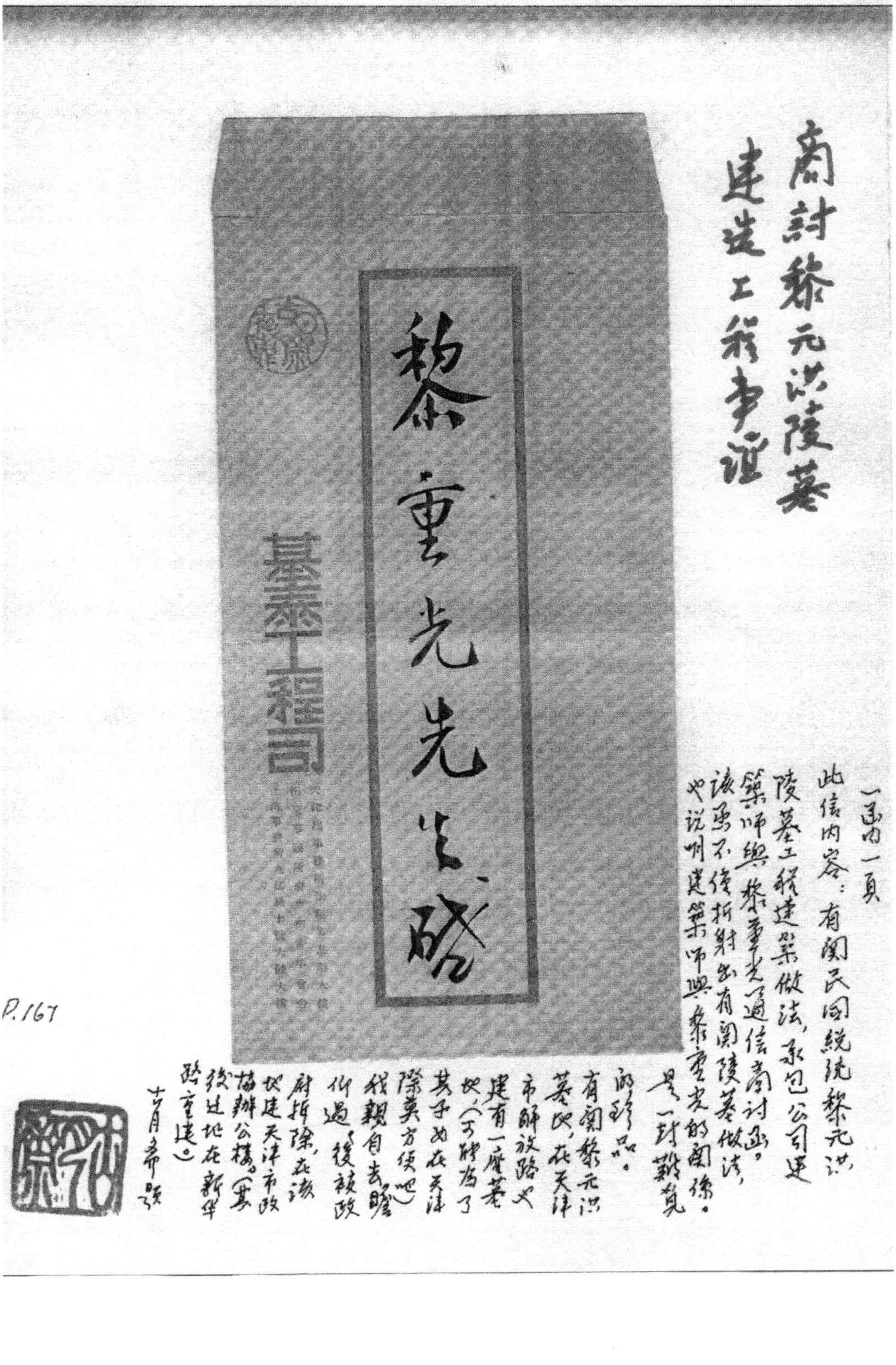

寄件人：基泰工程司　收件人：黎紹基

基泰工程司

中文電報掛號總分事務所統用七〇三三

第八七六號 第一頁 中華民國廿四年十一月十三日

重光仁兄偉鑒久違
道範時切縈思維
動定迪吉為頌茲有啓者
黎前大總統陵墓工程該三合土之墓穴地腳似以湖南之三合土
為宜(做法見另頁)惟查一則時間恐來不及二則亦未見得適合于
武漢之氣候與地質良以該項黃土必須用富于黏質之黃土更須
令有經驗之湖南工人打做方妥再此項槳水三合土必須天然晾
乾殊費時間尤以多雨之候更有遲乾之苦故在此短促時間或不
易辦到依弟之見仍以用武漢當地之三合土做法為宜因各地多
利用各地之出品適合當地之氣候地質且價目與時間均較為低
廉與方便也即希與當地各包工人商酌決定是荷再者陵墓安葬
本已訂于本月廿四日未悉有必須令弟前往否尚希
賜示為禱專此即頌
大安

關頌聲啓

建築師：關頌聲，朱彬，楊廷寶，關頌堅。土木工程師：楊寬麟。

天津總事務所法租界基泰大總電話三〇七七三號 南京事務所府東大街青年會旁電話二三六五八號 上海事務所九江路十號大陸大樓電話一二二二二

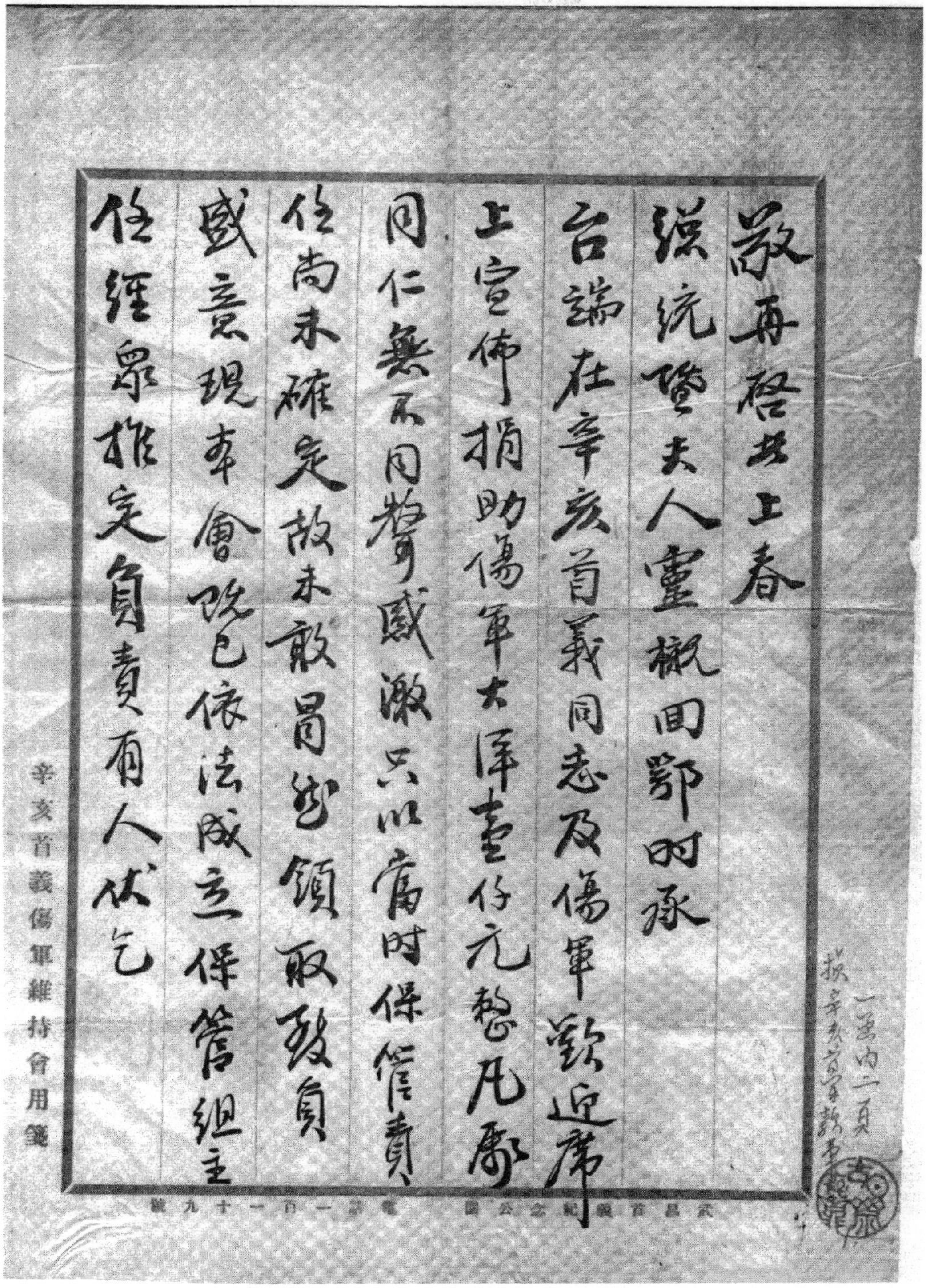
敬再啓者上春
從統黎夫人靈櫬回鄂時承
台端在辛亥首義同志及傷軍歡迎席
上宣佈捐助傷軍大洋壹仟元懇凡屬
同仁無不同聲感激只以當時保管責
任尚未確定故未敢冒昧領取致負
盛意現本會既已依法成立保管組主
任經衆推定負責有人伏乞

辛亥首義傷軍維持會用箋

武昌首義紀念公園　電話一百一十九號

一函內二頁
撥辛亥首義軍款事

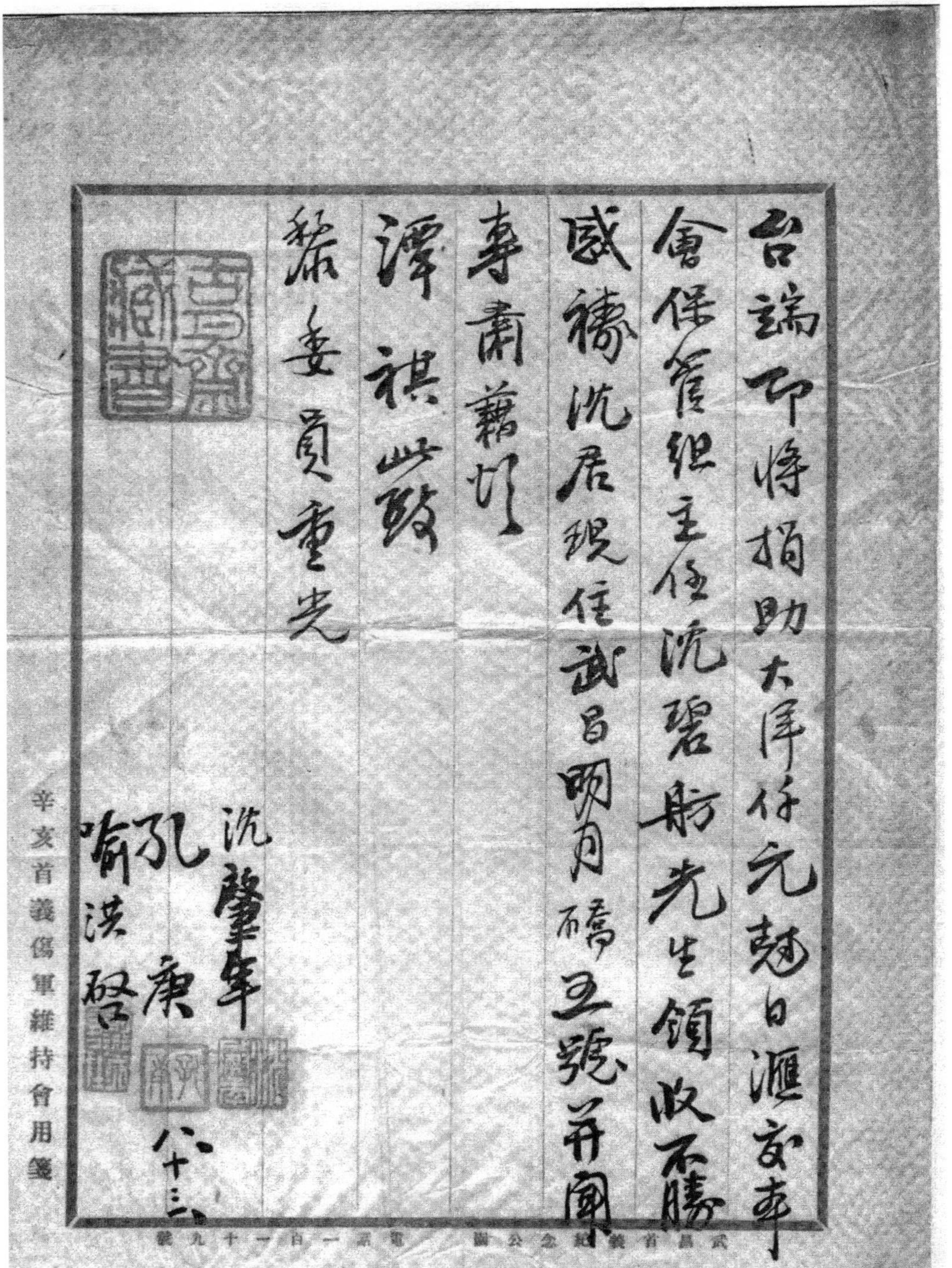

台端印將捐助大洋伍元麵白匯交本
會保管組主任沈碧舫先生領收不勝
感禱沈居現住武昌明月石橋五號并聞
專肅藉切
譯祺此致
黎委員重光
沈肇年
孔庚
喻洪啓
八、十三

辛亥首義僞軍維持會用箋
武昌首義紀念公園　電話一百一十九號

重光仁兄有道：揆別浹旬，雞鳴風雨，感懷無似。弟
因鄙務冗忙，不克抽暇來津參送
老伯大人出殯盛儀，撫心自問，負罪難言。竊
兄在衰節哀制禮之餘，想必高明通達，無念之再陳。
茲敝親田純揩君向設營雅齋古玩舖於北京前
因擔保受人之害，被京師法院將店內查封，詳情
已於前函詳明，亮鑒
洞悉。但該原告人係天津華北香烟公司主人王永

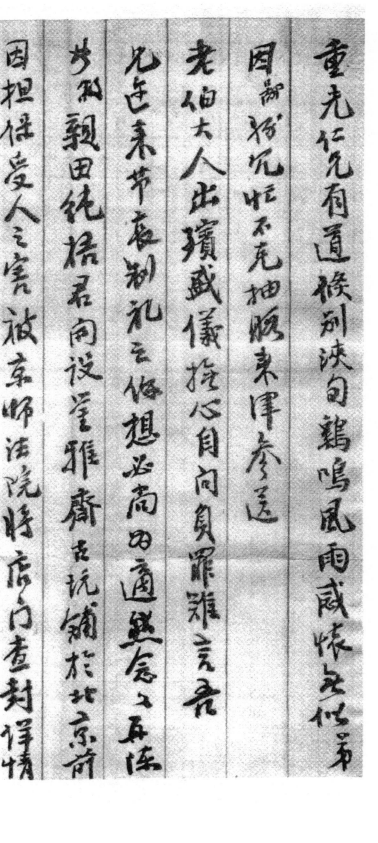

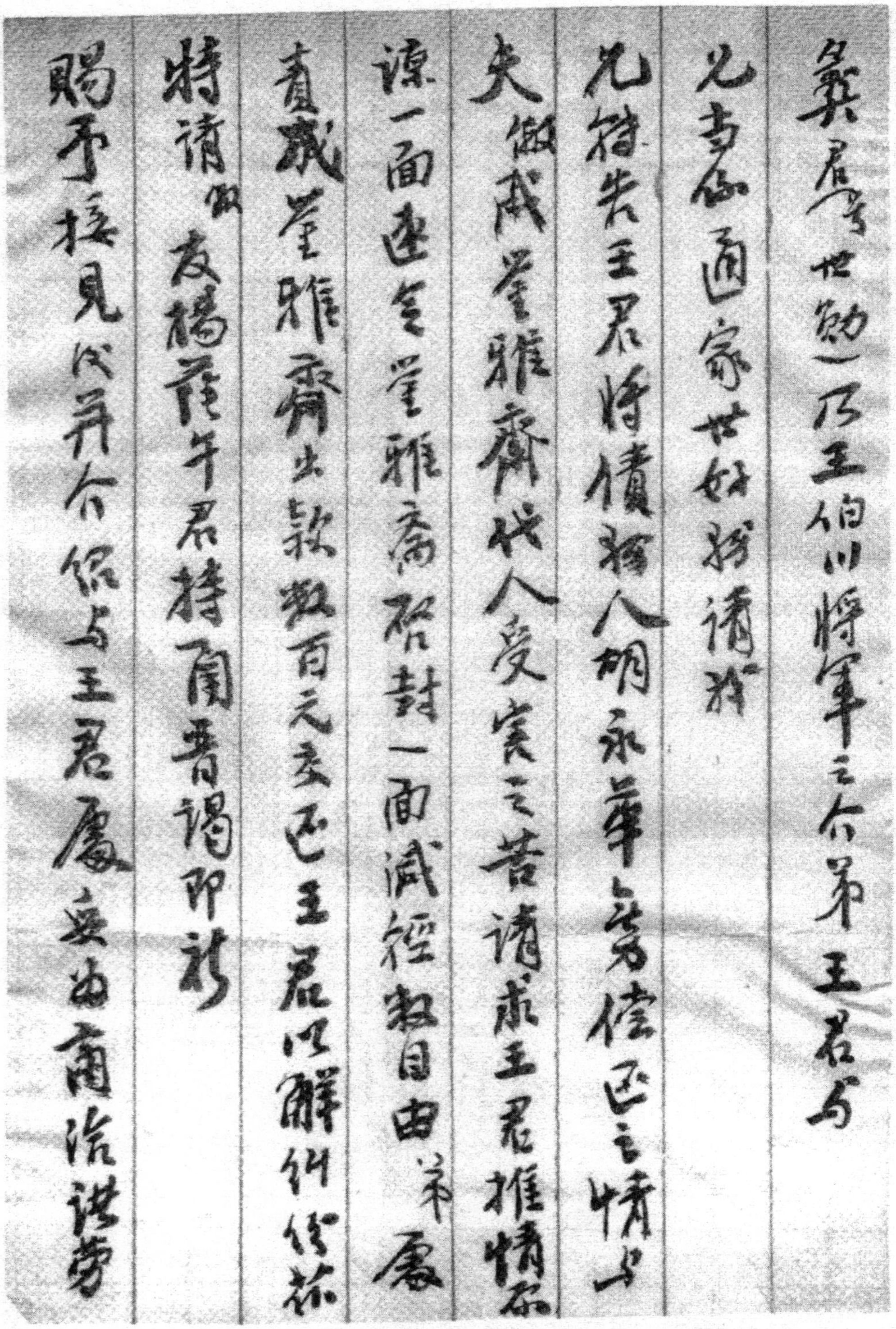

龔君雪世勛乃王伯川將軍之介弟王君石与
先生爲通家世好特請將
先特告王君將債務人胡永華等侵匿之情与
夫　徵戚瑩雅齋代人受寄之昔請求王君推情容
諒一面逕急瑩雅齋將封一面減經數目由弟處
查戚瑩雅齋出款數百元交還王君以解糾紛茲
特請　敝友楊雅午君持函晉謁即祈
賜予接見代爲介紹与王君處妥爲商洽諸勞

寄件人：平奉鐵路管理局　收件人：黎紹基

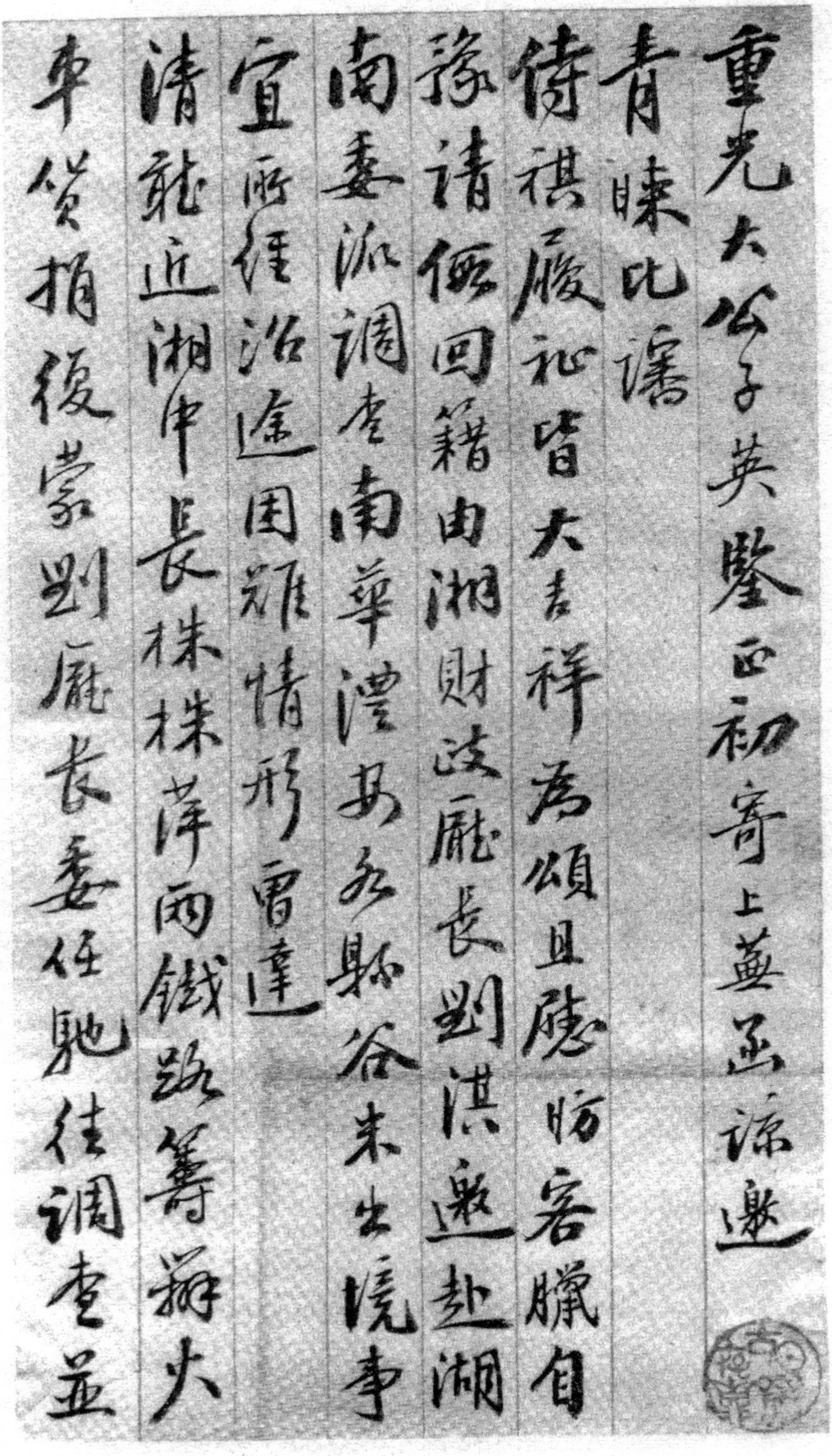
重光大公子英鑒：正初寄上蕪函，諒邀
青睞。比諗
侍祺履祉，皆大吉祥，為頌且慰。昉客臘自
豫請假回籍，由湘財政廳長劉湛遨赴湖
南委派調查南華澧安各縣谷米出境事
宜。所經沿途困難情形，曾達
清聽。近湘中長株株萍兩鐵路籌辦火
車貸捐，復蒙劉廳長委任馳往調查，並

一函三頁 吳曉昉致重光信

語昉云調查事竣即委承辦是差正着手
進行間而劉廳長遽逝現署者楊君從
權此昉素昧生平萬無委給長差希望
前受辛勞盡付流水寔之不辰真末如何
茲擬將來委事竣件提辦完竣即赴京津
另謀枝棲大約到京當在月杪昉苟非親
老家貧事蓄無計決不肯奔走四方也
昉之近況敬祈　轉稟

寄件人：吳曉昉　收件人：黎紹基

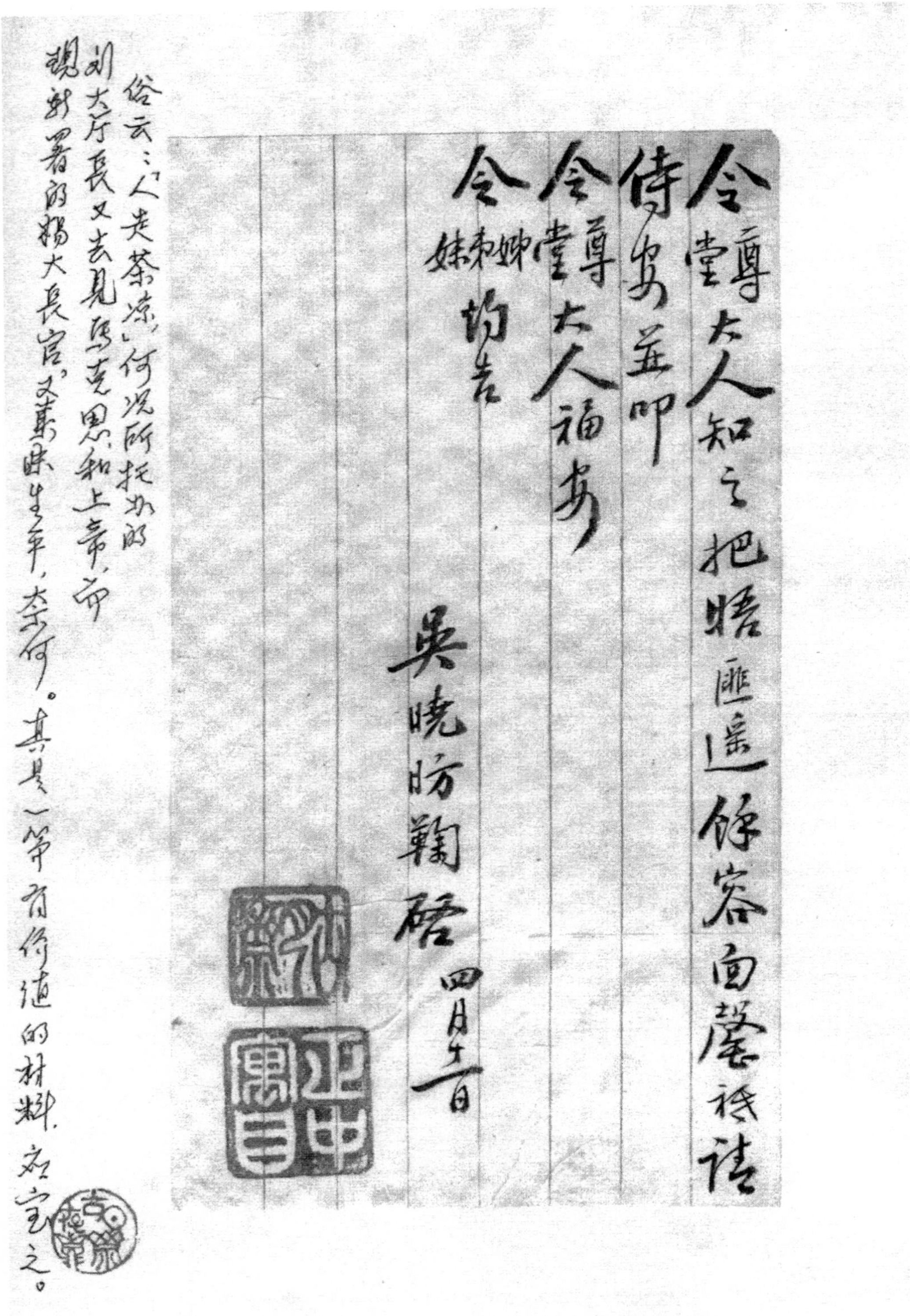

令尊堂大人知之，把晤匪遙，餘容面罄。祗請
侍安，並叩
令尊堂大人福安
令姊弟妹均吉
吳曉昉鞠啓
四月十一日

俗云：「人走茶涼」，何況所托非的劉大廳長又去見馬克思和上帝，而現新署的猶大長官，又素昧生平，奈何。其是一篇有價值的材料，應寶之。

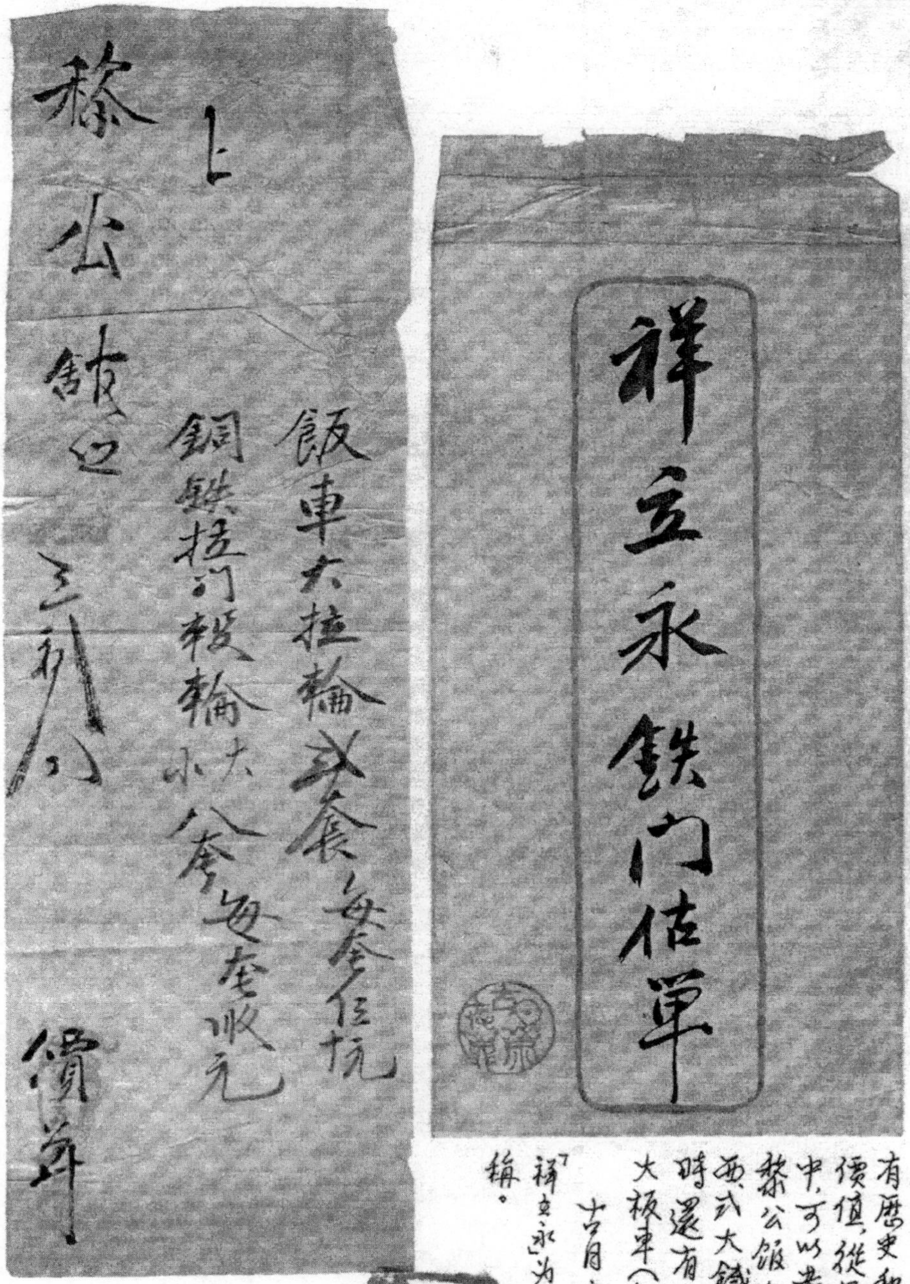

保留單據具有歷史和文物價值，從單據中，可以考証出黎公館大門為西式大鐵門，同時還有中式大板車（飯車）。

古月斋注

「祥立永」为店铺名稱。

右五單為「祥立永」三字

天津市特別第一區公署佈告

為佈告事案查自用洋車捐自行車牌捐及犬捐三項均係通捐性質在本區有通捐執照即可於各特區各租界通行無阻現二十四年份瞬將屆滿舊領照牌行將失效所有二十五年份即一九三六年份各項捐照銅牌均已印製完備亟待發放茲定於本年十二月十日起開始征捐仰各商民人等迅速來署遵章繳納毋自延悞切切此佈

計開

自用洋車　全年捐十二元

自行車牌　全年一元

犬捐　全年五元　無捐之犬立予捕殺

中華民國二十四年十二月　十　日

The Bureau of The 1st Special Area

TIENTSIN

NOTICE

The owners of Rickshaws, Bicycles and dogs are hereby requested to obtain their licenses for the ensuing year, 1936, at the Bureau of the First Special Area, beginning on the 10th of December, 1935.

The owners of the same are also notified that their licenses, issued in the First Special Area, will bear effect at all concessions and Special Areas of Tientsin. The fees for these license are as follows;

Private Rickshaw	$ 12.00 per annum
Bicycles	$ 1.00 per annum
Dogs	$ 5.00 per annum

「無捐之犬立予捕殺。」同人應學之。

DEC 10 1935

180

寄件人：黎紹業　收件人：黎紹基

大哥手足：廿日手示及廿三電均悉，計程想已於昨日
抵漢矣。李印泉前曾有信來，囑交集寶衛千元，已照
匯去。石姓購宅原議六十萬零五千，中佣二厘，嗣彼方
本人又有須索，乃將大廳傢俱及園中設置花木等作價
萬元，賣契書價廿一萬五，我方仍實得廿萬零九百四約定
卅日付定金四萬，本月七日前交全部價銀，鄧輝枝
謂石夫人已親赴大連調款，決不至有成子虛。弟告
漢如月底不能付定金，即不再能也。此事果成，款項

示敬須視政府能否撥

先大人薪費兩宗　弟擬於政府能撥款予先將交通

保商興業國華中國上海金城中國實業等七行債務約

尚等餘元國爲容開此外尚有國華載國兩行の弟還本未付未依

十八萬餘元清償國麥加利鹽業兩行債務明年中興發

息時再還　遵時多撥住宅押與麥行亦一種保障　如墓祠工程費須自備外　級再酌九千

籌示爲購　弟原定上禮拜三日廿三南下曾快緘約瞿先生

出商懷清事嗣因舊宅未來不果想瞿先生當已到者

先既先歸　弟擬俟此間清結後再來津晤改親友通告

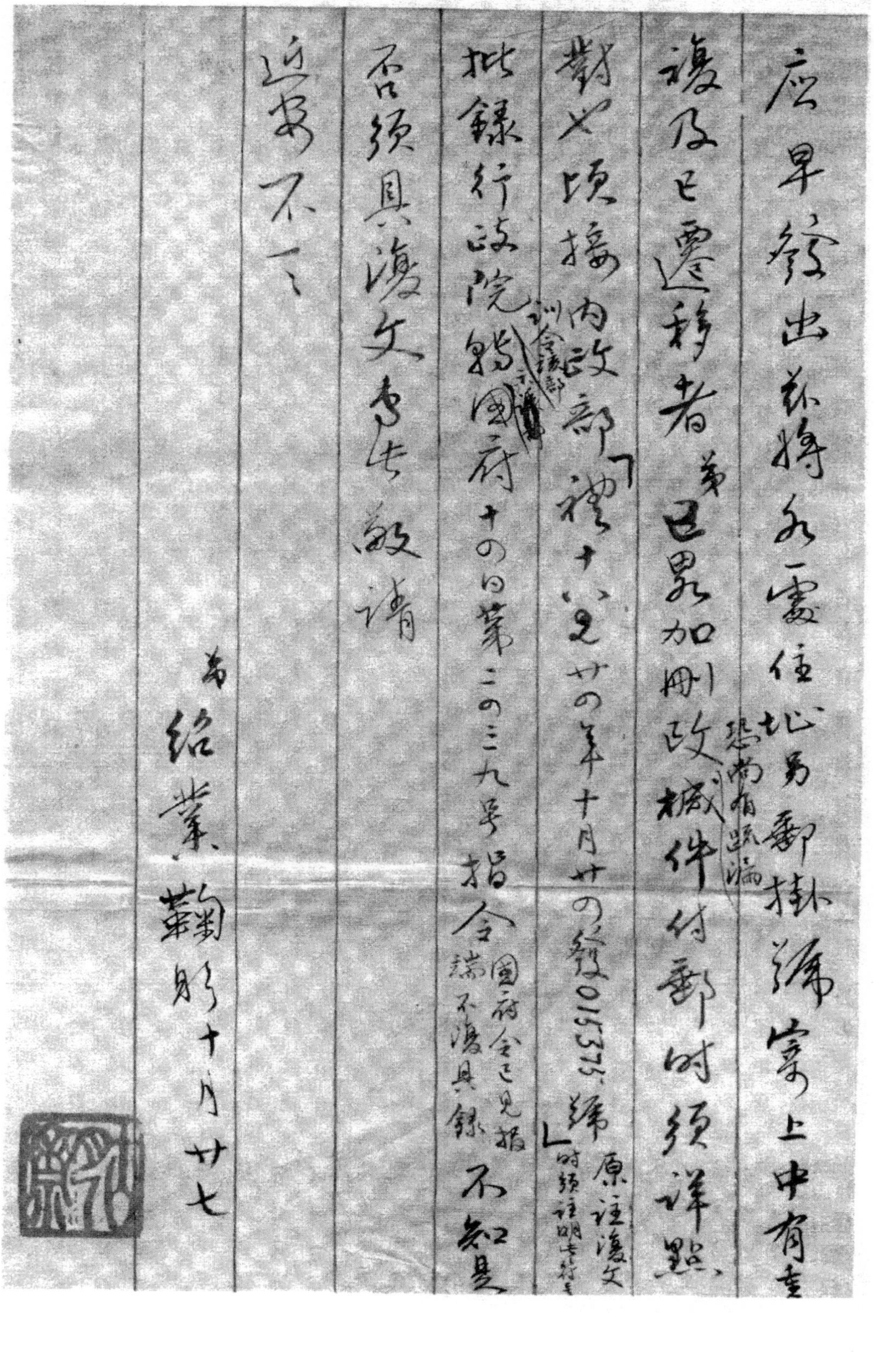
應早發出，茲將各處住址另郵掛號寄上，中有重複及已遷移者，弟已略加刪改，擬件付郵時須詳點（恐尚有疏漏）。對於頃接內政部禮十八字廿四年十月廿四發015375號（原註復文時須註明七字）批錄行政院（訓令議部）轉國府十四日第二〇三九號指令（國府令已見指端不復具錄），不知是否須具復文，專此敬請
近安不一
弟 紹業 鞠躬 十月廿七

寄件人：黎紹業　收件人：黎紹基

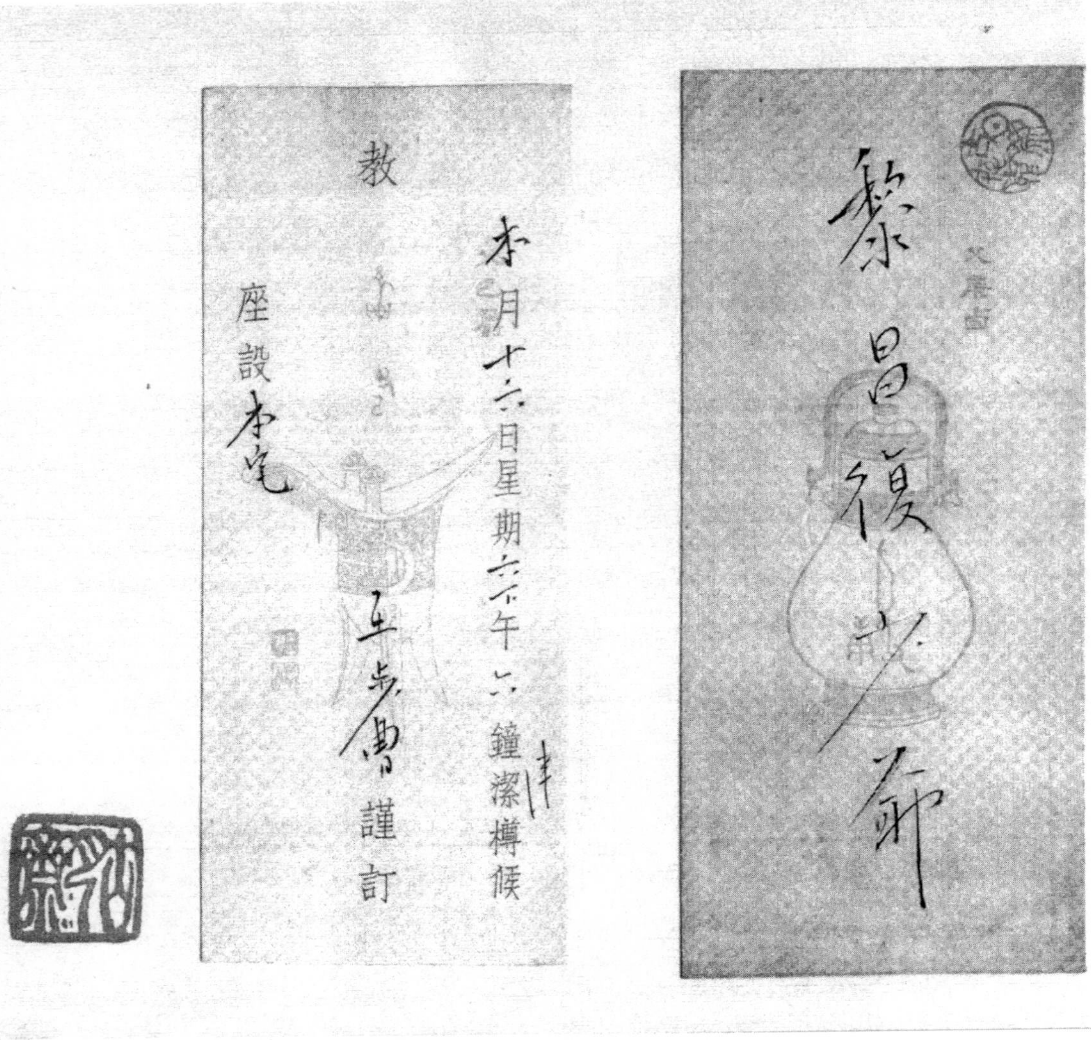
本月十六日星期六下午六鐘潔樽候
教
座設本宅
謹訂

重光少先生賜鑒　敬肅者梅西跡羈鄂渚無緣仰瞻
丰采然聞自津来者言有古賢公子風固無不傾心嚮尚
慕也伏維
淵容海納
騰茂蜚英無任欽遲梅西八旬衰朽尚復何求祗以士兒求
夙隨
總統有年受恩匪尠不幸福薄前充總統府軍事諮議
在職病故身後蕭條借貸殮葬所遺寡媳弱孫

寄件人：鄺梅西　收件人：黎紹基

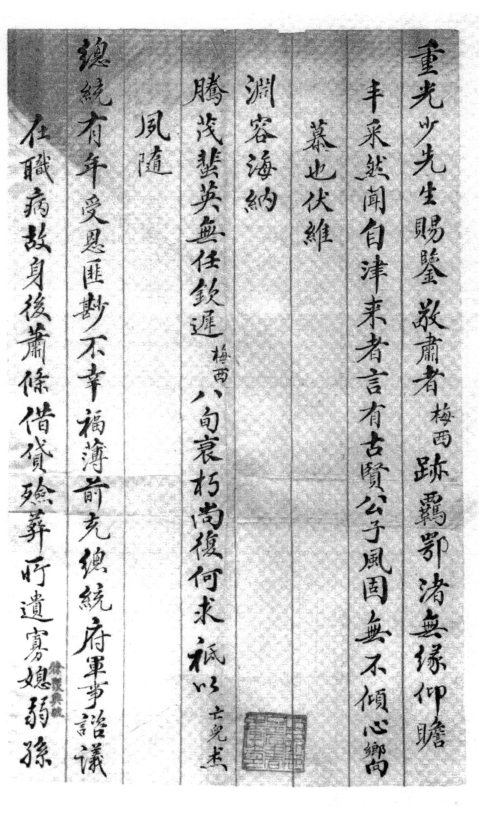

煢煢孑立無以生活前曾呈蒙
總統恩允向陸軍部設法補給卹金闔家感激涕零梅西
刻已具摺呈催第思瑣事屢干殊深惶悚用敢不揣
冒昧上瀆
清聽擬乞
過庭賜噓庶達目的而資存活則感戴
宏仁實無涯涘肅箋哀懇伏冀
矜恤祗頌

寄件人：危吉安　收件人：黎紹基

重光大公子賜鑒敬肅者吉安一介寒士久荷
慚懷圖報之心無時或已祇以力如心違徒負奈何緣
比年以來事多拂逆前年家母去世客歲小女于歸
在在需錢負債實多無論家信入不敷出迺蒙每月
發給薪金何敢再事妄求近來百物昂貴生活程度日
高家計累人不得不作無厭之請竊查禎祥章沅蹤局
均有兼差每月不下五百十元之多吉安一人尚付闕如非是
羨彼等之尊榮實出乎不得已而為之伏查京奉鐵

路鄉局長歸雲亭兼天津貨捐局長局面宏濶此次
更換人員有數百名之多況雲亭局長對於公能感
情甚篤是以不揣冒昧敢求我
公子賜書一紙勝於十部從事
登高一呼定無響應或商楊穀林省長等處亦可藉
鼎、
鈞裁總之小草向榮全賴
春風噓植但吉安所求弗奢不過略資餬劑臨穎

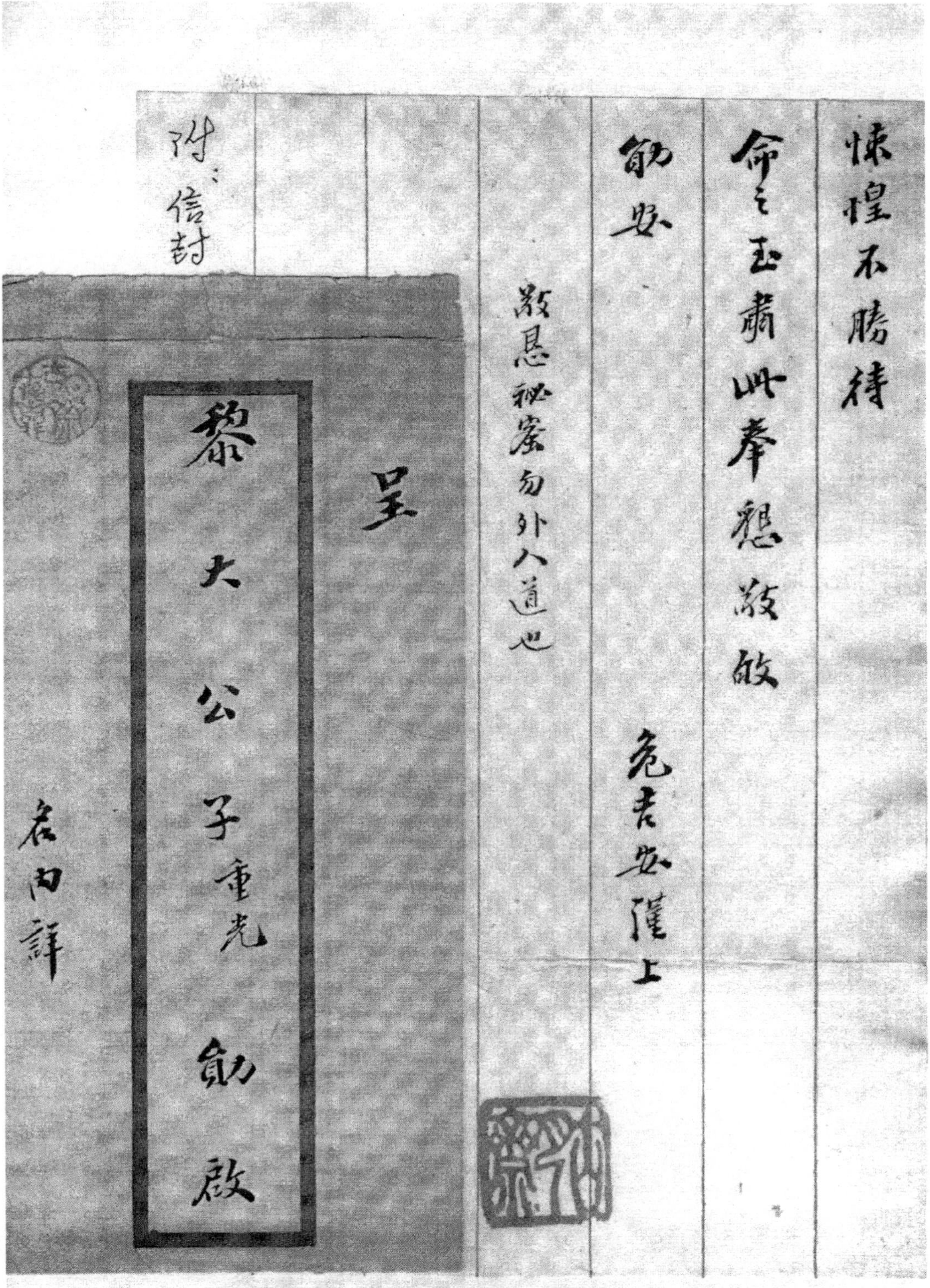

悚惶不勝待

命之玉肅此奉懇敬啟

鈞安

敬懇秘密勿外人道也

危吉安謹上

附：信封

呈

黎大公子重光鈞啟

危內詳

寄件人：危吉安　收件人：黎紹基

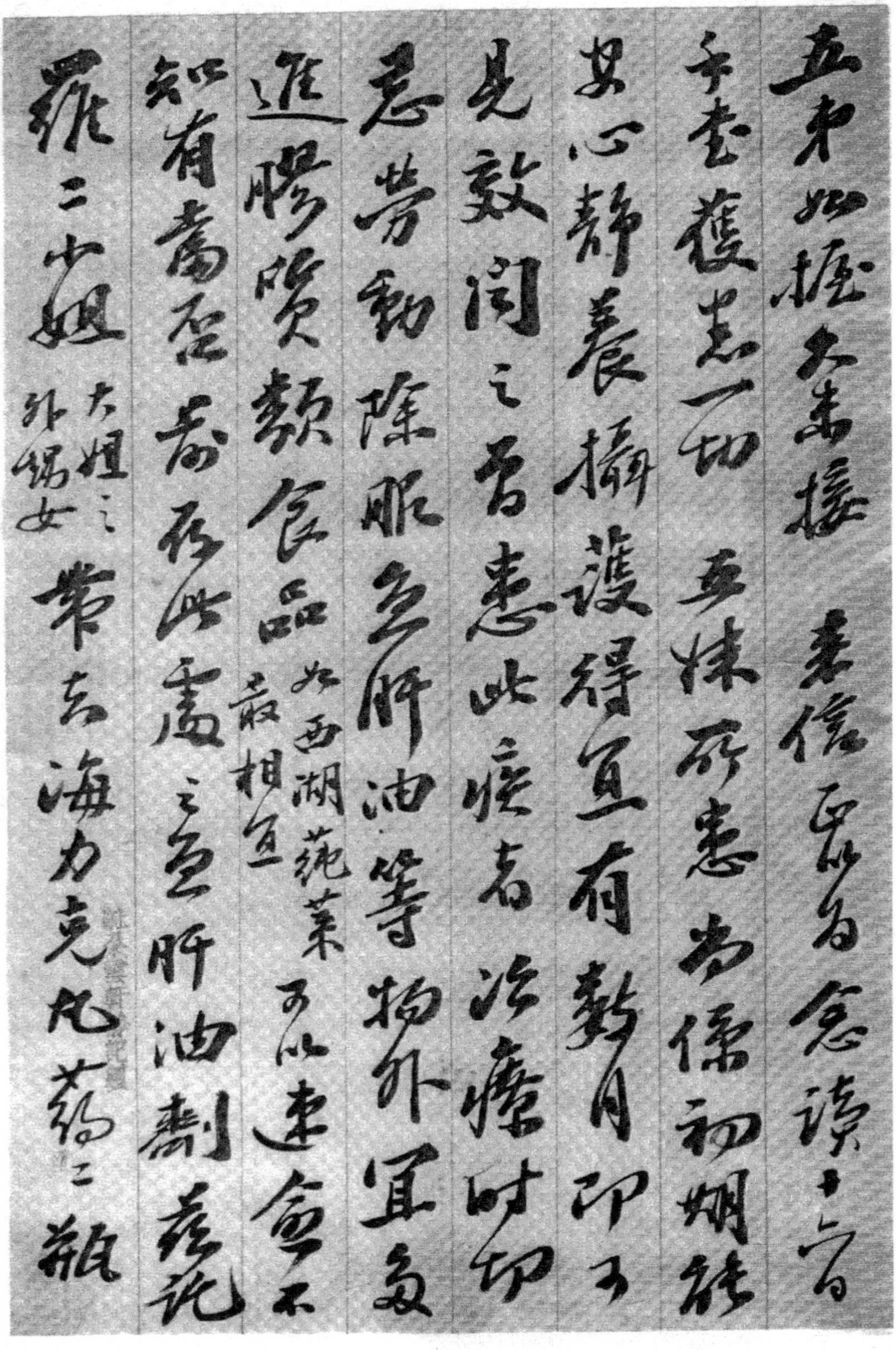

五弟如握：久未接　來信，正殷為念。讀十六日
手書，藉悉一切。五妹所患者係初結核，
安心靜養，攝護得宜，有數月即可
見效。聞之吾患此症者，治療時切
忌勞動，除服魚肝油等物外，宜多
進　膠質類食品，如西湖蒓菜最相宜，可以速食。不
知有寄否？寄此處之魚肝油劑甚純，
羅二小姐、大姪、外甥女　帶去海力克丸藥二瓶

寄件人：黎紹基　收件人：黎紹業

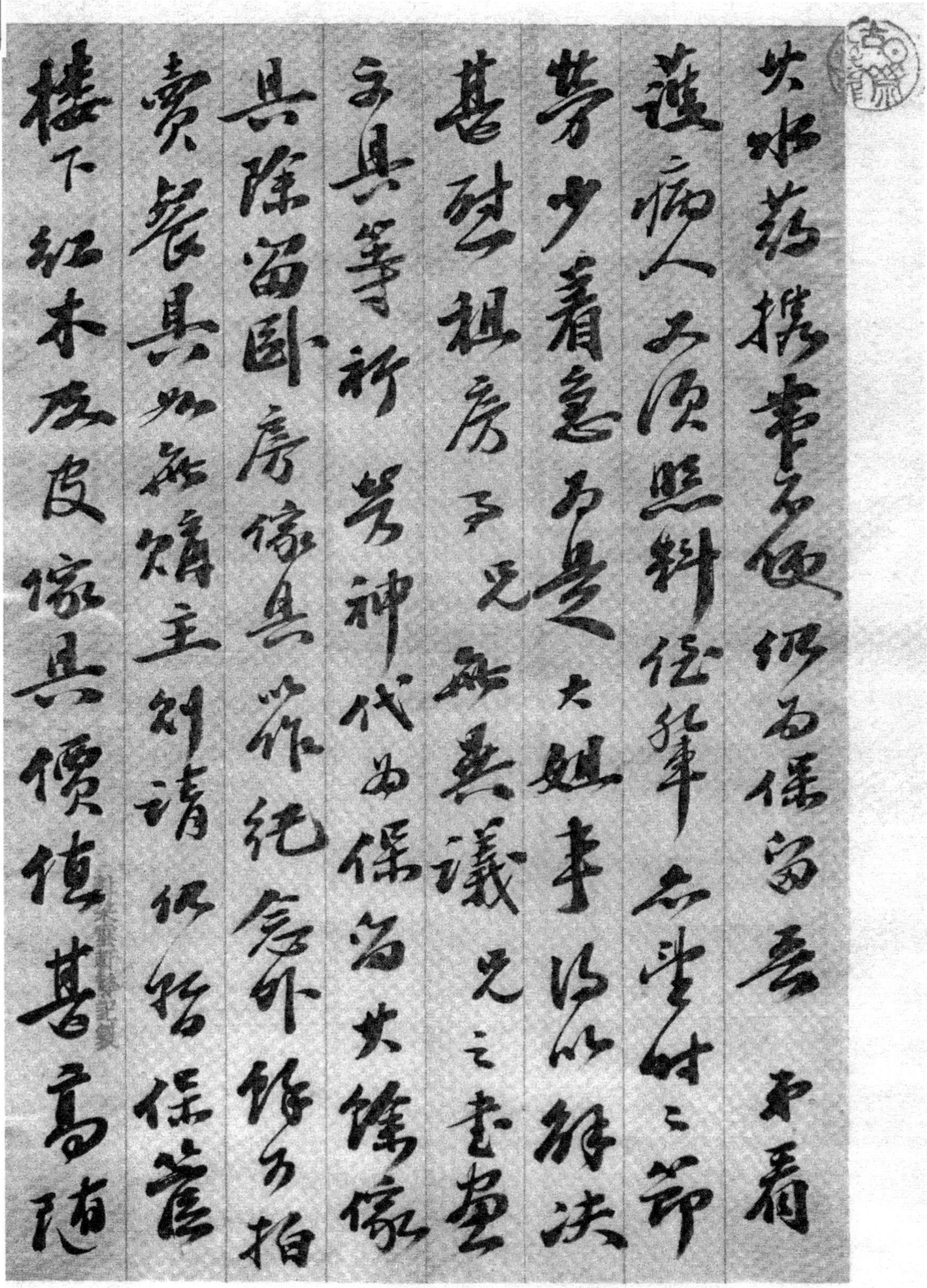

火水葯携帶不便仍為保留 再看
護病人不須照料但此時之節
勞少着急為是 大姐事從能解決
甚對祖房予兄無異議 兄之主意
分具等祈兄神代為保留其餘傢
具除留臥房傢具以作紀念外餘分拍
賣餐具如無價主則請仍留保管
樓下紅木床度傢具價值甚高隨

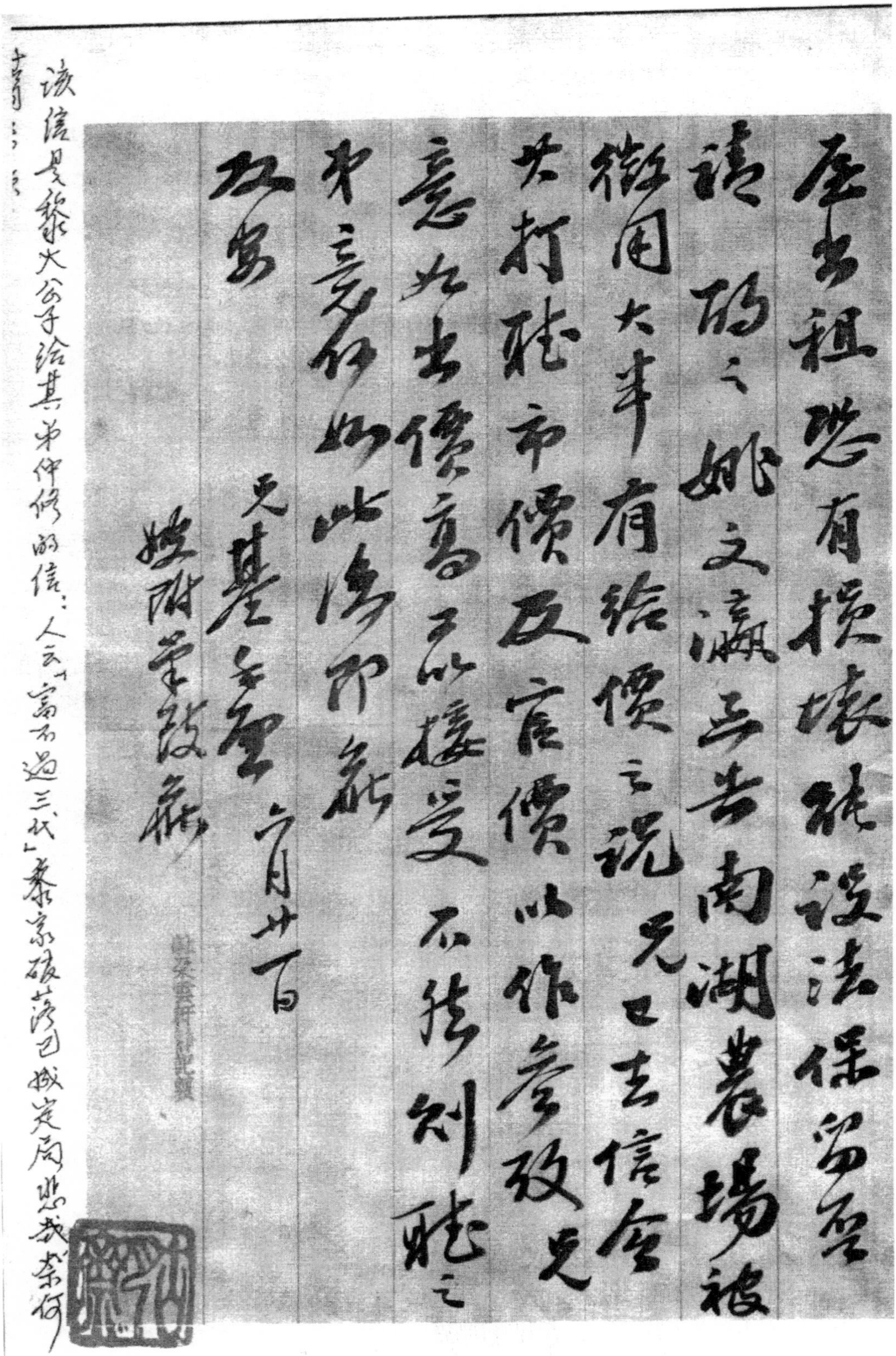

座右：祖塋有損壞，能設法保留否？
請鵠之、姚文灝去告南湖農場被
徵用大半，有給價之說，兄已去信令
其打聽市價及官價以作參考。兄
意如出價高不能接受，不能則聽之。
弟意若何？如此復，即頌
旅安

兄基手書 六月廿日

姪附筆致候

十二月三日

該信是黎大公子給其弟仲修的信。人云「富不過三代」，黎家破落已成定局，悲哉奈何

寄件人：黎紹基　收件人：〇〇〇

我輩之主，折衝樽俎，問題屢生於意料之
不及，但每一問題之解決甚難，須要
不可用而故不能多身亦不足
未嘗以看透中之告有忌
見矣
本之法新，三郡之強最大雜題目也
那種其教育以主若可打折扣
內向知惟接近看法應必愈
只妄言付此未除非窗自交為
諸以迂京辭少至主打借行之雜易
其為次更應院即事而知執計主
圍源，圍而得到此執而不為子知據
此事意為於此雄望
全振候止者成立斷兄未可恐之
者又是而執同之圍於向多協愚公折
陋語郁一舉以討對於有放力恭有法救

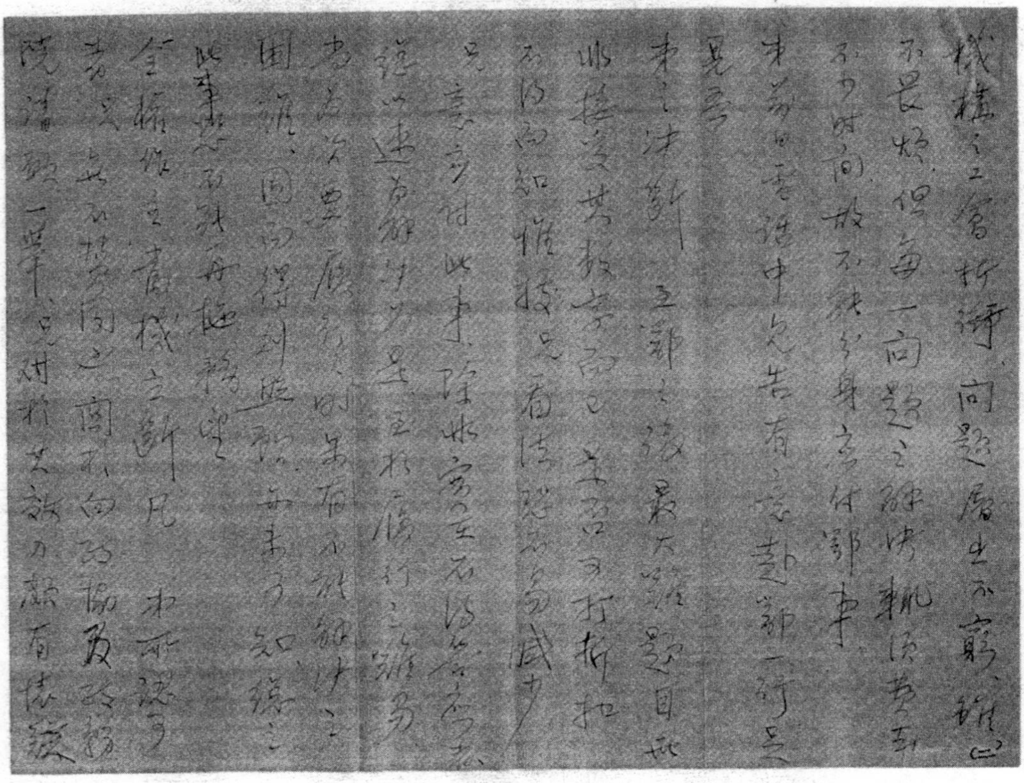

寄件人：黎紹基　收件人：○○○

我方前此专对方接洽完全根据政府
法令，[illegible]惟对方可能以农民之要
求为理由，[illegible]
何况土改仍为现在最大任务之一，[illegible]
[illegible]
[illegible]
[illegible]
[illegible]
[illegible]
[illegible]
[illegible]
[illegible]
[illegible]
[illegible]

此信件写于新中国刚刚建立，全国正处于土改时期，黎家在湖北的土地，意欲求解决，深知「地主恶霸」政府眼中不算回事，黎绍基发出「有钱之策，无一语可为」！可见作为政协委员的真实心态。

黎大總統吳夫人五十壽序

月暈直衡星流枉矢南傾地軸赤犬臨兵北斗天東白龍資敵五千叛卒納皇鑰而甘心十九行人捧銅盤而盪爭斯固蔽收郭外組裘同鑾之時葵踐園中倚桂懷憂之日而歆持珪介壽坐帨摛辭碧腴瓊液艷說遐齡

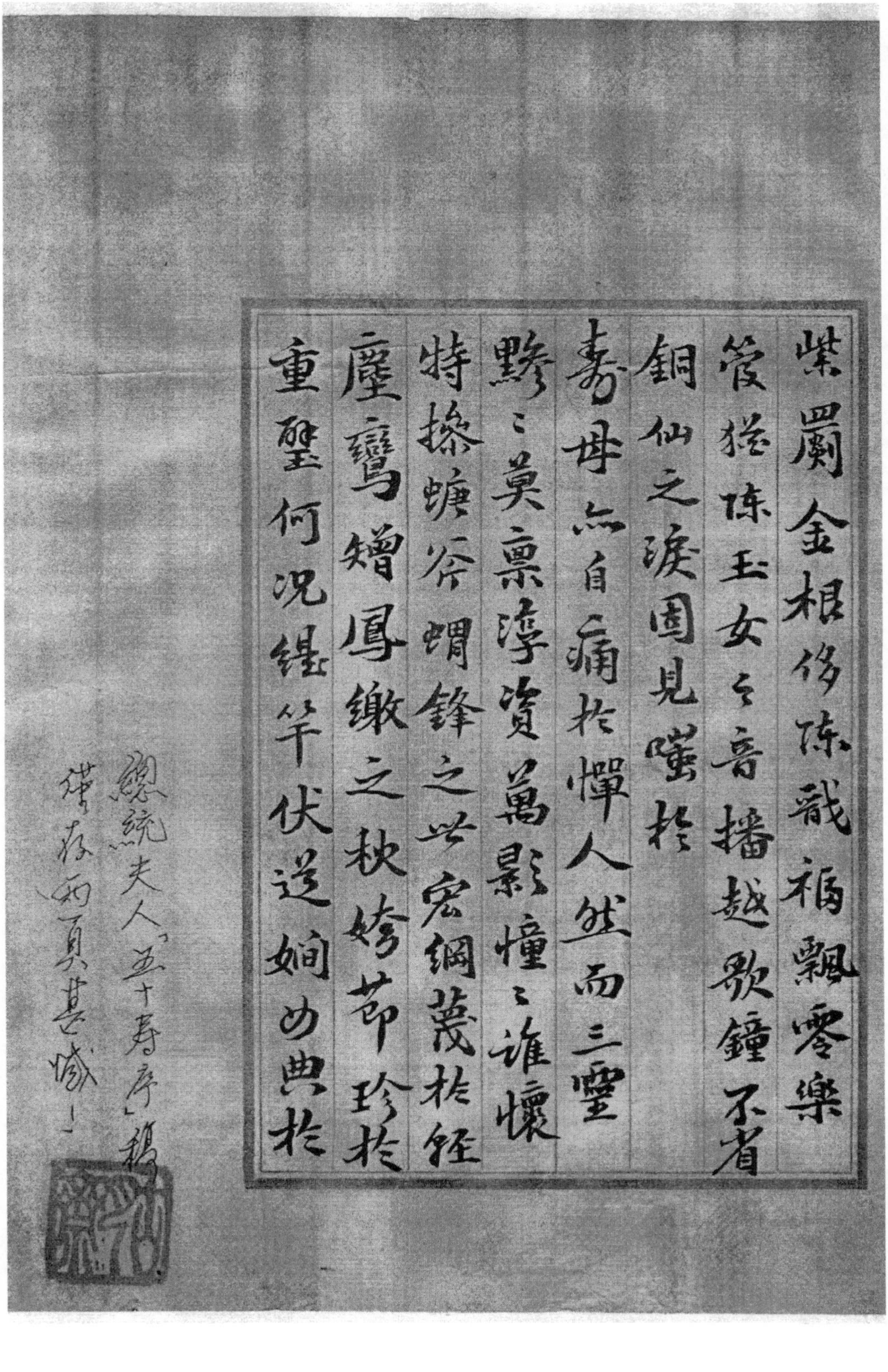
紫闕金根修陈戚禍飄零樂
管猶陈玉女〻音播越歌鐘不省
銅仙之淚圍見嘆於
壽母亦自痛於憚人然而三靈
黯〻莫稟淳資萬影憧〻誰懷
特掺蝉谷蜩鋒之世宏綱叢於經
鏖鸞蹭鳳鏉之秋婈節珍於
重壐何況緹竿伏道婀妫典於

總統夫人「五十壽序」穆
僅存兩頁甚憾！

寄件人：〇〇〇　收件人：黎元洪夫人

焦作中福兩公司股東均有黎家參股

附：

抄　蔣委員長來電　二十五年五月二十日

焦作中福兩公司聯合辦事處孫專員鑒中福煤礦前因辦理不善勢須破產迭據該礦中外各股東代表呈請維持本委員長以該礦為國內重要實業不容任其淪廢當經規定辦法派員整理年餘以來業務尚有進步惟整理期間本規定二年至本年九月即將滿期一切善後事宜自應預為規劃按照整理辦法第二條之規定應由軍委會製定中福聯合辦事處適用之法規按諸目前情勢該礦仍須政府特予維助方能日趨發展茲就事實之需要並參酌中福兩公司合資合同規定中福兩公司聯合辦事處組織法則七條（一）中福兩公司聯合辦事處分董事部及經理部二部（二）董事部設董事長一人董事四人（三）董事長由軍事委員會委員長遴派董事四人由中原公司董事會及福公司董事會各推舉二人（四）經理部設總經理及總代表各一人由董事長遴派（五）重要問題由董事長提交董事會議決呈請軍事委員會核准交由總經理執行（六）凡中原及福公司董事及監察皆不得兼任中福聯合辦事處經理部職員（七）上項組織暫以三年為期以上所定原則應自中原公司善後事宜辦竣後再為指定日期開始實行在未實施前中福礦事仍由整理專員繼續負責除電令河南省政府知照外仰即遵照軍事委員會委員長蔣中正號秘印

抄　蔣委員長來電　二十五年五月二十日

（一）

焦作中福兩公司聯合辦事處孫專員鑒查河南中原煤礦公司善後事宜並應籌劃辦理惟該公司以前辦理不良原訂章程亦欠妥適茲規定中原善後原則四條(一)修改中原公司章程不得與中福兩公司聯合辦事處組織原則抵觸(二)原章規定董事名額太多商公股名額遠出股份比例以上應設董事七人公股與商股所佔名額應另行規定(三)應設監察三人公股二人商股一人(四)董事會從前開支太多越權妄為以後應力求節省謹慎從事合行電令仰知照並轉各善後委員遵照軍事委員會委員長蔣中正號秘印

民國時期私人
企業新經營

寄件人：○○○　收件人：○○○

抄　軍事委員會訓令　二十五年七月二十五日

令中福煤礦整理專員孫越崎

案據河南省政府呈擬中原公司善後辦法到會，除已指令「呈及附件均悉。茲將所擬辦法分別審核，開示於下：1、關於董事者，應定公股董事三人，商股董事四人，所有董事，必須慎選明悉業務和衷合作之人。2、關於修改公司章程之手續等項，應與善後委員酌擬辦理。3、關於公商股監察人數，以及董事監察旅費數目，暨幹事等員額等項，均准照所擬辦法，仰即遵照以上所指各節分別辦理，此令。」等由封發外。茲查前項商股董事及監察人被選資格，應規定董事須有股本壹萬元以上。監察人須有股本伍千元以上。合行抄同河南省政府原呈及附件，令仰該專員轉知各善後委員遵照。

此令。

附抄河南省政府原呈一件連附件

（三）

（叁）

抄　軍委會指令一件

令河南省政府主席商震

二十五年六月二十日建二字第九八號呈一件為遵照規定中原公司善後原則擬具辦法呈請鑒核示遵由

呈及附件均悉。茲將所擬辦法分別審核，開示於下：一、關於董事者，應定公股董事三人。商股董事四人。所有董事必須慎選明悉業務，和衷合作之人。二、關於修改公司章程之手續等項，應與善後委員酌擬辦理。三、關於公商股監察人數，以及董事監察旅費數目，監幹事等員額等項，均准照所擬辦法。仰即查照以上所指各節，分別辦理。此令。

抄　河南省政府呈一件

案奉

鈞座覓秘電。。以河南中原煤礦公司善後事宜，亟須籌劃辦理，特規定善後原則四條，飭即遵照等因；奉此，自應遵辦，茲經逐條擬具辦法，以資策進，是否可行，理合繕呈，伏乞

鑒核示遵。

謹呈

軍事委員會委員長蔣

附呈辦法一件

河南省政主席商震

辦法

(一)中原公司章程之修正候將該公司董監選出後再行飭由該公司董事會遵照辦理

(二)董事會設董事七人(原電規定)公股董事四人商股董事三人公股董事由省政府遴選商股董事由商股股東選舉其選舉方法或召開商股股東大會當場選舉並用通訊方法選舉

(三)監察三人公股二人商股一人(原電規定)公股監察由省政府遴派商股監察由商股選舉

1.董事監察均無薪金每次開會支給旅費一百元但居住河南省境以外者增加二十元其被選為董事長者除照上項規定外每次再增加二十元如兼任中福公司董事者不得兼支中原公司開會旅費

2.董事會設幹事二人每月共支薪一百二十元(一支八十元一支四十元)書記一人月支薪三十元分任左列職務

一、會中一切文書事宜

二、保存收據及股票存根並公司財產錄債務錄

三、登記收據及股票之更換及移轉

四、掌管收據股票之繳銷及發給

新中國成立後，對官僚資本實行沒收政策，對私人企業採取贖買政策。均為「國營企業」含早点輔。改革開放後，允許私人企業。

古原藏書

附：黎元洪大總統密信。

密信自古有之

再密柬者現在大局已定稿粵東

隅尚多供援政煩

釣座粵民忐忑同居

福蔭震慴之中稻憟遷流離未

豪

素亭山樵龜華樵師左

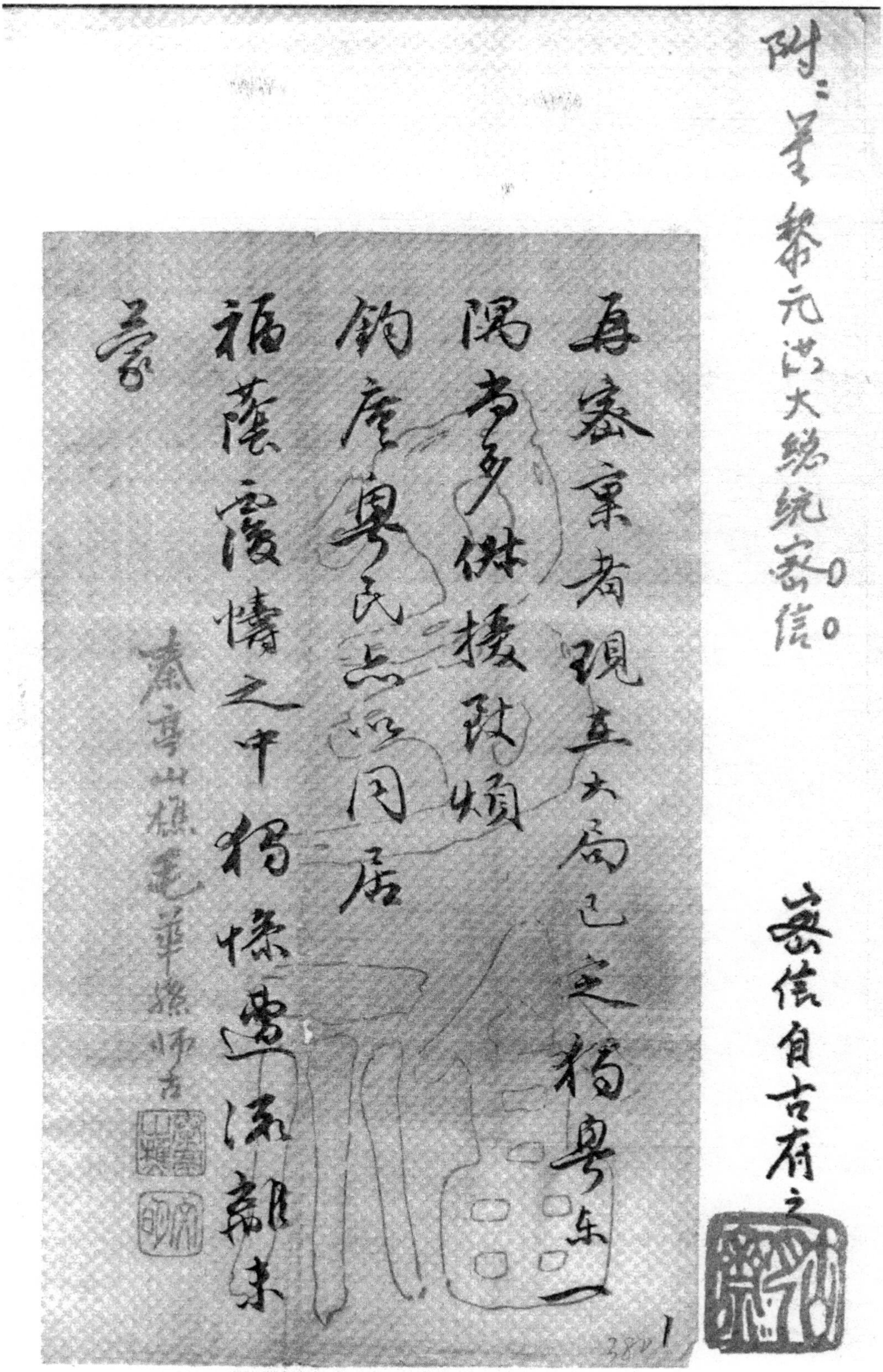

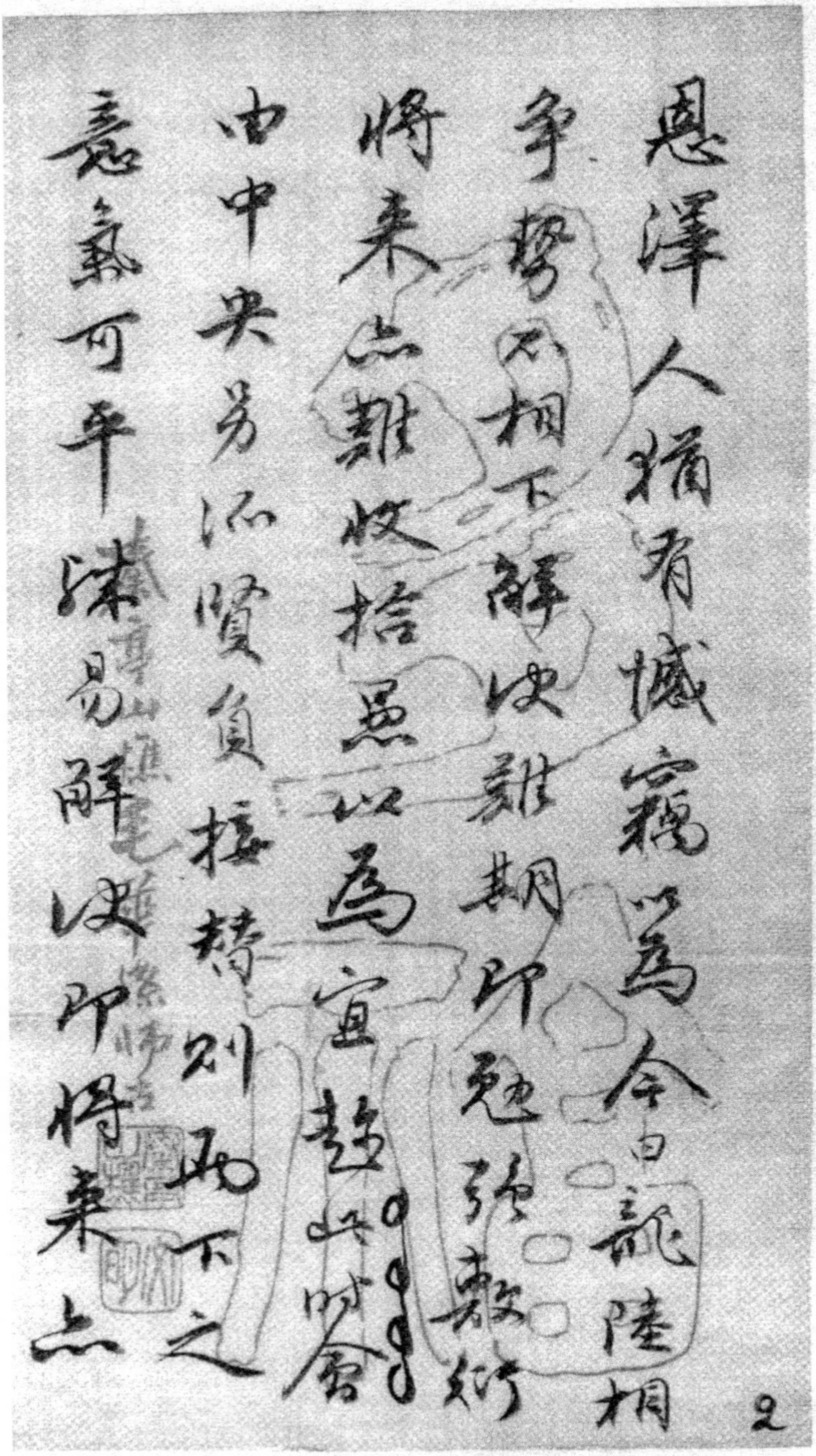

恩澤人猶有感竊以為今日龍陸相
爭執不相下解決難期即勉強敷衍
將來亦難收拾愚以為宜趁此時會
由中央另派賢員接替則兩下之
意氣可平紛易解決即將來亦

2

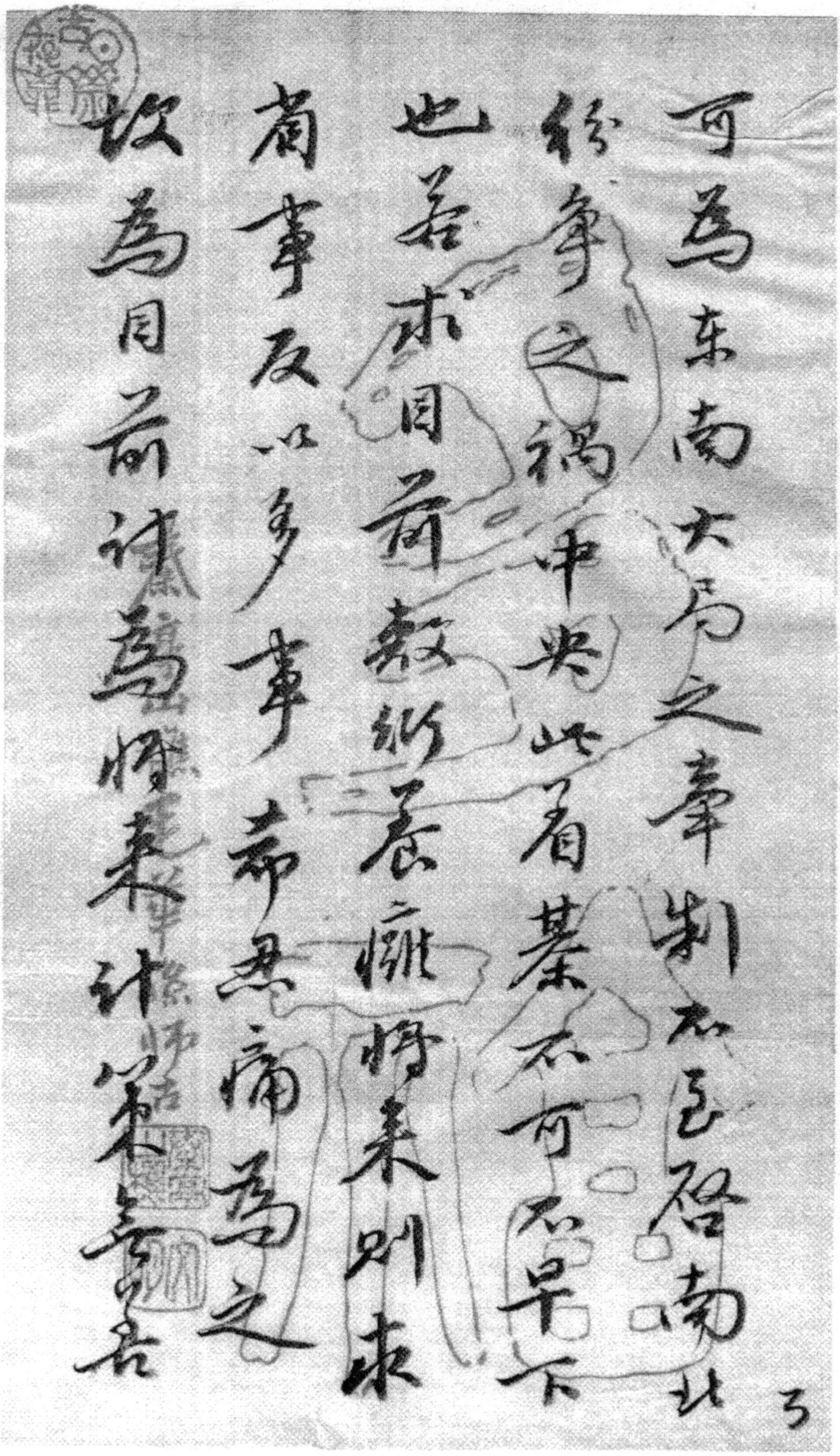
可為東南大局之牽制，不足啓南北
紛爭之禍。中央此著某不可不早下
也。若求目前救紛，養癰將來，則求
簡事反以多事。蔣君瑞為之
故為目前計，為將來計，策無善於右
3

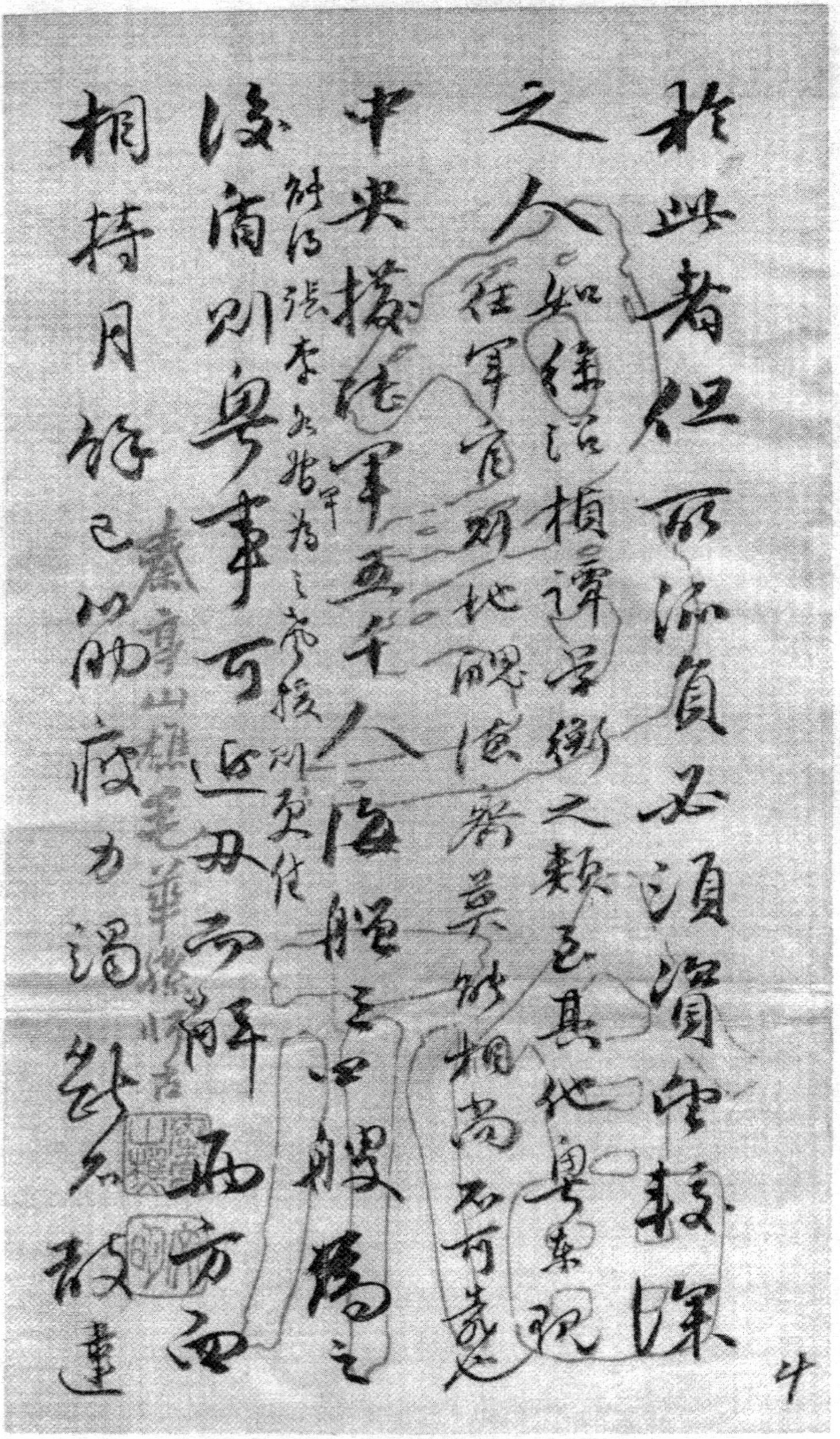
於此者但所派員必須資望較深
之人如徐紹楨譚學衡之類至其他粵東現
任軍官則地觀念紛歧莫能相尚否有遠
中央援粵軍五千人海艦三四艘為之
財乃張季北為之帝援則更佳
後盾則粵事可迎刃而解西方面
相持月餘已以筋疲力竭然知故違
廿

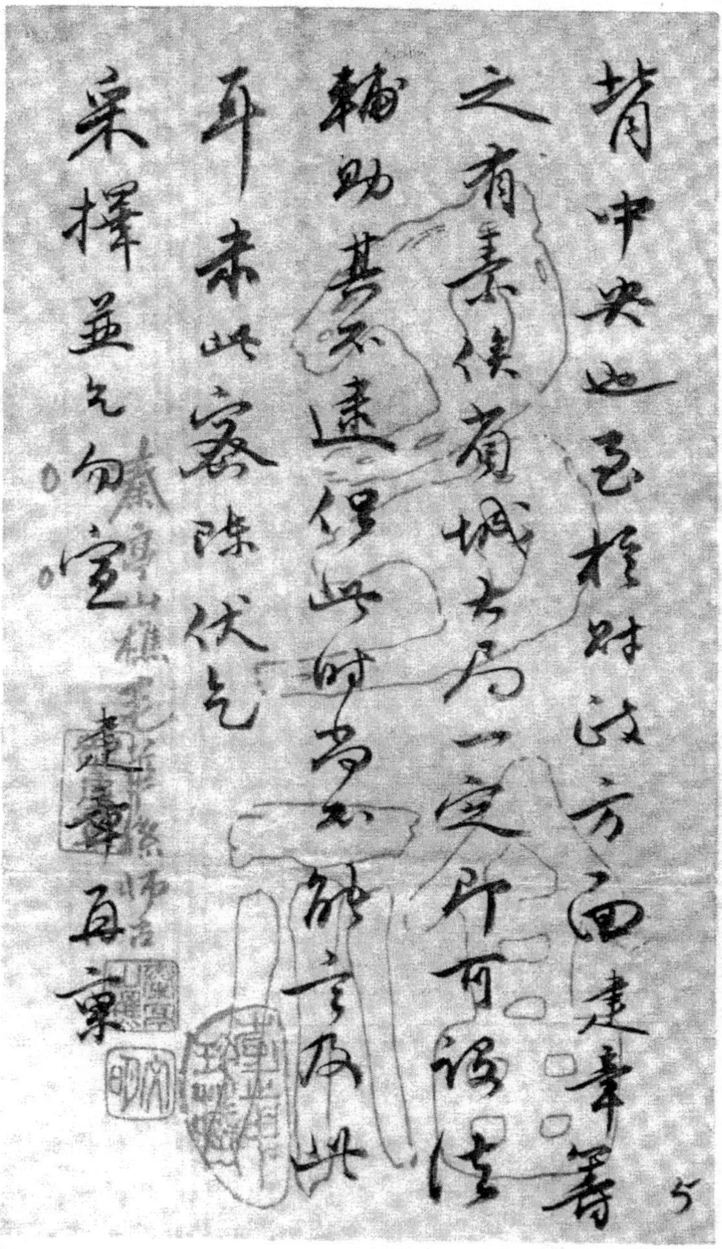
貴中央迅已握財政方面建章籌
之有素俟蘭城大局一定所有設法
輔助甚緊遠俾此時事無能言及共
耳未此容陳伏乞
采擇並乞勿宣 建章再稟

財政袁建章籌之有素可見錢能通神也

──賀「四書先生」輯編「黎元洪家書」出版

渤海之濱，白河之津，有一教授嗜書成癖，終日與書為伴，樂此不疲，人稱「四書先生」。四書先生何許人也?乃津門文史大家李正中。不過，此「四書」非彼「四書五經」之「四書」，四書先生之「四書」另有所指。

一曰讀書。先生自幼喜愛讀書，經史子集無不泛覽，即使年近九旬，依然每日黎明即起，擁書數卷，校記不輟。北宋大學者張載曾終日危坐一室，左右簡編，俯而讀，仰而思，有得則識之。先生庶幾相彷彿也。晚清曾國藩嘗云：「唯讀書可變化氣質。」也許是讀書涵詠既久的緣故，先生為人處事儒雅敦厚，望之儼然，即之也溫。無論識與不識，但與先生交接既久，必會首肯心服其為智慧長者。

二曰教書。先生初讀於孫中山先生創辦的北平中國大學，畢業於華北大學（今中國人民大學）歷史系。二十餘歲即登講壇，垂五十餘年，桃李滿天下。先是在耀華中學任教務主任，曾提出至今尚有影響的「五段教學法」。後轉天津教師進修學院任教務長，教授近現代史。晚年又不辭勞苦在天津理工大學擔任文化所所長、特聘教授，發揮餘熱。同時又被天津市長聘為天津文史館館員，為加強海內外學術交流，赴台灣、香港、韓國、日本講學受到熱烈歡迎。孟子曾將「得天下英才而教育之」作為三樂之一。而「傳道、授業、解惑」則是先生一大人生樂事。

三曰著書。聖人刪述《六經》，不得已而為之。先生重實行。初亦無撰述文章意，後感於學界左傾思潮嚴重與口號垃圾文字成堆，曲解學術，為求事實、明正理，故撰寫了《「公車上書」新解》、《〈紅樓夢〉瓷器考辨與史證》等一系列歷史考證性大作，旨在去其偽而存其真。又隨著社會經濟發展，國民對文化的需求日趨亟切，先生順時而作，筆耕不輟，編著有《中國近代史簡明教程》、

《中國近代史資料研究與介紹》、《中國紫砂壺》、《中國古瓷銘文》、《中國古瓷匯考》、《中國青花瓷》、《中國唐三彩》、《中國傳統美德與跨世紀青年》、《近代天津名人故居》、《近代天津知名工商業》、《幹部道德教程》、《不敢逾矩的文集》等輝煌巨作。至晚年更立宏願：一是保存「文革」史料，不使後人遺忘這場民族大浩劫，現已在臺出版《文革史料叢刊》六冊；二是編著校訂中國民間寶卷與善書，以保存這一至今為人忽略的文化遺產，現已出版《中國寶卷精粹》三卷（精裝本）、《善書寶卷研究叢書》十冊與《中國大學名師講義》四冊等二十餘部作品，這些論著在海內外引起了巨大關注。曾文正公四世孫曾壐先生嘗贈墨寶「正大中和」祝賀正中先生的編著成果。

四曰藏書。愛藏書者未必愛讀書，書販子是也，而好讀書者必定好藏書。正如古人所言：「知之必好之，好之必求之，求之必得之。」先生因愛讀書而及愛藏書，亦有藏書之癖。受家庭書香影響。此癖自幼生成，孩童時期，其他幼兒多以零錢買零食或玩具，偏先生能耐得住舌尖上的誘惑而聚零成整去買各種圖書，到讀中學時儼然成為一小小藏書家，常邀同學來家觀看。成人後更是樂此不疲，「變本加厲」。文革開始後，先生被關進「牛棚」困頓無助，又屢遭紅衛兵小將拳腳相向，但是這些肉體傷害先生並不銜恨在心，真正讓其悲痛絕望至今痛惜不已的是他的大量藏書被鈔沒焚燒殆盡。文革結束後，先生「頑疾復發」，又開始藏書。如今其書房「古月齋」中，除文物字畫外，幾乎都是泛黃的書卷，因為先生懂得版本鑑定，故其藏書多稀見版刻，如義和團運動時貼的「海報」珍品等，並且每冊書先生都會撰寫「題記」，考鏡源流，提要鉤玄。

今以出版學術著作聞名的台北蘭臺出版所出版的《黎元洪家書》就是正中先生基於史學家的責任感，在天災人禍年代，不顧個人安危蒐集並保存下來第一手資料。《黎元洪家書》的出版，將為研究北洋政府時期的社會歷史提供鮮活的資料，具有史料和文獻價值，這種嘉惠學林之舉，無疑會讓後學者更加高山仰止，景行行止。

明代於籤詩於「書券多情似故人，晨昏憂樂每相親。」四書先生一生與書為友，其中之樂，非讀書人難以體味。又古人嘗云：「睿哲之言，入乎耳，存乎心，蘊之為德行，行之為事業。」正中先生對待書籍的真誠態度，直可作為當今讀書人之楷則。

正中先生助教、文學博士　羅海燕
於天津社會科學院文學研究所
抗日戰爭勝利七十周年紀念日

後記

天地之間，萬物之眾，惟人最貴。所貴乎人者，以其有五倫也。所謂五倫，一曰父子有親；二曰君臣有義；三曰夫婦有別；四曰長幼有序；五曰朋友有信。孟子嘗云：「人而不知有五常，則違禽獸不遠矣。」古往今來在中國傳統文化中，父慈子孝，夫和婦順，兄友弟恭，朋友輔仁，幾乎一直都是人們心中人際關係和社會關係的理想。尤其是其中的親情，無論是英雄豪傑，還是走卒販夫，大多都無比尊貴之，難以棄去，黎元洪身處政治、經濟等公私利益時時衝突且異常糾結的時代，但在洪水巨濤之間，他始終不捨人倫親情。這可從其感情真摯的家信看出。我所收藏的黎氏家書，其中有多封信在字裡行間，流溢出的不是政壇上的爾虞吾詐和勾心鬥角，而是在家庭情感世界裡，他曾為幼子赴日留學事宜而寫信懇求他人予以幫助，也曾為兄弟就業而寫信託人尋求關照，這是一種超越一切政治或經濟利益之上的可貴的人倫親情。

一花一世界，一沙一天堂。一葉落而知天下秋，窺一斑而知全貌。黎元洪是中國近代史上舉足輕重的人物，其生於湖北黃陂，而畢業於天津北洋水師學堂。曾服役於北洋海軍，參加了甲午中日戰爭，後投靠湖廣總督張之洞，任砲臺監製、護軍後營幫帶，並被三次派赴日本考察軍事。武昌起義時，任革命軍湖北軍政府都督，南北議和成功後，出任副總統，袁世凱總統死後繼任總統，後退隱天津至仙逝，他幾乎參與、見證了中國近代史上北洋軍閥時代所有的重大事件。我所收藏的黎元洪家書，在時間上橫跨數十年，信中透露的許多細節可以展示出黎元洪家庭發生變化的不同階段，同時，也由黎元洪一家在一定程度上折射出當時中國社會的整體變遷大勢。考察歷史需要高屋建築瓴得宏觀把握，同時也離不開那些真實的歷史細節。黎氏家書在一定程度上可以提升中國近代歷史的真實可感度。

也正是感於上述兩點，我冒著巨大風險而保留、珍藏這些信件，現在將其公佈於世，也是希望能告誡世人，人生在世，親情最為珍貴，可以超越一切。同時，為中國歷史研究提供一些一手資料，旨在讓歷史更加真實，更加豐滿。

歷史學家王仲孚教授，不棄淺陋，為拙編賜序，而天津社科院羅海燕博士又附「賀詞」於編後，對此萬分感謝！

最後，拙編得以出版面世，離不開蘭臺出版社盧瑞琴社長及各位編輯的大力支持，在此向其表達我的真心感激！

李正中

抗日勝利70周年紀念日於古月齋

李正中教授著作目錄

1. 《中國近代史簡明教程》（天津人民出版社出版）
2. 《中國近代史資料研究與介紹》（天津人民出版社出版）
3. 《管理倫理學》（天津市哲學社會科學研究「七五」規劃重點項目，天津人民出版社出版）
4. 《中國傳統美德與跨世紀青年》（天津市哲學社會科學研究「八五」規劃重點項目，天津人民出版社出版）
5. 《中國寶卷精粹》上中下（臺北・蘭臺出版社出版）
6. 《21世紀商業行銷發展戰略》（天津市哲學社會科學研究「九五」規劃重點項目，天津科技出版社出版）
7. 《近代天津名人故居》（天津市哲學社會科學研究「十五」規劃重點項目，天津人民出版社出版）
8. 《企業家奮鬥之路》（天津社會科學院出版社出版）
9. 《幹部道德教程》（天津人民出版社出版）
10. 《天津口岸通商研究》（國家教委博士點社科資助項目，河北出版社出版）
11. 《南市文化風情》（天津市哲學社會科學規劃領導

小組辦公室2002年委託項目，天津人民出版社出版）

12.《中國唐三彩》（天津人民出版社出版）

13.《中國紫砂壺》（天津人民出版社出版）

14.《中國古瓷銘文》（天津人民出版社、臺北・藝術圖書公司出版，入圍「德國法蘭克福國際書展」）

15.《中國古瓷滙考》（天津人民出版社、臺北・藝術圖書公司出版，入圍「德國法蘭克福國際書展」）

16.《中國青花瓷》（天津人民出版社、臺北・藝術圖書公司出版，入圍「德國法克福國際書展」）

17.《天津老城回眸》（延邊大學出版社出版）

18.《聞名遐邇的天津小白樓》（延邊大學出版社出版）

19.《不敢踰矩文集》（臺北・蘭臺出版社出版）

20.《無奈的記憶—李正中回憶錄》（臺北・蘭臺出版社出版）

21.《中國大學名師講義》（1—4卷）（臺北・蘭臺出版社出版）

22.《中國善書寶卷叢書》（1—10卷）（臺北・蘭臺出版社出版）

23.《文革史料叢刊第一輯》（共六冊）（臺北・蘭臺出版社出版）

24.《中國近代知名工商業》圖書館必備圖書，（天津人民出版社）

25.《說文部首字源考》合編，（蘭臺出版社）

蘭臺出版社書訊

第一輯（六冊）目錄

100 台北市中正區重慶南路1段121號8樓之14
TEL：（8862）2331-1675 FAX：（8862）2382-6225
E-mail：books5w@gmail.com
網址：http://bookstv.com.tw/

《文革史料叢刊》六冊

李正中編著

第一輯共六冊，圓背精裝

ISBN：978-986-5633-03-5

文革史料叢刊　內容簡介

《文革史料叢刊第一輯》共六冊出版了。文革事件在歷史長河裡，是不會被抹滅的，文革資料是重要的第一手歷史資料。其中主要的兩大類，一是黨的內部文宣品，另一是非黨的文宣品，本套叢書搜集了各種手寫稿，油印品，鉛印文字、照片或繪畫，或傳單、小報等等文革遺物，甚至造反隊的隊旗、臂標也不放過，相關整理經過多年努力，台灣蘭臺出版社出版《文革史料叢刊》，目前已出版第一輯六鉅冊，還在陸續出版中。

第一冊	頁數：758
第二冊	頁數：514
第三冊	頁數：474
第四冊	頁數：542
第五冊	頁數：434
第六冊	頁數：566

20000
9789865633035
古月齋叢書 3　定價　20000元

黎元洪總統手札及其家書

編　　著：李正中
美　　編：林育雯
封面設計：諶家玲
編　　輯：高雅婷
出 版 者：蘭臺出版社
發　　行：蘭臺出版社
地　　址：台北市中正區重慶南路1段121號8樓之14
電　　話：(02)2331-1675或(02)2331-1691
傳　　真：(02)2382-6225
E—MAIL：books5w@yahoo.com.tw或books5w@gmail.com
網路書店：http://www.bookstv.com.tw/ http://store.pchome.com.tw/yesbooks/
http://www.5w.com.tw/ 華文網路書店、三民書局
博客來網路書店 http://www.books.com.tw
總 經 銷：成信文化事業股份有限公司
電　　話：(02)2219-2080　傳真：(02)2219-2180
劃撥戶名：蘭臺出版社　帳號：18995335
香港代理：香港聯合零售有限公司
地　　址：香港新界大蒲汀麗路36號中華商務印刷大樓
C&C Building, 36,Ting, Lai, Road, Tai,Po, New,Territories
電　　話：(852)2150-2100　傳真：(852)2356-0735
總 經 銷：廈門外圖集團有限公司
地　　址：廈門市湖裡區悅華路8號4樓
電　　話：86-592-2230177　傳 真：86-592-5365089

出版日期：2016年4月 初版
定　　價：新臺幣880元整（精裝）
ISBN：978-986-5633-12-7

國家圖書館出版品預行編目資料

黎元洪總統手札及其家書 / 李正中編著
--初版-- 臺北市：蘭臺出版社：2016.4
面；　公分. -- (名家書信系列；1)
ISBN：978-986-5633-12-7（精裝）

856.284　　104015325